Die Deutsche Bibliothek – CIP-Einheitsaufnahme

Lentz, Georg:
Heisser April '45 : Roman / Georg Lentz. – Sonderausg. –
München : Ehrenwirth, 1995
ISBN 3-431-03370-9

ISBN 3-431-03370-9
Sonderausgabe
© 1995 by Ehrenwirth Verlag GmbH, Schwanthalerstr. 91, 80336 München
Umschlag: Atelier Kontraste, München
Druck: Wiener Verlag, Himberg
Printed in Austria

Georg Lentz

Heißer April '45

Ehrenwirth

Inhalt

1 Tiefflieger   7

2 Panzerknacker   12

3 Willkommen in der HJ!   19

4 Die golden aufgestellten Härchen   32

5 Der große Brand   44

6 Ein ernstes Wort   56

7 Eierlikör   63

8 Ottis rote Haare   75

9 Berlin ist dort, wo es brennt   87

10 Der Bannführer will dich sehen   98

11 Rüben aus Hasenbrück   105

12 Feindsender   114

13 Charlie und Irma rüsten sich aus   124

14 Jagen 97   134

15 Das Bootshaus   148

16 Rieselfelder   160

17 Im Birnenkeller   166

18 Die Hügelgräber   178

19 Die Frau des Kommandanten   187

20 Ein einsames Dorf   196

21 Beetz-See   205

22 Maikäfer, flieg!   215

23 Betongeigen   225

24 Ein General   234

25 Litauische Bajonette   250

26 Höhe 104   262

27 Die Elbe   275

Beide waren jung,
das ist das ganze Geheimnis.

Lafontaine

1

Tiefflieger

Sie schienen aus der Sonne herabzustürzen auf die schmale Schneise der Chaussee, die, geradlinig, endlos, ein helles Band zwischen dunkelgrünem Dickicht, nach Westen führte. Charlie und Irma sahen, daß die Frau des Kommandanten stehenblieb, sie hob beide Arme in das golden über sie flutende Abendlicht, als wolle sie die anfliegenden Maschinen mit den Händen aufhalten. Das Panjepferd reagierte auf das Flugzeuggeräusch. Es brach aus, zerrte das Fuhrwerk durch den Graben. Die Frau erwachte aus ihrer Starre, ließ die Schnur der Peitsche pfeifen, als der Wagen steckenblieb. Ein letzter Ruck, der Sarg auf der Ladefläche polterte, hob sich, das Gefährt brach fast auseinander, einen Augenblick lang dachten sie, der Schrein würde von der Ladefläche rutschen, doch dann lag der Graben, der flach verlief, hinter ihnen. Äste peitschten ihre Gesichter, trockene Nadeln rieselten. Duft von frischem Harz strömte aus den Bruchstellen der Zweige, der geknickten Stämmchen.

Tiefflieger. Sie kamen immer aus der Sonne. Charlie sah, bevor er sich auf den Boden warf, daß Maschinen vom Typ Mustang sie angriffen. Pfeilschnelle Jäger, nicht die langsameren Spitfire, den Einschlägen ihrer Bordwaffen waren sie ausgewichen in der Flakstellung, tänzerisch, wie Toreros den Hörnern des Stiers. Charlie erkannte die Angreifer als Mustang, obwohl das Licht der sinkenden Sonne ihre Silhouetten zerfraß. Endlose Stunden Flugzeug-Erkennungsdienst zeitigten Ergebnisse.

Er riß das Mädchen mit sich auf den weichen Waldboden, unter die Kusseln, die mit ihren Wipfeln ein dichtes Dach bildeten. Irma lag neben ihm, an ihn gepreßt. Die Maschinen donnerten über sie hinweg. Die Frau des Kommandanten kauerte unter dem Wagen. Das Panjepferd peitschte seine Beine mit dem Schweif.

Das Knattern der Bordwaffen. Zwei-Zentimeter-Revolverkanonen. Die Maschinen flogen sehr niedrig, ihre Tragflächen streiften beinahe die Wipfel der Chausseebäume. Die Einschläge lagen auf der Straße, weit hinter ihnen, der Asphalt schluckte Geschosse, Wölkchen hüpften auf dem Sommerweg, Staubpilze aus märkischem Sand.

Hinter dem Wald flogen sie eine Schleife. Setzten zum zweiten Anflug an, wieder aus der Sonne. Drei Maschinen. Schwarze Striche vor orange glühendem Himmel. Das Mädchen, an Charlie geklammert, bewegte sich, hob den Kopf. «Irmi», sagte Charlie. Er drückte sie in das Moos, schielte hinauf zu den Flugzeugen, die das Band der Chaussee entlangheulten, höher als das erstemal, aber doch so nahe, daß Charlie das Gesicht des Piloten in der Kanzel der ersten Maschine erkennen konnte, die Fliegerbrille unter der Lederhaube mit den abstehenden Kopfhörern.

Sie blieben liegen. Warteten. Die Flugzeuge kamen nicht wieder. Charlie und das Mädchen krochen unter den Kusseln hervor.

Die Frau des Kommandanten stand beim Pferd. Sprach beruhigend auf das Tier ein. Versuchte, rückwärts aus der Schonung zu stoßen. «Die letzten für heute?» fragte sie über die Schulter hinweg. Charlie nickte. «Wahrscheinlich.» Amis und Engländer machten Schluß um diese Stunde. Nur die russischen Rata-Piloten flogen bis zum Einbruch der Dunkelheit, warfen ihre flach streuenden Splitterbomben, die alles zerfetzten im weiten Umkreis, Menschen, Tiere, Bäume, Fahrzeuge. Sie schaukelten von Osten heran mit ihren altmodischen Flugapparaten, die sich durch ein Geräusch wie eine Nähmaschine ankündigten.

Die Frau des Kommandanten, besser: die Witwe des Kommandanten trug ein Kopftuch, eng an den Schläfen anliegend, «wie Ilse Werner», hatte Irma gesagt, als sie die Frau trafen. Vorne war das Tuch zu einer mächtigen Schleife gebunden, es schien, als treibe ein Propeller die Frau an, unaufhaltsam, Charlie meinte, ein surrendes Geräusch zu hören, die Frau hielt sich immerzu in Bewegung, ihr magerer Körper steckte in einer blauen, verwaschenen Flanellbluse, die unter den Armen Schweißflecke zeigte, ihre Reithosen, einst dunkelbraun, waren abgewetzt wie ihre engschäftigen Reitstiefel. Dieser Körper schien in Richtung Westen gezerrt zu werden – von dem Propeller vor der Stirn.

Gegen Mittag breiteten sich die Schweißflecken unter den Armen dunkel, frisch aus, die Sonne brannte ungebührlich heiß in diesen Apriltagen, in den Gärten der Kätner sproß der Rhabarber, sommerlich hoch standen Brennesseln am Wegrand, Laubbäume, Stämme und Äste noch winterlich schwarz, verschleierten ihre Kronen mit hellem, zartem Grün, die Tannenspitzen, erste Frühjahrsboten, dunkelten bereits nach und paßten sich der Farbe des alten Nadelkleides an. Es war, als wolle die Natur sich nicht darauf einlassen, daß der letzte Frühling im großen Krieg begonnen hatte, als gehe sie über die Stimmung der Menschen hinweg, als wolle sie zeigen, daß sie allein ewig war, erneuerungsfähig.

Die Frau des Kommandanten sah zu den beiden hin, die sich ihr angeschlossen hatten, auf der Flucht nach Westen. Für die Frau waren es Kinder. Dieses blasse dünne Mädchen, Irmgard, genannt Irma oder Irmi, Zöpfe zur Gretchenfrisur geschlungen – jetzt hatten sie sich aufgelöst, den Kopf seitwärts geneigt schüttelte Irma Tannennadeln aus den blonden Haaren –, es hätte nicht der ehemaligen Uniform-

9

stücke an ihrem Körper bedurft, um sie als BDM-Mädchen kenntlich zu machen, ihre Bluse, die, nach gelegentlichem Waschen, immer wieder makellos weiß aussah, man erkannte die Stelle am Ärmel, wo das dreieckige Zeichen gesessen hatte mit den goldgestickten Buchstaben: BDM. Bund Deutscher Mädchen. Dazu ihr blauer Rock, er ließ Irmas Kniekehlen frei, die blaß blieben trotz Sonnenbestrahlung, von blauen Äderchen durchzogen. Siebzehn Jahre, Führerin. Trotzdem ein Kind.

Ein Kind auch der Bursche mit dem Sprachfehler, Charlie. Ein Jahr jünger als das Mädchen, wußte die Frau. Tolpatschig wie ein Fohlen. Drucker sei sein Vater, hatte er berichtet. Die Frau hatte sich einiges zusammengereimt, sie wußte, daß der Junge aus einem anderen Lager kam als das Mädchen, Charlies Vater, Besitzer einer kleinen Druckerei, sympathisierte mit Antifaschisten, es gehörten keine hellseherischen Fähigkeiten zu der Vermutung, daß Charlies Vater Kommunist war.

Wie kamen die beiden zusammen, Charlie und Irma? Ergab die Tatsache, daß sie gemeinsam auf einem Berliner Hinterhof aufgewachsen waren, eine derart starke Bindung, daß politische Färbungen keine Rolle gespielt hatten durch zwölf nationalsozialistische Jahre hindurch?

Sie sah Charlie an, wie er Irma half, die Nadeln aus ihrem Haar zu entfernen, unbeholfen in seiner aus Arbeitsdienststoff geschneiderten Jacke, den klobigen Schuhen mit Holzsohlen an den Füßen.

Die Frau dachte daran, daß sie keine Kinder hatte, sie fühlte diesen Mangel wie einen körperlichen Schmerz, einen Augenblick lang. Sie strich sich mit den Händen über das Kopftuch, während sie versuchte, die Gedanken zurückzudrängen, die auf sie einströmten, – wie hatte sich das Wort Kommunist in ihrem Kopf ausbreiten können, ohne Feindseligkeit zu verursachen? Von Landarbeitern hatten sie

10

zu Hause gesagt, dieser oder jener sei Kommunist, warnend, so, wie man vom schwarzen Mann sprach, als sie Kind war.

Sie nahm die Zügel. «Schlimm», sagte sie. «Packt an. Wir müssen noch einmal durch den beschissenen Graben.»

Sie schafften es wieder, ohne den Sarg zu verlieren, der, üppige Eiche, gebeizt und poliert, auf dem Wägelchen ruhte, das Panjepferd legte sich ins Geschirr, Charlie griff in die Speichen des Rades, Irma schob hinten, so gut sie konnte in ihrem zumpelnden BDM-Rock.

Sie rollten wieder auf der Chaussee. Es war richtig, nach Westen zu fliehen, dachte die Frau des Kommandanten, sowjetische Panzerspitzen stießen auf die Reichshauptstadt vor, gab sogar der Wehrmachtsbericht zu. Die Amerikaner? Ihre Verbündeten, die Engländer? Sie standen an der Elbe. Überließen sie den Russen die Eroberung von Berlin, wie sie es vorausgesehen hatte?

Die Sonne versank am Horizont. Ihr Fuhrwerk holperte über Einschußlöcher im Asphalt. Blaugraue Dämmerung drückte auf die Kronen der Kiefern, deren Grün fast schwarz wurde, während gleichzeitig das Kupferrot ihrer Stämme verblaßte.

Niemand war auf der Straße außer ihnen. Das Pferdchen trottete vor dem Wagen mit dem Sarg drauf. Die Frau ging neben dem Gefährt. Hielt die Zügel. Über der Schulter trug sie eine Peitsche mit gelbem Stiel. Hinter dem Wagen, der außer dem Sarg, Futtersäcken und einem Ballen Heu zwei Rucksäcke und einen mit Strippe verschnürten Pappkoffer trug, die Habe der drei Flüchtlinge, trotteten Charlie und Irma. Die Verschnürung des Koffers war Charlies Werk, er hatte keine Ahnung vom fachgerechten Verknoten kriegsmäßiger Ersatzbindfäden aus Papier, nur Postbeamte und Lageristen wußten, daß die Schnur an Kreuzungsstellen zweimal durchgeführt werden mußte für einen festen Halt, falls dies möglich war bei dieser miserablen Qualität, die

Schnur riß jedesmal, wenn die Frau etwas aus dem Koffer verlangte und Charlie ihn anschließend wieder verschnürte. Kreuzweise durchgeführte Schnüre hätten vielleicht verhindert, was wiederholt geschah: Die Verschnürung rutschte, schuckelte sich im Rhythmus des holpernden Wägelchens nach einer Seite, glitt von den Pappflächen des Koffers.

Irmi und Charlie zogen, wie sie hinter dem Wagen in die Nacht trotteten, ihre Köpfe zwischen die Schultern, fast wie das Panjepferd. Aufrecht ging nur die Frau. Allein waren sie, obwohl sich ein Drittel des deutschen Volkes auf der Flucht befand.

2

Panzerknacker

Allein war in der Wohnung in der Mittelstraße, in einem der westlichen Vororte, Irmis Bruder zurückgeblieben, Unteroffizier Joachim Wuttke, Held von Djnepropetrowsk und Stalingrad. Auf seine Weise hatte er, als er von den Fluchtplänen erfuhr, Irmi und Charlie zu verstehen gegeben: «Euer Platz ist hier. Wir werden die Reichshauptstadt Berlin verteidigen bis zum letzten Mann. Ihr glaubt doch an den Endsieg?»

Irmis blaue Augen hatten einen Augenblick lang geleuchtet, unter dem Kranz ihrer Zöpfe. Auch sie glaubte, bis zu diesem Zeitpunkt zumindest, an den Führer, an Volk und Reich und Endsieg und goldene Zeiten.

Charlie, im Räuberzivil aus Arbeitsdienst-Tuch, hatte die Schultern gezuckt. «Ick weeß nich . . .»

Joachim Wuttke war auf ihn zugehumpelt mit seinen Krücken, das rechte Bein hatten sie ihm abgenommen im

12

Feldlazarett, ein Hosenbein trug er mit einer Sicherheitsnadel hochgesteckt. Eine blanke, große Nadel. Bei jedem Schritt pendelte die Erkennungsmarke auf seiner Brust hin und her, über dem gelblichen Barchent-Hemd. Er hatte, einen Schritt vor Charlie, seine beiden Krücken in eine Hand genommen, mit ruckenden Bewegungen, hatte die freie Hand auf Charlies Schulter gelegt. «Mann, Junge! Wat soll aus Berlin werden?»

Charlie hatte nicht darüber nachgedacht, was aus Berlin werden sollte. Wie alle, die Feindsender hörten, war er der Meinung, die Amis würden vor den Russen einmarschieren. An den Endsieg glauben? Wie Joachim Wuttke?

Er hielt dem durchdringenden Blick des Amputierten stand. «Ick weeß nich», sagte er. «Glaubst du denn an den Endsieg?»

«Kein Zweifel», sagte Irmis Bruder. «Der Führer setzt seine Wunderwaffe ein.»

Irmi, vorlaut: «Wird aber höchste Zeit.»

«Halt du dich raus, ja! Dich verstehe ich überhaupt nicht.»

Joachim sah zu seiner Schwester hinüber. Irmi errötete. «Charlies Eltern sagen . . .»

«Charlies Eltern! Defätisten. Volksverräter. Ja, kuck mich an, Charlie. Solche Menschen wie deine Eltern sind schuld, wenn wir den Krieg verlieren. Außerdem haben die euch den Floh ins Ohr gesetzt. Türmen. Einfach türmen!»

«Erlaube mal.» Charlie wollte zu einer Antwort ansetzen, doch sein Blick fiel auf Joachims Uniformrock, der über der Stuhllehne hing. E. K. eins. E. K. zwei. Gefrierfleisch-Orden, an den ersten kalten Winter an der Ostfront erinnernd. Nahkampfspange. Goldenes Verwundeten-Abzeichen. Auf dem Ärmel übereinander drei Panzerknack-Streifen.

Ein ausgeblichener, abgewetzter Uniformrock, stumpf die Unteroffiziers-Litzen. Dieser Rock war Wuttkes Kleid. «Mann, Kinder», sagte er. «Wenn ick könnte, ick würde hier

Sandsäcke ins Fenster legen. Knarre drauf und Dauerfeuer!»

«Auf dem Hinterhof?» Charlie konnte es sich nicht verkneifen, die taktische Frage zu stellen.

Wuttke ließ sich auf einen Sessel nieder. «Klar. Jedes Hinterhaus werden wir verteidigen. Mit euch ist nischt los. Wehrkraftzersetzer. Meine eigene Schwester ziehste mit rein, Charlie. Was für ne Riesenscheiße!» Er wischte sich mit dem Handballen über die Stirn. Jeder Schritt strengte ihn an. «Ick verstehe euch nich.»

Charlie tastete nach dem Papier in seiner Tasche. Luftwaffenhelfer-Entlassungsschein. Viel nützen würde das Dokument nicht im Ernstfall. Er und Irmi: Sie hätten längst abhauen sollen. Was geschah, wenn er einen neuen Gestellungsbefehl erhielt? Wehrkreiskommandos und Postzustellung funktionierten noch wie im Frieden. Drückeberger hielten die Stellung. (Vielleicht gehörte er selbst dazu?)

Doch: Was gingen ihn Reich und Führer an? Sollte er bleiben? Vielleicht kamen die Amis zuerst. Andererseits hatte er endlich Irmi überzeugt, gegen diesen Scharfmacher, ihren Bruder. War doch nicht möglich, daß sich einer mit einem Bein die Panzerfaust unter die Achsel klemmt und vom Hinterhof-Fenster aus Krieg führt!

Irmi fragte: «Soll ich euch was zu essen machen?»

Wiederum wischte sich Wuttke mit der Hand über die Stirn. «Wenn de meinst. Wenn de wat hast.»

Die Uhr auf dem Vertiko schlug eins. Westminster-Schlag, wußte Irmi. Ihr Bruder ahnte nicht, daß Gongschläge aus London zu jeder Stunde durch die Wohnung tönten. Auch Charlie hatte sie das nie erklärt. Für so was besaß er keine Ader. Liebevoll sah Irmi zu ihm hin, als sie in die Küche ging. Wenn Charlie meinte, sie sollten fliehen, so war es richtig. Richtig für sie, Irmi Wuttke, bis vor kurzem noch begeisterte Mädelschar-Führerin. Der Wimpel hing an der Wand in ihrem Zimmer. Heimabende, bei denen sie

Wollsocken strickten für die Kämpfer im Osten und im Westen, wurden kaum mehr abgehalten, und niemand sang mehr: «Wenn die bunten Fahnen wehen – geht die Fahrt wohl übers Meer.» Sie stellte sich manchmal vor, daß Joachims Bein in Rußland vermoderte mit einer grauen Wollsocke dran, die sie gestrickt hatte.

Charlies Eltern. Vater Schivelbein, genannt Polyphem, weil er eine Narbe an der Stirn hatte wie ein riesiges Auge. Kriegsverletzung, Weltkrieg eins. Das hatte ihn davor bewahrt, in den zweiten ziehen zu müssen. Druckereibesitzer nannte er sich. Machte kein Hehl daraus, daß er kommunistisch gesinnt war. Die wenigen Genossen aus der Kampfzeit, die übriggeblieben waren, lachten darüber. Sie hielten Willi Schivelbein für einen Kapitalisten. Druckereibesitzer! Und Kommunist? Plakate und Flugblätter hatten sie bei ihm drucken lassen. Unbezahlt.

Nicht einmal die Nazis hatten ihn ernst genommen. Schivelbein blieb fast unbelästigt, obwohl er defätistische Reden führte, am Endsieg zweifelte, Feindsender hörte und jedem auf die Nase band, was BBC gemeldet hatte.

Nur einmal hatten sie ihn abgeholt. Drei Tage eingesperrt. Dann hatten sie ihn wieder laufen lassen.

Neuerdings glaubte Willi Schivelbein den Feindnachrichten nicht mehr. «Die Amis im Haveltal? Det ick nich lache! Die lassen Berlin den Russen!» Und fügte hinzu: «Mir als Antifaschist kanns ja Wurscht sein.» Trotzdem meinte er, Charlie sollte sich verdünnisieren. «Über die Elbe. Und 'n bißchen hoppla. Deine kleene Freundin, die Irmi, kannste mitnehmen!»

Mutter Schivelbein. Glucke. Bedacht darauf, daß ihrem Einzigen nichts zustieß. Von klein an hatte sie versucht, ihm den Sprachfehler abzugewöhnen: «Charlie! Es heißt nicht Klasch-sche, sondern Klas-se. Sprich mir nach.»

«Klasch-sche», sagte Charlie. Er sagte es als Dreijähriger. Sagte es, als er in die Schule kam. Und sagte es heute noch. «Klasch-sche. Ist ja Klasch-sche.»

Irmi rührte das. Sie dachte sich weitere Wörter mit Doppel-S oder Z aus, während sie die Schale von schrumpligen Pellkartoffeln zog. Miserable Kartoffeln. Die Säue bekamen so was früher, bei den Verwandten auf dem Land. Jetzt war sie froh, daß sie die Schrumpeldinger gefunden hatte.

Charlie liebte es, seinen Gedanken freien Lauf zu lassen. «Er jrübelt», hatte Frau Schivelbein das genannt. Als er fünf wurde, war sie dahintergekommen: «Er jrübelt.» Sie sagte das mit einer Mischung aus Stolz und Furcht, soweit sie sich erinnern konnte, war es weder bei Schivelbeins noch in ihrer Familie üblich, daß jemand grübelte. Grübeln galt als gefährlich, in seltenen Fällen vermuteten Familienmitglieder das Aufblitzen genialer Gedanken. Oft endete Grübeln in Spökenkiekerei, Melancholie und Schwermut.

Anders bei Charlie, soweit bisher absehbar. Charlie schien «positiv» zu grübeln, es machte ihn heiter, wer ihn kannte, las seine Stimmungen von seinem Gesicht ab, er lächelte, manchmal grinste er geradezu, dann legte er die Stirn in Falten, wackelte mit den Ohren – er konnte sie wie orientalische Palmenfächer weit nach vorne klappen und ruckartig wieder zurückschnellen lassen –, sein Haaransatz bewegte sich von oben nach unten.

Manchmal entfuhr seinen Lippen ein Glucksen.

Frau Schivelbein, als Mutter stolz, aber irritiert, hatte das tausendmal beobachtet. Auch Irmi gefiel es. Sie kannte niemand, der zu so heiter-ernster Mimik fähig war, und da Charlie manches von seinen Gedanken verriet – was Irmi dann «abgründig» erschien –, liebte sie ihn schon deswegen. Er habe, meinte sie, eine tiefe Seele. Das sprach sie auch aus, wenn Joachim sie wieder einmal wegen ihres Umgangs «mit diesem Bolschewistenbaby» rügte.

«Er hat eine tiefe Seele», sagte sie dann. «Das mußt du doch merken, Joachim!»

Worauf Joachim jedesmal sagte: «Am Arsch.»

Wie oft hatte Charlie die Geschichte vom ersten geknackten Panzer von Joachim gehört: «Er überrollte mich im Schützenloch.» Der Unteroffizier erzählte seine Heldentaten mit Sinn fürs Detail: Wie ihm der Sand in den Kragen rieselte, die Kette des T 34 über ihm mahlte, Panzerfahrers Trick, der das tonnenschwere Ungetüm auf dem Schützenloch wendete, bis es Loch und Panzerknacker zermalmt hatte.

Wuttkes Schützenloch hielt stand. Als der Panzer weiterrollte, erhob sich der Unteroffizier aus Dreck und Staub und pflasterte aus zwanzig Meter Entfernung dem T 34 seine Panzerfaust zwischen Rumpf und Turm. Das hält der beste Panzer nicht aus. Ein Panzerknack-Streifen für Wuttkes Feldblusen-Ärmel. Panzer zwei und drei vernichtete er durch Haftladungen. Dann schnitten sie ihm das Bein ab, ohne Narkose, sie war nicht nötig, weil der vielfach dekorierte Held bewußtlos dalag. Sie flogen ihn aus dem Stalingrad-Kessel aus. Wuttke hielt das, trotz des bekannten Schicksals der Sechsten Armee, für bedauerlich, zwei geknackte Panzer zusätzlich hätten ihm das Ritterkreuz eingebracht: «Stellt euch vor, das Ritterkreuz!»

Charlie sagte: «Posthum verliehen. Bestenfalls wärst du in Gefangenschaft. Wie alle Stalingrad-Kämpfer, die überlebt haben.»

«Dieser Verräter! Dieser General Paulus!» Joachim ereiferte sich: «Wir hätten weiterkämpfen müssen! Und ich sage euch, wir hätten weitergekämpft. Bis zur letzten Patrone. Der Endsieg wäre näher, wenn dieser Verräter nicht . . . aber auf die Generäle ist kein Verlaß. Immer waren sie gegen den Führer!»

Charlies Vater, der kriegsversehrte Drucker Willi Schivelbein, genannt Polyphem, schwärmte dagegen von General Paulus: «Der hat Mumm! Komitee Freies Deutschland. Zum erstenmal ist einem preußischen Offizier was Vernünftiges eingefallen.»

«Willi, red doch nicht!» mahnte Mutter Schivelbein. «Sie bringen dich nach Oranienburg.»

«Ach, wat! Oranienburg. Wat wahr is, muß jesacht werden. Kiek se dir an, die preußischen Klugscheißer, die Offiziere. Landadel. Darauf bilden se sich was ein. Den Arbeiter unterdrücken, das konnten se. Weißte, Mutter, was sie den Tagelöhnern bezahlt haben auf ihren Klitschen? Zweiundzwanzig Pfennige die Stunde! Das bißchen Deputat macht den Kohl ooch nich fett. Und die Kinder mußten Kartoffeln stoppeln. So sah det aus.»

«Rede doch nicht.»

«Wieso denn nicht? Das Kind soll es ruhig wissen. Die Fünfzehnjährigen ziehn se ein zur Flak. Wer hätte gedacht, daß unser Charlie . . .»

So war's seit je zugegangen bei Schivelbeins. «Willi, du stürzt uns noch ins Unglück», sagte Gerda Schivelbein seit fast zwanzig Jahren.

Beinahe hätte sie recht behalten. An jenem Septembermorgen damals, als sie an die Haustür klopften, schien es soweit zu sein.

Während Irmi abräumte, Joachim Wuttke sich in den Zähnen puhlte, Charlie eine Machorka-Zigarette anfertigte (im Schrebergarten selbstgebauter Tabak; die Blätter waren längst geraucht, jetzt kamen die Stiele ran), drehte das Rad der Weltgeschichte sich weiter. Mit jedem Schlag der Westminster-Uhr auf dem Vertiko rückte Großdeutschlands Ende näher.

«Ick jeh wieder rüber», sagte Charlie. «Danke für die Bratkartoffeln.»

3

Willkommen in der HJ!

«Nee, Jungchen, in der Hitlerjugend wolln wer dich nich sehen», hatte der Goldfasan auf der Parteidienststelle zu Charlie vor einem Jahr gesagt. «Wir haben eure Familie überprüft. Werden uns keine kommunistische Laus in den Pelz setzen. Sei froh, daß wir euch nich abholen lassen.»

Schweigend stand Charlie da.

«Worauf warteste? Mach ne Sonderschicht. Für den Sieg!» Der Goldfasan schneuzte sich in ein kariertes Taschentuch. Schnodder blieb an seinem Hitlerbärtchen hängen. Er polierte ihn im zweiten Arbeitsgang weg.

Charlies Freunde in der Berufsschule fragten: «Dich wollnse nich haben bei der HJ? – Mann, hast du Schwein.»

Charlie sah es anders. Es schien ihm bequemer, sich in die Uniform zu flüchten. Braunhemd. Schwarze Kniehose. Ein Lied! Uns geht die Sonne nicht unter ... So einfach. Statt dessen lief er in seinem Zivil umher wie der sprichwörtliche bunte Hund, auffällig, verletzbar. Der Sohn vom Kommunisten Schivelbein. Den nehmen sie nicht für die Hitlerjugend.

Es gab niemand in Charlies Bekanntenkreis, der nicht der Hitlerjugend angehörte. Wehrunwürdige, Dienstunwürdige verschwanden.

Weshalb verschonten sie ihn, Charlie?

Auf der anderen Seite des Hauses wohnten Wuttkes. Die Mutter war damals schon schwer krank, alle wußten, lange hatte Frau Wuttke nicht mehr zu leben. Verstohlen linste Charlie der Tochter hinterher, wenn sie zum Dienst ging, in brauner Jacke aus Englisch-Leder, Halstuch, Knoten, weiße

Bluse mit BDM-Abzeichen, dunkelblauer Rock. Später trug Irma eine rot-weiße, schließlich eine grüne Kordel. Mädelschaftsführerin. Mädel-Scharführerin. Irmi Wuttke stieg auf. Die Zöpfe trug sie zuerst offen. Als sie Scharführerin wurde, legte sie die Zöpfe zum Kranz um den Kopf.

Damals kehrte Joachim heim, mit einem Bein. Es schien Irmi nichts auszumachen. Auch als die Mutter starb, zeigte sie kaum Trauer. Ein schwarzes Band um den Ärmel der BDM-Jacke – fertig. Vater Wuttke kam drei Tage auf Heimaturlaub. Da die Zugverbindungen nicht klappten, war die Beerdigung vorbei, als er eintraf. Er nahm wenig Notiz von Irmi. Umarmte Joachim. «Junge», sagte er. «Junge . . .»

Der Vater ließ sich die Haare schneiden. Er war braun gebrannt. Unter seinem Schiffchen, wo die Haare kurzgeschoren waren, zog sich ein weißer Streifen rings um den Kopf.

«Jeh rüber. Frag, ob se wat brauchen», sagte Frau Schivelbein.

Charlie ging hinüber. Im Flur hing am Haken das Koppel von Vater Wuttke, mit der Null-Acht dran. Charlie hob die Pistole an.

Ob sie was brauchten? Irmi errötete. Nein, sie brauchten nichts. Vater Wuttke schüttelte ihm die Hand. «Junge», sagte er. «Junge . . .»

Vater Wuttke hatte nichts gegen Antifaschisten.

Während Charlie die Hinterhaustreppe hinunterging, es roch ein bißchen nach Kohl und nach schlechtem Bohneröl, dachte er, wie das wäre, wenn er Irmi küssen würde. Oder richtiger: Wenn sie ihn küssen würde. Den Mut zum ersten Schritt traute er sich nicht zu.

Charlie wurde wieder zur Parteidienststelle befohlen. Überraschend eröffnete der Goldfasan ihm, daß seiner, Charlie (der Goldfasan benutzte den offiziellen Vornamen Karl)

Schivelbeins Aufnahme in die HJ nichts mehr im Wege stünde. Er, der Goldfasan, sei sehr glücklich darüber. «Ich gratuliere dir, Junge! Der Führer . . .»

Charlie sagte nichts. Er steckte die Karte ein mit der Adresse des Jungbanns, wo er den Aufnahmeantrag stellen sollte.

Zu Hause staunten sie. Dann sagte der Vater: «Vielleicht is et am besten so. Jeh man hin, Junge!»

«Ogottogott», sagte Frau Schivelbein.

Der Schritt in die sich immer mehr verkürzende Zukunft als Mitglied einer nationalsozialistischen Organisation bescherte Charlie Bezugsscheine: Ein Paar Hitlerjugend-Schuhe. Zwei Paar Socken. Eine Überfall-Hose. Eine Kniehose, schwarz. Zwei Braunhemden. Koppel mit Koppelschloß.

Mutter Schivelbein besorgte alles. Sie fuhr in Berlin umher, es war schwierig, die gewünschten Uniformteile aufzutreiben, manchmal waren Hemden oder Hosen vorhanden, doch in der falschen Größe. Frau Schivelbein geriet in zwei Luftangriffe. Beim zweiten Mal mußte sie durch die Brandmauer-Öffnungen mehrerer Mietshäuser kriechen, bis sie die Straße erreichte. Das Haus, in dessen Keller sie gesessen hatte, brannte.

«Es brannte lichterloh», berichtete Charlies Mutter. Als sie erzählte, mußte sie daran denken, wie sie im letzten Winter die Ruinen im Schnee gesehen hatte, die Bomber flogen einen Angriff, es mußte Anfang Januar gewesen sein, Sonne, Schönwetter-Lage, Fliegerwetter, wie sie hier sagten, Luftminen krachten in den Vorort. Dann fing es an zu schneien. Über Mauerbrocken, zersplitterte Balken zog sich die Schneedecke, Höhlen offen lassend, die den Geruch frischer Trümmer ausströmten, diesen Geruch nach Mörtelstaub, Mauersteinen, getrocknet in fünfzig oder sechzig oder gar hundert Jahren.

Darüber der frische Schnee. Gelb fraßen sich Spuren hinein, Pfade, Wildwechseln gleich, führten durch die Trümmerlandschaft, bildeten Kreuzungen und Abzweigungen, verloren sich, schmäler werdend, in Ruinengrundstücken, wo Grabespuren darauf hindeuteten, daß Menschen auf der Suche nach ihrer Habe, ihren verschütteten Besitztümern versucht hatten, Kellereingänge freizulegen.

Joachim Wuttke, damals Rekonvaleszent, in ambulanter Behandlung beim Feldlazarett, früher Urban-Krankenhaus, reparierte die Fenster, die zertrümmert waren vom Luftdruck, er brachte belichtete Röntgenfilme mit, Funde aus dem Keller des Lazaretts. Wuttkes und Schivelbeins schauten durch Lungenödeme, Knochenfrakturen, kontrastmittelgefüllte Magen und arthrotische Gelenke in den Hinterhof, auf die magere Linde, die gegen Lichtmangel ankämpfend ein schütteres Dasein fristete.

Charlie erblickte Irmi, wie sie zum Dienst ging, schritt, muß man sagen, sie legte einen Wechselschritt-Hüpfer ein, bevor sie die Durchfahrt des Vorderhauses erreichte, deren Dämmerung ihre Gestalt verschlang, bis sie noch einmal in dem helleren Quadrat der Öffnung zur Straße zu sehen war. Charlie wußte, sie wendete sich nach links, an der alten Dorfkastanie vorbei, einem viel prächtigeren Baum als die Hoflinde, zum Gemeindehaus. Im Keller wurden die Heimabende abgehalten.

Zwei Stunden später kam Irmi zurück. Charlie ging zur Dorfkastanie, ein bißchen früher, erwartete sie. Irmi und er setzten sich auf das niedrige Geländer, das um die Kastanie lief, zu ihrem Schutz, sie war viele hundert Jahre alt, hieß es, Albrecht der Bär habe sie gepflanzt, als die Askanier in die Mark kamen.

Worüber sie sprachen? Über Alltägliches, ob Post gekommen war von Irmis Vater, ob sie Charlies Vater doch einzogen, bedingt kriegsverwendungsfähig, Reserve römisch zwei, Landsturm, – zum Schluß würde es den Volkssturm geben, da nahmen sie nahezu jeden.

Willi Schivelbein nahmen sie nicht. Ein wehrunwürdiger Mensch, Bolschewist wahrscheinlich. Gehörte nach Oranienburg.

Was ist in Oranienburg? Niemand wagte laut zu sagen: Ein Lager. Schlimmer als im Zuchthaus soll es da zugehen.

Schlimmer als im Zuchthaus?

Weiß auch nicht mehr darüber!

Mama Schivelbein packte die Uniform aus.

«Zwei Braunhemden? Wieso zwei? Das ist doch Quatsch! Niemand bekommt Bezugsscheine für zwei Hemden! Wo ist die Bluse?»

«Welche Bluse, Junge?»

«Die blaue. Für die Winteruniform.»

Die blaue Bluse fehlte. «Ziehste nen Pullover über.»

«Spinnt ihr? Zur Uniform gehört . . .»

Charlie wußte genau, was zur Uniform gehört.

«Hör mal, deine Eltern spinnen nicht.» Vater Schivelbein, augenscheinlich wütend, seine Narbe wurde dunkler, fügte hinzu: «Sonst fängste eine, du Knallkopp.»

«Schon gut», beruhigte Gerda Schivelbein ihn. «Ich bringe das in Ordnung.»

«Daß de wieder in'n Alarm kommst wegen dem Lümmel.»

Charlie stand da in der Uniform, nach frischer Appretur duftend. Der harte Hemdkragen schnitt in den Hals, wenn er den Kopf drehte.

Er meldete sich bei Herbert Geske, dem Fähnleinführer. «Der Vater soll Beamter sein», hatte Frau Kersten gesagt, als der zackige Herbert zum erstenmal in ihrem Fischgeschäft einkaufte. Sudetendeutsche. Die Eltern kamen nie, ein paar Straßen weiter beim Autobus-Depot wohnte die Familie.

Herbert trug eine Korrekturbrille mit dunklem Rand, sein Mützenschirm, geknifft, beschattete hellblonde Wimpern, einen mädchenhaften Mund. «Willkommen in der HJ», sagte Herbert. «Warum bist du nicht früher zu uns gestoßen?» Charlie rückte mit dem Hals in dem harten Hemdkragen. Was sollte er einem Fremden erklären? Die Leute im Hinterhof wußten, warum. Herbert die Geschichte auf die Nase binden? Dem Albino, der da herkam, wo Rübezahl übers Riesengebirge schaute? – «Weiß nich.»

«Klar. Egal.» Herbert zeigte Verständnis. Er nahm die Mütze ab, raufte sich mit der freien Hand das Blondhaar. Er trug es ein wenig länger als üblich.

An ein paar Abenden sangen sie «Die blauen Dragoner – sie reiten . . .» Dann merkte Charlie, wieso er der Ehre – spät, aber immerhin – teilhaftig geworden war, in die Hitlerjugend aufgenommen zu werden. Oder, wie Herbert, der Fähnleinführer, sich ausgedrückt hatte: «Zu ihr gestoßen.» Das paßte mehr ins flotte, fast militärische Bild, darauf zielte der Gnadenakt.

Eines Tages erklärte ein Luftwaffen-Führungsoffizier den Jungen in der Berufsschule, was eine Zehn-Fünf sei: «Eine Zehn-Fünf ist ein hochentwickeltes Luft-Abwehrgeschütz. Die Bezeichnung deutet auf das Kaliber hin. Die Zehn-Fünf ist der bewährten Acht-Acht überlegen. Sie wurde in deutschen Waffenschmieden entwickelt, angepaßt den zunehmenden Flugleistungen der feindlichen Bomber. Wie ihr wißt, fliegen die Terrorbomber in immer größerer Höhe, inzwischen sieben- bis achttausend Meter, manche haben elftausend Meter Dienstgipfelhöhe. Es galt, Abwehrwaffen zu entwickeln, die ihnen, wenn auch nicht in solchen Höhen, so doch dann, wenn sie zum Angriff ansetzend diese Höhe verlassen, gefährlich werden, bevor sie ihre Angriffsziele, vornehmlich die Reichshauptstadt und Ziele im Ruhrgebiet erreichen . . .» Er lachte: «Ganz oben überlassen wir sie unseren Kameraden, den Jagdfliegern. Und nun, Jungs . . .», er blickte blauäugig in die Runde: «Nun seid ihr dran!»

24

Charlie starrte den Offizier mit seinen roten Kragenspiegeln, dem tadellos sitzenden Waffenrock an.

Wieso?

«Wieso?» fragte auch der Offizier. Gab die Antwort: «Weil die Heimatfront auch des deutschen Lehrlings bedarf. Ihr werdet Flakhelfer!»

«Sowat Durchsichtijet», ereiferte sich Willi Schivelbein, «wunder tun se, wat für ne Jnade et is, det se Charlie in de HJ lassen, dabei is det nur, damit sen bei de Flak verheizen.»

Gerda Schivelbein: «Mann, sag nicht immer so was!»

«Is doch wahr! Flakhelfer jehören zur HJ. Wer nich in de HJ is, kann keen Flakhelfer werden. Also stecken se Charlie in de HJ – und nu wird er Flakhelfer. Wer kümmert sich um die Druckerei? Seit'n zweeten Kriegsjahr arbeite ick ohne Jesellen. Ick habe jewollt, det Charlie Drucker lernt, damit er den Betrieb mal übernehmen kann. Verstehste? Charlie soll det später machen. Da waren wir uns einig, oder?»

Charlie: «Ich mach das auch. Nach der Flakhelfer-Zeit machen wir weiter. Is doch nicht mehr lange bis zum Endsieg!»

«Det Wort nich in meinem Haus! Nich mal ironisch. Diese Hosenscheißer . . .»

«Du sollst nich immer solche Wörter sagen!»

«Is doch wahr! Er sollte mir entlasten. Bis er zurückkommt, weiß er nich mal mehr, was 'n Winkelhaken is!»

«Ich vergeß das nicht, Vater», sagte Charlie. «Außerdem hast du kaum noch was zu tun. Wer läßt sich bei dir wat drucken? Vielleicht die Ortsgruppe? Die pflegt ihre Parteigenossen.»

«So kannste det nich sehen. Wir haben die Kohlenklau-Plakate gedruckt.»

«Im Winter. Jetzt ist August. Und seitdem?»

«Warte mal . . . die Frachtbriefe . . .»

«Die Firma eingedruckt. Thiele Witwe, Spedition.»

«Streitet nicht. 's ist alles schlimm genug. Mein Gott, was soll werden? Charlie bei der Flak! Kinder opfern sie. Kanonenfutter. Sie können nicht Kinder nehmen und an die Kanonen stellen.»

«Die Schüler vom Gymnasium haben sie auch genommen. Vor einem Jahr.»

«Sind auch viele umgekommen. Schlanstedt ihr Sohn, sie waren Kunden bei dir, weißt du noch? Alle Visitenkarten haben sie bei dir drucken lassen. Und die Trauer-Anzeigen, als die Mutter starb.»

Charlie war an einem Dreizehnten eingerückt. Weit draußen vor der Stadt hatte die Batterie sich eingegraben. Die Lehrlinge marschierten in Dreierreihen vor die Kantinenbaracke, geführt von einem Unteroffizier. Gymnasiasten in Luftwaffenhelfer-Uniform, zweite Garnitur, lungerten herum. Grinsten.

«Was gafft ihr?» brüllte der Unteroffizier. «Euch werde ich die Hammelbeine langziehen! Achtung! Vor der Baracke in Dreierreihe angetreten, marsch, marsch! Die Augen – links! Augen gerade – aus! Erstes Glied fünf, zweites Glied drei Schritte vortreten! Liegestütz! Wirds bald? Pumpen Sie bis Kriegsende!»

Die Gymnasiasten pumpten Liegestütz. Rationelle Bewegungen. Nicht zu tief. Nicht zu schnell. Wenn der Unteroffizier wegsah, hörten sie auf. Blieben auf dem Bauch liegen. Schielten zum Unteroffizier hinüber.

Die ersten drei Tage lebten sie in der Batterie in Räuberzivil und Hitlerjugend-Klamotten. Am vierten Tag empfingen sie zweite Garnitur, Stahlhelm, Gasmaske. Es geschah, daß Charlie sagen mußte: «Jawohl, Herr Unteroffizier.» Charlie sagte Unteroffi-schier.

«Was sagen Sie da?»

«Jawohl, Herr Unteroffi-schier.»

«Das darf doch nicht wahr sein. Sagen Se mal Zuntz selige Witwe.»

«Tschuntsch schelje Witschwe.»

«Sie ham wohln kleenen Tülütütü?»

«Jawohl, nein, Herr Unteroffischier.»

«Widersprechen Sie nicht!»

«Jawohl, Herr Unter.»

Der Kammerbulle faßte sich an die Stirn. Weil in diesem Augenblick der Batterie-Offizier, Wachtmeister Böhm, die Baracke betrat, zog der Kammerbulle ihn in die Ecke und besprach sich mit ihm.

«Schivelbein?»

«Jawohl, Herr Wachtmeischter.»

«Wenn ich die Lehrlinge einteile, melden Sie sich. Sie sind Meldegänger, verstanden?»

«Jawohl, Meldegänger.»

«Jawohl, Meldegänger, Herr Wachtmeister, heißt das!»

«Jawohl, Meldegänger, Herr Wachtmeischter.»

«Sie stehen der B 1 zur Verfügung. Bei Ausfall der fernmündlichen Übertragung kommen Sie zum Einsatz. Außerdem geben Sie Alarm bei Ausfall der Feuerpieze.»

Charlie sagte «Jawohl, Herr Wachtmeischter», obwohl er nur die Hälfte von allem verstand.

Eine Woche lang lachten sie über Charlie. Eine Woche lang pickten die Unteroffiziere sich Charlie heraus, um ihm Fragen zu stellen, die er mit Wörtern beantworten mußte, in denen möglichst viele S oder Z vorkamen. Seelenachse war so ein Wort. In keiner Flakbatterie ist diese mitten durchs Kanonenrohr verlaufende gedachte Linie eingehender behandelt worden. Die Seelenachse breitete sich im Ballistik-Unterricht und bei der praktischen Unterweisung am Geschütz aus wie ein Bazillenstamm. Wo andere ihre Sünden wider den Geist der Luftwaffe mit Liegestützen abbüßten, mußte

27

Charlie fünfzehnmal Seelenachse sagen oder Sassafras oder Saragossa oder Ziegenzitze.

Dann war Ruhe. Er machte von da an seine Liegestütze. («pumpen Sie bis Kriegsende») wie alle anderen.

«Siehste», sagte der Stubenälteste.

Die Batterie gehörte zum Flakring um Berlin, der zusammen mit Me-109-Staffeln die Reichshauptstadt vor Terrorangriffen schützen sollte. Die Batterie, in der Charlie Dienst schob, wies zu diesem Zeitpunkt auf: Zwei Offiziere, sechs Unteroffiziere, acht Obergefreite, dreißig Luftwaffenhelfer, dreißig Hiwis (Hilfswillige). Die Letztgenannten wünschten zu überleben, für die Verteidigung der Reichshauptstadt zeigten sie kein Interesse. Sie tauschten Kinderspielzeug, pickende Hühner, Puppen in der Puppe, die sie aus Holzabfällen fertigten, bei Soldaten und Flakhelfern gegen Brot. Es gab wenig Brot und viel Holzabfälle, weil bei jedem Angriff Baracken zerstört wurden. So entstand in der Batterie eine Überproduktion an Holzspielzeug, das keinen Abnehmer fand.

Dafür hungerten Hersteller und Kunden gemeinsam. «Wat ham wa heute? Elf Mann ein Kommißbrot? Sofort Urlaubschein beantragen! Nachschub muß her!»

Der Stubenälteste verriet: «Wenn einer von unserer Klasse Urlaub kriegt oder nach Berlin zum Arzt muß, klappert er alle Adressen ab von den Kameraden. Die Mütter treiben immer was auf. Marmelade, Schmalzkonserven, Zucker. Müßt ihr genauso machen!»

«Von uns kriegt noch keiner Urlaub.»

Der Stubenälteste blickte erstaunt. «Muß ich mich drum kümmern. Charlie, komm mit.»

«Icke?»

«Ja, du. Nämlich du bist von den Lehrlingen am meisten bekannt.»

Charlie empfing seine erste Garnitur. HJ-Armbinde dazu. Er brachte seiner Mütze einen Kniff à la Fähnleinführer Herbert bei. Ihm half, daß er als schräge Type galt. Sie ließen ihn in Urlaub fahren. Für ein Wochenende. Als ersten von den Lehrlingen.

Irmi hockte auf dem Geländer an der Kastanie. «Charlie? Wie haben sie dich verkleidet?»

Charlie grinste. Setzte sich neben sie. «Ick bin jetzt verantwortlich für den Endsieg. Ist aber streng geheim. Sag's keinem.»

«Mach keine Witze. Ich bin froh, daß du da bist. Komm, ich begleite dich.»

Vater Schivelbein kam aus der Druckerei, als er den Jungen sah.

«Charlie, zieh dir um. Du kannst mir helfen.»

Zehn Minuten später stand Charlie am Setzkasten, Winkelhaken in der Hand. Schivelbein hatte einen lohnenden Auftrag. Bezugsscheine. «Wenn wir drucken, schickt der Kreisleiter ne Type. Damit nischt verschwindet.»

Charlie pinnte seine Gevierte, Buchstaben, Ziffern. Zehn Punkt Bodoni. Ziemlich abgequetscht, die Lettern. Qualität war nicht gefragt. Irmi stand an den Setzkasten gelehnt, sah ihm zu. Aus den Augenwinkeln schielte Charlie zu ihr hinüber. Begnügte sich mit undeutlichen Gedanken, Sehnsüchten. Sie könnte ihn küssen, zum Beispiel. Oder besser: Sie sollte ihn küssen – er sollte sie küssen, wenn er wieder abfuhr. Wenn er wegmußte. Heimlicher Abschied. Im Treppenhaus mit diesen Gerüchen. Er würde die Gerüche vergessen, aber den Kuß auf seinen Lippen spüren. Lange. Würde sich merken, wie sie roch. Duftete.

Charlie konzentrierte sich wieder auf die Arbeit. Suchte die Regletten hervor. Zwei Cicero quer, sechzehn Cicero lang. Messing-Regletten. Friedensware. Nicht ins Buntmetall gewandert. Wenn der Spanner von der Kreisleitung das sah . . . Sabotage! Der kriegswirtschaftsbewußte Drucker arbeitete mit Blei-Regletten. Natürlich Schivelbein! Verdächtige Type. Wie war der an den Auftrag gekommen?

Kolumnenschnur. Dreckig. Neue gabs nicht.

Und immer dieser blonde, leuchtende Haarkranz neben ihm. Er sollte es machen wie die anderen Lehrlinge. Die hatten ihm Sachen erzählt! Pfänderspiele mit Ausziehen. Dieser grinsende Otto Habicht. Ein Maul wie'n Karpfen. Was die Mädchen an dem fanden? Hatte erzählt, wie er dasaß beim Pokern, nur noch ne Schlummerrolle über die Schenkel gelegt. Die Weiber ließen sie glatt verhungern mit ihren Tricks. Ein Strumpf, den zweiten. Haarspangen. Haarspangen galten auch. Büstenhalter und Hemdchen trugen sie, wenn man Otto glauben durfte. Angezogen wie zur Flucht. Bloß damit die Jungs schneller aus den Klamotten waren.

Er schielte wieder zu Irmi hinüber. Mit Irmi kam so was nicht in Frage. Er verknotete die Kolumnenschnur. Hätte Irmi jetzt gerne an sich gedrückt. Er trug die Form zur Andruck-Presse. Vater Schivelbein saß in seinem Büro-Verschlag. Schaute er? Wie der Junge durch die Druckerei stolperte! Würde noch die Form fallen lassen!

Die alte, schwere Kniehebel-Presse. Auf so einer Presse hatte Gutenberg gedruckt. Für moderne Maschinen hatte nie das Geld gereicht. Andere Druckereien besaßen Walzen-Abziehpressen. Wenn Charlie zuhörte, was in der Berufsschule erzählt wurde . . .

Bei Schivelbeins: Steinzeit. Sie druckten auf Tigeln, die Schrottwert besaßen. Riemen-Transmission. Elektromotor oben unter der Werkstatt-Decke. Die Transmissionsriemen ähnelten Feuerwehr-Schläuchen. Wahrscheinlich waren es welche. Leder gab es keins. In den Eisenbahnabteilen waren die Ledergurte zum Runterlassen der Fenster abgeschnitten und geklaut.

Charlie färbte den Druckstock ein. Abziehpapier. Holzhaltig. Bröselte, wenn er zu viel Druck gab.

Irmi war hinter ihm hergekommen. «Darf ich?» fragte sie. Charlie nickte. Sie zog den Hebel. Schwere Arbeit für ein Mädchen. Er sah, wie sich zwischen den ausgestreckten Armen die Brüste gegeneinanderschoben. Sah hin und wollte es doch nicht sehen.

Andruck. Bezugsschein für 1 Arbeitshose. Wer würde alles Arbeitshosen bekommen aufgrund solchen Papiers? Arbeitshosen waren, soweit Charlie wußte, knapper als Papier. Diese Wische, auf dem richtigen, von der Kreisleitung oder der Ortsgruppe zugeteilten Papier gedruckt, abgezählt, Ausschuß muß nachgewiesen werden, würde eine weitere Odyssee eines Teils der Berliner Bevölkerung hervorrufen. Besitzer so eines Berechtigungsscheins, abgestempelt von der Bezugsscheinstelle, unterschrieben, würden die öffentlichen Verkehrsmittel füllen, S-Bahn, U-Bahn, wenn sie zwischen den Stromsperren fuhren, Menschen auf der Jagd nach der Arbeitshose. Einige würden fündig werden. Einige in Fliegeralarm kommen. Mancher nicht mehr heimkehren, verschüttet in irgendeinem Keller, weit fort von diesem Vorort und seiner Bezugsscheinstelle.

Wenige Glückliche würden die Arbeitshose ergattern. Und am zweiten Tag des Tragens feststellen, daß sie auseinanderfiel. Das Wort strapazierfähig würde ihnen einfallen: In Friedenszeiten waren Textilien strapazierfähig. Männer trugen Anzüge jahrzehntelang, eine Frau, die sich ein Kostüm anschaffte, wußte: Dies war ein Stück fürs Leben. Modische Trends erfaßte sie, indem sie auf ihrer Singer-Nähmaschine den Rock kürzte oder den Saum wieder ausließ, die Schulterpolster herausnahm oder wieder einsetzte, je nachdem, was sich die Zeichner auf den Modeseiten der «Berliner Hausfrau» einfallen ließen.

Charlie brachte seinem Vater den Andruck. «Lies durch.»

Schivelbein setzte die Brille auf.

«Haste nischt verlernt?»

«Nee. Das sitzt.»

4

Die golden aufgestellten Härchen

Rohrerhöhung fünfundvierzig Grad, Flugzeug zwozehn!
Kaum war Charlie, den Rucksack prall von Muttergaben, in
die Batterie zurückgekehrt, schickten sie ihn in die Cäsar-Baracke: «A schwei. Allesch schu Schäsar!» Lancaster flogen
einen Angriff. Nachtstunden, verwartet in Bereitschaftsbunker und Geschützbettung, zum zweiten Mal die Pulvertemperatur an B 1 durchgegeben, das Thermometer steckte in
der Kartusche Muni-Bunker eins zwischen den dunklen
Makkaroni des Röhrenpulvers. Charlie hing an der Strippe,
Kopfhörer unter dem Stahlhelm, der wegen dieser Ausbeulung schief auf seinem Kopf saß. Der Obergefreite auf der
Ladebühne drehte seine letzte Zigarette vor dem Angriff.

«Abdecken!»

«K 2 abgedeckt! K 3 abgedeckt!»

«K 6?»

«K 6 abgedeckt!»

Die Zeiger kreisten über Leuchtziffern: E-Motoren,
Wechselgetriebe heulten auf. Sechs Rohre schwenkten Richtung zwozehn, von Norden anfliegende Bomber.

«Cäsar abgedeckt.»

«Gruppenfeuer-Gruppe!»

Die Klingel.

Der Obergefreite auf der Plattform lädt durch, zurück
weicht der Zünderstellkopf, klackend schwenkt die Lade-

schale über, Rollen erfassen die Sprenggranatpatrone. Der Verschluß schließt sich automatisch.

Rohrrücklauf. Die Kanone spuckt eine Hülse aus, vor die Füße des Hiwis, der sie aufhebt, mit Handschuhen, die Hülse dampft von Hitze. Mit Armschwung befördert der Hiwi die Hülse über die Bettung.

Surren der Wechselgetriebe. Jetzt Flugzeuggeräusch am nächtlichen Himmel, Scheinwerfer tasten, ihre Strahlen zerschneiden die Nacht, schwanken, vereinigen sich. Im Brennpunkt ein Bomber. Manöver des Piloten. Einschläge links, vorne. Harmlos aussehende Wölkchen. Der Bomber taucht weg, erreicht nächtliche Schwärze. Sekunden später fassen ihn die Scheinwerferfinger wieder. Gruppenfeuer-Gruppe. Marine-Muni. Das Mündungsfeuer leuchtet über der Batterie, Flamme quillt aus dem Rohr, Rauch, Ekrasitgeruch.

Der Hiwi schleudert Hülsen über die Bettung. Charlie, an der Leitung zur B 1, tanzt dicht am Geschütz, das sich dreht, dem Flugzeug im Scheinwerfer nach. Holme sind zu übersteigen, nach jeder Viertel-Umdrehung. Klingel. Wieder lodern die Flammen der Mündungsfeuer, über die Bettung hinweg sieht Charlie das Rohr des Nachbargeschützes Feuer speien. Die Lancaster zieht ihre Bahn. Da: Aus dem rechten äußeren Motor quillt Rauch. Der Bomber ändert den Kurs. Fliegt jetzt aus Richtung drei die Batterie an.

«Dauerfeuer!» Der Obergefreite lädt durch, kaum daß der Zünderstellkopf zurückgefahren ist. «Rollenrutscher!» Charlie schiebt nach, die Rollen erfassen die Granate, ziehen sie ins Rohr. Rohrerhöhung jetzt siebzig Grad.

«Achtung!» schreit der Oberschnapser. Er weiß, was geschieht, er allein: Der Bombenschütze in der angeschlagenen Maschine versucht, die Bomben in die Batterie zu setzen. Immer noch Scheinwerfer, die Lancaster, im Direktanflug, ist in allen Einzelheiten zu erkennen. Jetzt purzeln die Bomben. Zu früh? Über den Rand der Bettung sieht Charlie die Pilze der Detonationen auf die Batterie zuspringen. Sie ziehen die Köpfe ein, während die Kanone um hundertachtzig Grad schwenkt, einen Augenblick ist Feuerpause, die Bombeneinschläge decken jetzt die Batterie zu, neben Cäsar ein Rauchpilz, Detonationsknall, der Luftdruck wirft Charlie gegen die Kanone, Sand und Steine prasseln.

Keine Zeit, Einzelheiten wahrzunehmen, mit höchster Rohrerhöhung ist der Bomber wieder zu fassen. Gilt der Befehl noch? Kreischend kommen die Wechselgetriebe zur Ruhe. Charlie fragt ab: Richtkanoniere melden! K 2 fertig, abgedeckt. K 3 abgedeckt. K 6 abgedeckt. Gruppenfeuer! schreit Charlie. Der Oberschnapser, geduckt auf seiner Bühne, mit Dreck überschüttet, lädt durch. «Verschluß klemmt!» Charlie springt hinauf, schließt von Hand. Rückstoß. Dann nichts mehr. Hülsenklemmer. «Rohr runter», ruft Charlie. Bei Rohrerhöhung minus zwei müssen ein paar Mann auf die Böschung, die Hülse mit dem Wischer herausstoßen. Sand überall. «Wischer fertig!» – «Los!»

Aus den Augenwinkeln sieht Charlie den Bomber abschnüren. Die Lancaster verliert an Höhe. Zeichnet deutlich schwarzen Rauch aus einem Motor. Dann Fallschirme. Erst öffnet sich einer. Ein zweiter. Ein dritter. Vier im ganzen. Ein Scheinwerfer hält sie erfaßt, während die anderen weiter die Maschine im Lichtkreis haben. Der Bomber trudelt ab. Verschwindet hinter dem Horizont.

Nach Minuten meldet sich quäkend die B 1. «Anton?» Treffer auf Bettung. Keine Verluste. Anton nicht feuerbereit. «Bertha?» Phosphorkanister in Batteriebettung. Ein Verwundeter. Bertha nicht feuerbereit. «Cäsar?» Hülsenklemmer, Verschluß versandet. Nicht feuerbereit.

Dora, Emil und Frieda melden feuerbereit, Frieda hat einen Schwerverwundeten durch Stabbrandbombe. Ein Luftwaffenhelfer. Einer von den Lehrlingen.

Am Rand der Batterie bullern die Diesel-Maschinensätze.

Optische Übermittlung unterbrochen. Suchtrupps sind unterwegs, um in den Kabelgängen den Schaden aufzuspüren. B 1 schaltet um auf fernmündliche Übertragung.

Endlich sind sie den Hülsenklemmer los. Charlie und der Oberschnapser putzen den Verschluß. Fingerdick klebt Sand auf dem Flugzeugfett blau.

Sie werden nicht wieder feuerbereit. Am Horizont sinkt das Lichtkreuz der Scheinwerfer zusammen. Die vier Fallschirme sind nicht mehr zu sehen.

Die Rohre der beiden übrigen Geschütze tasten, nach fernmündlich übermittelten Richtzahlen, den Nachthimmel ab. Der Bomberpulk befindet sich auf dem Rückflug. Abschüsse? Das würden sie morgen erfahren, wenn die Abteilung die Aufzeichnungen der Malsi-42-Geräte aller Batterien verglich, einem Kursfortschreibe-Gerät, das in der B 1 von Luftwaffenhelfern (Gymnasiasten) bedient wurde.

A 2.

Ende des Alarms.

Sie kamen immer noch nicht in die Betten. Bauten den Verschluß aus. «Ich reiß euch den Arsch auf bis zum Stehkragen, wenn ihr die verdammte Kanone nicht flott bekommt», sagte höflich der Batterie-Offizier, der, Stahlhelm am Gurt in der Hand, auf der Bettung stand, ungeduldig auf den Hacken wippte.

Er verriet der Cäsar-Besatzung nicht, daß ihre Baracke, als Folge des Luftdrucks eines «Badeofens», einer Luftmine, weggeflogen war.

Die Küchenbaracke brannte. Hiwis retteten Bratlingspulver. Der Betreuungs-Unteroffizier hatte Strohsäcke organisiert und in den Tagesraum einer stehengebliebenen Baracke schaffen lassen. Die Cäsar-Bedienung teilte sich das Notlager mit zwei Unteroffizieren, die eingetroffen waren, um einen Panzerfaustlehrgang abzuhalten. Ihre Demonstrationsobjekte, die Panzerfäuste, waren hochgegangen.

Charlie spreizte die von Flugzeugfett verschmierten Hände von sich. Das nächste Urlaubsgesuch würde daran scheitern, daß es wieder keine erste Garnitur für ihn gab. Sie war mit der Baracke untergegangen. Wie Mütter-Marmeladen und Speckseiten. Wo die Cäsar-Baracke gestanden hatte, klaffte ein Trichter. Barackenteile ragten aus aufgeworfener Erde. Charlie hatte es im Vorbeigehen gesehen, gut beleuchtet war der Schauplatz von den Flammen, die aus der Küchenbaracke schlugen. Das Feuer hatte eine bräunliche Färbung angenommen. Die nicht geretteten Papiersäcke mit Bratlingspulver platzten in der Hitze. Deutlich war zu erkennen, wenn die Flammen einen neuen Vorrat erfaßten.

Monate später, als Irmi und Charlie in Richtung Westen aufbrachen, humpelte Joachim Wuttke, verdienter Panzerknakker und Einzelkämpfer, Träger von E. K. eins und zwei, immer noch ohne Prothese durch die Wohnung. Prothesen waren Mangelware geworden. Es erschien unbestimmt, ob Wuttke seine Prothese vor Kriegsende angepaßt bekam. Der Hersteller von Luftkissen-Kunstgliedern lieferte nicht mehr. Seine Werkstatt war von der aus dem Osten heranbrausenden Lawine überrollt worden. Wahrscheinlich saß er längst irgendwo hinter dem Ural, um Kunstglieder für die Verwundeten der Roten Armee zu fertigen. Falls die Sieger sein Talent erkannt hatten.

Sieger: Das durfte man nicht sagen. Sie hatten darüber gestritten, im Wohnzimmer der Wuttkes, bei Schnaps und Machorka-Zigaretten.

«Egal, wie du es nennst», hatte Charlie gesagt, «wir sind im Eimer.» – «Defätist», hatte Wuttke geschrien, «wenn alle so denken würden wie du, wären wir längst bolschewistisch! Ich bin überzeugt, daß wir mit der Wunderwaffe den Krieg gewinnen, auch gegen die westlichen Alliierten.» Er hatte über sein Schnapsglas geblickt: «Und wenn die ein bißchen schlau sind, gehen sie mit uns gegen die Russen. Ich verstehe nicht, solche Torfköppe wie Roosevelt und Churchill, – die müssen das doch sehen! Die müssen doch merken, daß sie Europa dem Bolschewismus ausliefern, wenn sie nicht gemeinsame Sache mit uns machen. Uns im Osten siegen lassen.»

Charlie flocht Zöpfe aus den Fransen der Tischdecke. Auf Irmis braungebranntem Arm stellten sich die blonden Härchen auf. «Ihr quatscht und quatscht», sagte sie. «Man muß an die Zukunft Deutschlands glauben. Und an den Führer. Er denkt für uns.»

Charlie beugte sich nieder und berührte mit den Lippen Irmis Härchen auf dem Arm. Sie sagte nichts. Der Nahkämpfer sah zu ihnen hinüber und seufzte. Er lehnte sich in seinem Stuhl zurück. Die Erkennungsmarke, an grauem Senkel, rutschte seitwärts. Eine Krücke fiel polternd um, nicht, wie andere, gewöhnliche Gegenstände poltern, – eine Reihe metallischer, knackender, hämmernder Töne.

«Laß liegen», sagte der Nahkämpfer zu Charlie, der aufstehen wollte, «nachher. Nachher . . .»

Dreck, Qualm, Zerstörung. Geruch nach Ekrasit, Brand, trockenem Mörtelstaub. Glassplitter, Kiefern, deren Stämme zerfetzt hell schimmerten. Oben auf dem S-Bahngleis ineinander verkeilte Züge, «wie von einer riesigen Faust zusammengeschoben», sagte einer der Panzerfaust-Onkels.

In Batteriemitte arbeiteten sie immer noch an den Übermittlungs-Kabeln. Charlie hörte die Geräusche der Werkzeuge, hörte aneinanderschlagende Gasmaskenbüchsen und Stahlhelme. Während er einschlief auf dem Strohsack, sah er Irmis Arm vor sich und die goldenen aufgestellten Härchen, aber auf einmal wurden sie kniehoch, wie ein junges

Maisfeld, er befand sich mittendrin, bemüht, sich zu verstecken. Spähte er über die Halme, sah er Stahlhelme sich hin und her bewegen, deutsche und die abgeplatteten russischen, er hörte das Hurrä-Geschrei, während Kampfgeschehen im Feld hin und her wogte, in unmittelbarer Nähe seines Verstecks, lautlos, bis auf diese Hurrä-Rufe der Russen. Die Deutschen, stellte er fest, befanden sich im Nachteil. Ihre appellmäßig gepflegten Stahlhelme blitzten in der Sonne, boten dem Feind ein leicht erkennbares Ziel, während dieser, in erdbraunen Uniformen, stumpfen Stahlhelmen, kaum vom Hintergrund zu unterscheiden war. Ein GPU-Agent, Pelzmütze mit Sowjetstern auf schwarzem Lockenhaar, durchraste Charlies Traum, dicht an seinem Versteck vorbei.

Eins zu Null, dachte Charlie, als kommentiere er das sportliche Match zweier Fußballklubs. Kriegerisches Länderspiel in kühler Haarlandschaft eines Mädchenarms.

Charlie bedauerte, daß die Kantinenbaracke nicht abgebrannt war. Fehlte nur, daß auch die Panzerfaust-Unterweiser die Vorzüge dieses Raums entdeckten. Sie würden nicht Abstand nehmen, ihnen trotz Verlustes ihrer Demonstrationsobjekte Einzelheiten über die Panzer-Vernichtungswaffe einzutrichtern.

«Bei uns im Haus wohnt einer», brüstete sich Charlie gegenüber den anderen Flakhelfern, «der hat die T 34 sozusagen mit dem Ellbogen geknackt. Geballte Ladungen. Haftladungen. Er hat drei Spangen am Ärmel.»

«Mann, laß mich mit deinen Panzerknackern in Ruhe. Weißt du, was ich möchte? Pennen. Und einen von den Keksen fressen. Marke Landgraf werde hart. Oder unsere tägliche Betonzuteilung gib uns heute, damit wir hart wie Eisen werden und flink wie Windhunde, von dem Dünnschiß, den das Zeug verursacht. Und weißte, wie ich wenigstens das eine Ziel erreiche, nachdem es Kekse nicht gibt? Ich werde mich in den am weitesten entfernten Muni-Bunker begeben, freiwillig melden, vastehste? Janz hinten! Dort werde ich mit den Resten einer Null-acht-fuffzehn-Unterhose die Führungsringe der Muni auf Hochglanz bringen. Aber es wird ne Weile dauern. Weeßte ja, wir hinterlassen alles appellfähig. Die Tommies da oben und die Amis sollen sehen, det unsere deutsche Flak saubere Munition verschießt. Wir putzen. Von Preußens Unterhosen werden die Ärsche dünn und durchsichtig. Wat, Charlie, ist die Folge? Es fallen Putzlappen an! Millionen Putzlappen. Von alters her war es dem deutschen Volk ein Anliegen, dem Feind sorgfältig geputzte Geschosse in die Eingeweide zu jagen. Wir werden das auch heute erreichen, mein Führer! Und mach, det wir zur Belohnung einen von deinen Betonkeksen kriegen.

Machste mit?»

«Sie teilen uns ein. Wie willste in den letzten Bunker kommen?»

«Laß mich machen.»

Durchschaut hatte Charlies Freund den Stumpfsinn des Einteilens. Stets schickten sie die am weitesten rechts oder links Stehenden in die entfernten Muni-Bunker. Eine Gewinnchance von fünfzig Prozent.

Sie gewannen. Trotteten zum Bunker. Bei ihrem Marschtempo ergab das eine Verzögerung von einer Viertelstunde. Sie krochen hinein, zogen zwei Granaten halb heraus, arrangierten ihre Putzlappen. Setzten sich auf die Erde. Dösten. Durch die beiden gegenüberliegenden Ausgänge überblickten sie das Vorfeld. Kontrollierende Chargen waren auf weite Entfernung auszumachen. Auch in dieser Hinsicht boten abgelegene Bunker Vorteile. Sie wurden zuerst oder zuletzt kontrolliert. Nur ganz und gar unverschämte, miese, hinterlistige Unteroffiziere schlichen sich zwischendurch an. Machten sich einen Spaß draus, die Penner zu überraschen. «Pumpen Sie bis Kriegsende.» Liegestütze.

«Ick habe», berichtete der Kumpel, «ne Verlobte in de Jejend. Gleich um die Ecke von unserer dämlichen Berufsschule. Is ja 'n Wahnsinn, wir lernen Drucker, für wat? Det se uns scheintot ins Reservelazarett überführen? Det nebenbei. Helga Nottebusch heeßt se, det, finde ick, isn schöner Name. Ihr Vater is bei de Jasanstalt. Wat Höheret, nehme ick an, se ham ihn immer noch nich einjezogen, er is wichtig für die Kriegswirtschaft sagense. Jraf Koks von de Jasanstalt! Echt, du! Zu Hause habn s'et stinkfein, mit eigenes Eßzimmer und Büfett und wenn de da mal mitißt, deine zweieinhalb Bratkartoffeln, und een oder zwee Kubikzentimeter Sülze, denn is unter deinem Teller noch een Teller, der wird jar nich benutzt. Die ham dochn Vogel, wa? Und 'n Führerbild hamse janz in Essig und Öl, et hängt über diesem lausigen Büfett, und wenn de deine Sonderration reinschiebst kuckt dir der Führer unentwegt an, und du denkst, er kuckt dir auft Maul, ob de auch den anderen Volksgenossen nich zu ville wegißt, niemand soll darben, bloß weil Nottebusch ... aber weil der Vater unabkömmlich is und Parteibonze, jestattet der Führer, daß wer uns die Sülze uff die feine Art mang det faulige Jehege unserer Zähne schieben, siehe, ick bin bei euch alle Tage. Ooch bei de Sülze. Es is die Olle, die Mutter von Helga, die auf die Feine macht. Helga, die is Klasse. Läßt mir schon mal ran. Nich richtig. Eben 'n bißchen. Dazu mußten wir uns verloben, die Mutter mit ihre Stielaugen will den Nachbarinnen erzählen, meine Tochter is verlobt. Mit eenen bei de Flak. Süß die jungen Menschen. Einfach süß. In de NS-Frauenschaft hat se ihre Brabbeltanten, denen verklickert se det. Die Helga, die is richtig. Mann, ick bin richtig scharf auf ihren Pelz. Wenn ick mal wieder Urlaub krieje ...»

Charlie gähnte. «Erst müssen wir Klamotten zum Anziehen organisieren. Mit deinem Schmierfrack läßt dich keiner aus der Batterie.»

«Der Führer wird sich kümmern. Erst warse spröde, nach 'n jemischten Heimabend hamwa bißchen jeknutscht im Treppenhaus, die Titten sollte ick nich anfassen, das Berühren der Figüren mit den Pfoten is verboten, untenrum schon jarnischt, aber einen Tag war die Alte nich zu Hause, da sind wer nackend in de Wohnung rumjesprungen, immer um den Eßtisch, am Führer vorbei, denn ham wa aufm Sofa richtich jefummelt. Bloß det letzte, det will se nich. Das deutsche Mädchen muß rein ... So'n Käse hat sie jemurmelt. Denn isse mitm Schrei in die Höhe, wie se ne Ladung abjekriegt hat, war doch nischt, allet aufn Bauch. Hab ick ihr det erklärt, aber zwei Wochen war Sendepause. Inzwischen looft det wieder. Mann, wenn ick hier raus könnte. Meinste, die merken wat, wenn ick nachts abhaue?»

«Kannste Gift drauf nehmen ...»

Charlie dachte an die blonden Härchen auf Irmis Unterarm. Zugleich gab er praktische Ratschläge:

«Vielleicht kannste in der Schreibstube gestempelte Urlaubsscheine klauen. Vorausgesetzt, daß se sonen Intelligenzbolzen wie dich da reinlassen.»

«Wat denn, wat denn! Bei dir quietscht wohl 'n Jelenk.»

«Ohne Urlaubsschein is nischt. Kuck dir doch an die Kontrollen. Da fliegste auf ...»

«Und denn, und denn? Wat könnse mir? Luftwaffenhelfer sind HJ. Jugendliche, verstehste? Ein Tag Holzhacken. Charlie, haste det nich spitz jekriegt? Uns könnse nischt! 'n Ollen Schnapser, den könnse an die Wand stellen. Uns nich!»

«Was nützt das? Deswegen haste deinen Pimmel immer noch nich in dem Urwald von deiner Helga.»

«Haste ooch recht. Mann, wat soll ick machen?»

«Muni putzen.»

Anstandshalber wischten sie mit ihren Lumpen über die

stumpfen Zinkhülsen der Marine-Munition. Da die Arbeit ohne sichtbares Ergebnis blieb, stellten sie ihre Bemühungen bald wieder ein.

«Achtung!» rief Charlie. Fast wären sie eingedöst, hätten übersehen, daß der Batterie-Offizier im Anmarsch war.

«Schwei Mann beim Muni-Putzen», meldete Charlie, «keine besonderen Vorkommnisse.» Der Batterie-Offizier zog prüfend eine Sprenggranat-Patrone heraus. Da er ebensowenig wie die beiden Flakhelfer unterscheiden konnte, ob die Munition geputzt war oder nicht, gab er sich zufrieden. Setzte seinen Rundgang fort. Charlie ließ sich auf den Boden nieder, Rücken an den Munitionskisten. «Jetzt wird jepooft. Schlaf schön. Träum von deiner Helga. Vielleicht kriegste ihn rein. Im Traum.»

Bevor Charlie die Augen schloß, ließ er durch die Ausgänge den Blick übers Batteriegelände schweifen. In den Kabelgräben arbeiteten sie immer noch, gebückte Gestalten in Drillich. Die Rohre der Kanonen standen in alle Richtungen. Aus den Trümmern der Küchenbaracke stieg Qualm.

Über Berlin lag eine dunkle Wolke.

Über den beiden Flakhelfern im Muni-Bunker, die man einst als Jünglinge bezeichnet hätte, schwebte schützend das auf die Spitze gestellte Hakenkreuz auf rot-weiß-rotem Streifengrund, mehr waren sie beschützt als einst ihre Väter von der Flagge schwarz-weiß-rot. Ehern galt, bis in die Bettung des Geschützes Cäsar hinein, das Gesetz zum Schutz der Jugend, mit seinen Auswüchsen: Kam das Frontkino, waren Luftwaffenhelfer vom Besuch jener Filme ausgeschlossen, die erst ab achtzehn freigegeben wurden. Die Darstellung von Helga Nottebuschs Eroberung, von schlüpfrigen Pfänderspielen übertraf alles, was die Leinwand jener keuschen Kinojahre zeigte. Aber Kirsten Heilberg, als Spionin im tiefen Dekolleté von der Leinwand lächelnd, blieb ihnen versagt. Dumpf lebten sie, falls das Leben war, von Alarm zu Alarm, Krusten ansetzend aus Dreck und Waffenöl, Deutschlands Jugend, die Hoffnung der Nation, des Führers. Stacheldraht umgab sie, der Weg nach draußen führte über Appelle, Schreibstubenhengste, Gnade der kleinen Götter mit Unteroffizierstressen an Kragen und Schulterklappe. «Sie wollen Urlaub? Pumpen Sie!»

Sie sagten «Sie», es war Vorschrift. Auch war es Vorschrift, zweimal wöchentlich an die Luftwaffenhelfer Milch-Nudelsuppe zu verfüttern. Doch schien diese, kaum, daß ihre Ingredienzien die Batterie erreichten, einen gasförmigen Zustand anzunehmen, von einem einzigen Ausnahmetag abgesehen, es war der Tag, an dem der Küchenbulle von der Feldgendarmerie abgeholt wurde, um wegen bedeutender Unterschleife vors Kriegsgericht gestellt zu werden.

Folglich gab es Milchsuppe, ein einziges Mal. Sie bekam niemandem. Der Freund, der von Helga Nottebusch erzählt hatte, kotzte weiße Milchnudeln aus dem Barackenfenster, nicht bereit, das Kochgeschirr fahren zu lassen, er hielt es umklammert, während er sich erbrach.

Die Welt ging nicht in gleichmäßigem Tempo unter damals. Sie tat es ruckweise. Der Küchenbulle kam eines Tages wieder. Das war so ein Ruck. Wer ließ ihn laufen, damit er weiterhin ihre Nudeln verschob, sie mit Bratlingspulversaft ertränkte?

Sie fragten nicht. Wie hätte ihnen jemand antworten sollen? Im Zeichen des auf die Spitze gestellten Hakenkreuzes verharrten sie, dumpf, unausgeschlafen. Sie dachten, die Gymnasiasten bekämen Antworten auf ihre Fragen, die ausgesprochenen und die unausgesprochenen, aber auch das war ein Irrtum: Den Jugendlichen an den Kanonen, am Kommandogerät in der B 1, am Malsi 42, am Maschinensatz, an der Zwei-Zentimeter-Flak, am Zwillings-MG, am

Klappenschrank der Fernsprech-Zentrale antwortete niemand.

Pumpen Sie bis Kriegsende!

Sie bekamen die Uniformen ersetzt, den verbrannten Rucksack, Kragenbinde, Knobelbecher. Doch die Sehnsucht in ihnen, die Uniform abzulegen, die Batterie zu verlassen durch das Tor im Stacheldraht, diese Sehnsucht schwand. Wie der Maulwurf das Licht fürchteten sie die Trümmerlandschaft der Stadt, Charlie fürchtete das «Mein Gott, Junge» seiner Mutter, der Kumpel aus dem Muni-Bunker fürchtete, den weichen Schoß seiner Freundin zu berühren. Die Kruste, die sich um ihre Seelen schloß, würde aufplatzen wie die äußere Kruste aus Dreck und Flugzeugfett blau und Staufferfett und ganz allgemeinem Dreck, der sie schützte, unkenntlich machte, damit sie die Zeit vergaßen, die stillstand, bis sie wieder einen Ruck machte. Einen ganz kleinen Ruck, zum Ende hin.

Keine Lieder mehr. Keine Spiele.

Sie waren sechzehn.

5

Der große Brand

Wieder kam Charlie auf Urlaub, für zwei Tage, in neuer Uniform nach dem Totalschaden der Cäsar-Baracke. Er hatte sich nicht bemüht um den Urlaubsschein, ahnte Gefahren, wenn er seine Kruste verließ, sein Gehäuse aus Dreck und seelischer Versinterung, das ihn panzerte, ihn unkenntlich, unangreifbar machte. Ihm eine Überlebenschance einräumte. Doch der Betreuungs-Unteroffizier hatte es auf ihn, Charlie, abgesehen. Diesem kantigen Bengel mit seinem

Sprachfehler brachte der Unteroffizier freundschaftliche – oder fast freundschaftliche Gefühle entgegen. Worte wie Freundschaft fielen nicht in der Batterie, sie waren Kameraden, an der Kanone, in der B 1, auf der Latrine.

«Schivelbein, holn Se sich 'n Urlaubsschein.»

«Jawohl, Herr Unteroffischier!»

Eine andere Antwort gab es nicht. Keine Fragen. Kein Nachforschen, warum.

«Warum gerade du?» fragten die anderen. Sie wußten, daß auch sie keine Antwort bekommen würden.

Trotzdem verdächtigten sie Charlie der Konspiration mit höheren Chargen: «Wie du das gedreht hast. Wem biste in den Arsch gekrochen? Hast ne Nummer beim Spieß, was? Steht da wien Berber, alles in den Muckies, nischt im Hirn, und kriegt 'n Urlaubsschein. Dein Vater ist wohl Parteigenosse?»

Diese Verdächtigung wies Charlie energisch zurück. «Ihr habt Holzwolle in de Birne», sagte er. Das mußte genügen. Er konnte sich hier nicht ausbreiten über Vater Schivelbeins Vergangenheit.

«Kannste uns doch sagen. Wir halten dicht.»

Sie hielten auch sonst dicht. Unter den Luftwaffenhelfern gab es keine Denunzianten. Wohl ein paar stramme HJ-Ärsche. Aber ob sie die nationalsozialistische Idee richtig begriffen hatten, bezweifelte Charlie. «Du bist sch-tolz auf Hordentopf und Affenschaukel», hatte er zu einem der Strammsten gesagt, von dem er wußte, daß der Knabe es zum Jungzugführer gebracht hatte.

Ein nachdenklicher Luftwaffen-Oberhelfer war am Tisch der Baracke zurückgeblieben.

An Charlies linkem Schnürschuh fehlten zwei Nägel, als er sich in der Wachbaracke abmelden wollte. Charlie trabte zurück, befestigte neue Sechskant-Nägel in den vorhandenen

Löchern. Mittels abgebrochener Streichhölzer. Was die für Sohlenleder hernahmen. Trocken wie ein Kamelhintern. Klar, daß die Nägel rausfielen. Ganz von selbst.

Charlie ging wieder zur Wachbaracke. Streckte dem UvD, nach zackiger Kehrtwendung, die Quanten entgegen. Erst links, dann rechts. Dank seiner Befestigungsmethode waren die Nägel in ihren Löchern geblieben.

Der UvD mit seiner gelben Dienst-Affenschaukel war zufrieden. Er knallte Charlie seinen Stempel auf den Urlaubsschein.

Die S-Bahn-Züge fuhren wieder. Neben den Gleisen lagen, wie ausgehöhlte Riesenraupen, die Trümmer der beim Angriff zertrümmerten Waggons. Von hier oben, vom Bahnsteig aus, sah Charlie die Batterie. Die Geschütze standen mit minus zwei Grad Rohrerhöhung, Mündungsklappen aufgesetzt, alle Rohre Richtung sechs. Über das Kommandogerät war eine blaugraue Plane gezurrt. Vier weiße Ringe waren um jedes Geschützrohr gemalt. Das bedeutete: Die Abteilung hatte der Batterie vier Abschüsse zuerkannt. Dafür hatten sie Tonnen von Marine-Muni verfeuert. Die Terror-Angriffe feindlicher Bomber auf die Reichshauptstadt gingen weiter. Die Amis flogen mit Superfortress, in großer Höhe, seit der Invasion schützten starke Jagdflieger-Verbände die Bomberformationen.

Die Küchenbaracke war notdürftig wieder aufgebaut. Verbrannte Balken lagen am Stacheldrahtzaun gestapelt. Daneben ein Haufen ausgebrannter Gasmaskenbüchsen. Ausgeglühte Stahlhelme.

Weit draußen im Gelände übte der Gas-Spürtrupp. Sie schleppten ihre Geräte durchs trockene Gras. Hatten die Gasmasken auf. Ein Unteroffizier scheuchte die Männer in ihren weißen Drillichanzügen.

Der Zug ruckte an. Charlie tastete in der Brusttasche. Das

Papier war da. Adressen der anderen Lehrlinge. Er würde sich beeilen müssen, um seine Aufgabe als Marmeladenbomber zu erfüllen. «Tach. Schönen Gruß von Klaus. Es geht ihm gut. Ich soll was zu essen mitbringen.»

Die Muttis schwitzten. Schleppten herbei, was sie gehamstert hatten. Eingewecktes. Honig. Zwei Eier, hartgekocht. Kanten Brot. Erbsen. Weiße Bohnen. «Könnt ihr euch kochen im Kochgeschirr. Weißte wie?»

Charlie wußte es. Die anderen wußten es. Wenn sie Holz fanden, den Barackenofen zu heizen, zum Beispiel Trümmerholz nach Luftangriffen, setzten sie ihre Kochgeschirre auf die Platte. Löffelten mit dem Klappbesteck, was sie aus Mami-Vorräten gebrutzelt hatten. Bohnen ein bißchen hart. Erbsen mit Schlauben. Besser als nichts.

Frau Schivelbein hatte Mehl gehamstert.

«Was scholl ich mit Mehl?»

«Junge, da kannste alles draus machen. Klümpersuppe, wenn de 'n bißchen Milch hast.»

«Milch?»

«Ihr kriegt doch Milch? In der Zeitung stand, daß ihr Milch kriegt.»

«Da muß ick aber lachen.»

Die Milch wurde wahrscheinlich als Beweis ans Kriegsgericht geliefert, als sie den Kammerbullen verknackten. Milde verknackten, denn er war wieder da. Die Milch nicht.

«Kinder, seid doch nicht so unbeholfen. Ihr könnt euch Pfannkuchen machen. Was backen. Ich gebe dir Backpulver mit. Und Zucker. Habe auch Büchsenmilch für dich erwischt. Ist wie Sahne. Die kannst du verdünnen.»

Charlie sagte nichts mehr. Wie sollte er seiner Mutter erklären, daß es nicht vorgesehen war, in der Batterie Kuchen zu backen?

Er packte die Sachen, die er von den anderen Müttern geholt hatte, in seinen Rucksack.

47

«Warum bäckst du nicht den Kuchen, und ich nehme ihn mit? Den fertigen Kuchen? Die anderen Mütter machen das auch.»

«Der wird trocken. Und zerkrümelt dir im Rucksack.»

«Besser wie jarnischt.»

«Junge, früher warste so geschickt. Hast mir beim Backen geholfen.»

Wieder verzichtete er auf Erklärungen. «Ich geh mal rüber zu Wuttkes», sagte er.

«Schon gut. Ja, natürlich, geh rüber zu Wuttkes. Die sind dir mehr wert als wir. Ich weiß nicht, was du findest an denen. Nazis. Der Lümmel, es tut mir ja leid, daß er das Bein verloren hat. Aber der ist unbelehrbar. Hat er doch neulich gefragt, warum ich nicht Heil Hitler sage. Der Bengel. Grün hinter den Ohren. Doch ich weiß schon, du hast nur . . .»

Charlie hielt sich die Ohren zu.

«Halte sie dir nur zu, deine Ohren. Du weißt, was ich sagen will. Das BDM-Flittchen. Der machst du schöne Augen. Ausgerechnet der! Weißt du, was die gemacht hat, als Brandts raus mußten? Die Juden aus dem Vorderhaus? Sammeln is se gegangen bei denen. Für den VDA*. Hat gesagt, nun sind sie auch bald Auslandsdeutsche, sie sollen was spenden! So eine Göre!»

«Mutter!»

«Ach . . . geh nur.»

Irmi fuhrwerkte mit der Teppichkehrmaschine über den falschen Perser. Zwei Knöpfe ihrer Bluse standen offen. Charlie plierte auf Irmis Brüste. Joachim humpelte im Zimmer hin und her. Er sah, wohin Charlie guckte. Scharfer Beobachter. Einzelkämpfer. Joachim grinste. Irmi, mit hochrotem Gesicht, küßte Charlie auf die Nasenspitze. Mit einer Hand strich sie eine Strähne aus dem Gesicht, die sich aus den Gretchenzöpfen gelöst hatte.

* Verein für das Deutschtum im Ausland

«Biste wieder mal da», sagte sie.

«Laß die Kehrmaschine», sagte Joachim. «Kinder, jetzt gießen wir uns einen auf die Lampe. Marke Bolschewikentod. Irmi, hol die Pulle!»

Irmi holte die Schnapsflasche aus der Küche. Drei Gläser. Prost. «Deutsch sein heißt treu sein», murmelte Joachim. Es sollte eine Anzüglichkeit sein. So kam es auch an bei Charlie. Irmi knöpfte die Bluse zu.

«Ich will mich nicht besaufen mit eurem Bolschewikentod», brummte Charlie. «Muß zu ner Mutter. Zu drei Müttern. Nachschub holen.»

«Fressalien? Haben die was, die Mütter? Hamsterware, nehme ich an.»

Charlie war nicht gewillt, Irmis Bruder einen interessanten Abend zu verschaffen. «Kommst du mit?» fragte er Irmi.

Irmi suchte ihre Jacke. «Schüß.»

«Heil!»

Marmeladen-Mutti wohnte in einer Reihenhaus-Siedlung. Während sie eingemachtes Huhn in Charlies Rucksack verstaute, heulten die Sirenen.

«Alarm!»

«Kommt mit in meinen Keller.»

Charlie nahm den Rucksack, die Marmeladen-Mutti ergriff ihr Alarm-Gepäck, Umhängetasche mit Papieren, Volksgasmaske, Köfferchen.

Der Keller war abgesteift mit Balken. Vor dem Fenster Sandsäcke. Eimer mit Löschsand neben der Tür. Liegestühle. Graue Wolldecken mit roten Balken eingewebt und der Aufschrift Fußende. Wer dachte sich aus, Millionen von Militär-Wolldecken mit dieser Aufschrift zu versehen? Wahrscheinlich ein u. k.-gestellter Parteibonze, in irgendeinem Büro saß der am Schreibtisch und klambüserte sich solche kriegswichtigen Sachen aus. Die beste Henkelform für den zusammenklappbaren Aluminiumbecher 08-23. Über die

Größen von Haken und Ösen am Koppelschloß wird verfügt ...

Die Flak schoß. Marmeladen-Mamis Blicke gingen zur Kellerdecke, als sei sie durchsichtig und sie könne die anfliegenden Bomber sehen. «Weshalb schießen sie nicht mit V 1?» fragte sie. «Dabei hat Göring gesagt, er will Meier heißen, wenn ein einziges Feindflugzeug die Reichshauptstadt erreicht.»

Bomben-Abwürfe in der Nähe. Dann wieder nur Flakfeuer. «Ich schaue mal», sagte Charlie. Er ging die Kellertreppe hinauf. Öffnete die Haustür. Brandgeruch. Gegenüber schlugen Flammen aus dem Dach. Er ging zurück. «Drüben brennt es», sagte er. «Wind kommt auf. Wenn sie nicht löschen, ist die Häuserzeile im Eimer.»

«Bei uns?»

«Scheint nichts zu sein. Ich kann mal auf den Boden kukken.»

«Das ist zu gefährlich. Bleib lieber im Keller, Junge. Sie kommen vielleicht zurück. Oder die nächste Welle.»

«Ich schaue trotzdem.»

«Ich komme mit», sagte Irmi.

Sie stiegen immer enger werdende Treppen hoch bis zum Boden. Auch hier Eimer mit Löschsand. Wasser in einer Babybadewanne. Feuerpatsche. Spritze. Ein paar Ziegel waren verrutscht. Flaksplitter klapperten aufs Dach. Ein großer, an dem der Zünder hing, durchschlug einen Ziegel. «Weg hier!» Charlie zog Irmi die Treppe hinunter. Im ersten Stock traten sie in ein Zimmer, schauten aus sicherer Entfernung durchs Fenster. Hinüber auf die andere Straßenseite. Es brannte immer noch. Ein paar Häuser weiter drang weißer Dampf aus dem Dach. Dort löschten sie. Warum nicht drüben?

«Ich gehe hinüber», sagte Charlie. «Die haben nichts gemerkt.»

«Ich gehe mit.»

«Du bleibst hier.»

«Ich gehe mit.»

«Ohne Stahlhelm?»

«Hast du einen?»

«Nein.»

«Wir gehen zusammen. Das Flakfeuer läßt nach. Wir warten, bis keine Splitter mehr fallen.»

Ein paar Minuten später hetzten sie über die Straße. Als sie das Haus gegenüber erreichten, ging die Haustür auf. Ein Mann. Auf dem Kopf einen Aluminiumkochtopf, die schwarzen Henkel links und rechts, dicke Brille. Gasmasken-Brille. Gummibänder führten hinter die Ohren. Riemen drückten seine Schultern. Er trug einen Tornister. Einen Augenblick lang waren Charlie und Irmi erstaunt. Kochtopf als Stahlhelm. Gab es das wirklich? In Luftschutz-Anleitungen standen derart sonderbare Vorschläge. Charlie hatte es nicht für möglich gehalten, daß jemand danach handelte.

«Es brennt», schrie der Mann. Er warf die Arme hoch. Charlie nahm ihn bei der Schulter. «Kommen Sie raus!»

Der Mann ließ sich auf die Straße zerren. Er sah nach oben. Blinzelte mit den Augen hinter den dicken Brillengläsern. Es war nicht klar, ob er Rauch und Flammen sah.

«Ist noch jemand unten?»

Der Mann schüttelte den Kopf. «Paß auf ihn auf», sagte Charlie. «Nimm ihn mit hinüber. Zu Marmeladen-Mutti.»

Er drang in das Haus ein. Über seinem Kopf knisterte es. Er lief die Kellertreppe hinunter. Eisentür mit der Aufschrift Schutzraum. Leer. Auf dem Boden, mitten im Raum, stand ein Koffer. Charlie nahm ihn, trug ihn hinaus auf die Straße. Irmi und der Mann mit dem Kochtopf auf dem Kopf waren nicht mehr zu sehen. In der Ferne schoß die Flak. Brände überall in der Reihenhaus-Siedlung. Menschen rannten auf die Straße. Zwei Frauen trugen ein Klavier aus einem brennenden Haus. Als wiege es nicht mehr als ein Korb Kartoffeln.

Charlie ging wieder ins brennende Haus. Nach oben. Er kam nur bis zum ersten Stock. Beißender Rauch. Hitze. Er öffnete eine Tür. Ein Bett, ordentlich gemacht. Er riß das Fenster auf. Warf Betten, Kopfkissen auf die Straße. Die Matratze hinterher. Lief wieder hinunter. Zerrte das gerettete Bettzeug zur Straße. Vom Dach fielen brennende Trümmer. Hinter dem geöffneten Fenster im ersten Stock war jetzt Feuerschein zu sehen.

Er ging ins Nebenhaus. Die Leute waren oben, auf dem Dachboden. Mit der Feuerspritze benetzten sie die Wand, hinter der es brannte. Das Wasser verdampfte auf dem Putz. «Es nützt nichts», rief Charlie ihnen zu. «Retten Sie Ihr Zeug. Das Feuer kommt über die Dachbalken. Es frißt sich weiter.»

Die Leute hörten nicht auf ihn. Sie pumpten weiter. Ein dünner Strahl klatschte gegen die Wand.

Plötzlich stand Irmi hinter ihm. Sie hörten das Feuer hinter der Wand knistern. Dann schlug unter den Dachziegeln eine Flammenzunge herüber. Die Menschen an der Spritze wichen zurück. Jemand schrie. Irmi? Die Frau, die immer noch den Schlauch hielt? Der Wasserstrahl versiegte, gleichzeitig begann die Wand zu dampfen, als wolle sie sich auflösen, Flammen brachen überall hervor, fraßen sich an den Balken weiter, wichen wieder zurück, um neu entfacht über die Menschen auf dem Dachboden hereinzubrechen.

«Zurück!» rief eine Stimme. Die Frau ließ endlich den Schlauch der Feuerspritze los. In der Tür zur Treppe tauchten Männer in Overalls und Luftschutz-Stahlhelmen auf. Löschtrupp. Die Männer zogen einen Schlauch hinter sich her. Einer drängte die Menschen zur Treppe. «Wasser – marsch!» Der Schlauch füllte sich, ein kräftiger Wasserstrahl prasselte gegen die Wand. Charlie sah, wie die Mauer zu-

sammenbrach, Flammen hochschossen, ein glühender Fußboden sich senkte, in das Stockwerk unter dem Dachboden
stürzte. Eine Funkengarbe stieg auf, durch schwarze Dach-
sparren hinauf in die Wolken schwarzen Rauchs. Charlie riß
Irmi mit sich, sie liefen die Treppe hinunter. Die Hausbewohner retteten Betten, Möbel.

Vor dem Haus stand der Löschzug, die Motorpumpe arbeitete. Überall lag Hausrat, häufte sich am Rand des Geh-
steigs. Charlie sah Rembrandts «Mann mit dem Goldhelm»,
eine Kopie oder ein Farbdruck, in schwerem Goldrahmen,
das Glas zersplittert. Ein Nachttisch ohne Platte stand schräg
am Gehsteigrand. Die Männer vom Löschzug stolperten
über Barrikaden aus Betten, Koffern, Vertikos, Waschkör-
ben. Sie schlossen Schläuche an Hydranten, jagten Wasser-
strahle in das Feuer. Die Häuserzeile brannte jetzt von vorne
bis hinten, Hunderte von Metern lang, während gegenüber
die Häuser unversehrt dalagen, rot vom Feuer beleuchtet,
wie im Abendsonnenschein.

Menschen eilten hin und her über die Straße. Ein zweiter
Löschtrupp traf ein, setzte die Motorspritze in Gang. Rauch
und Ruß senkte sich auf Ausgebombte und ihre Habe, wenn
wieder ein Dachstuhl funkensprühend zusammenstürzte.

Gegenüber, vorm Haus der Marmeladen-Mutti, stand unbeweglich der Mann mit der Brille. Seinen Kochtopf-Helm
hatte er verloren.

Ein Mann in NSKK*-Uniform mit schwarzem Käppi, Motorradbrille um den Hals, rief Charlie zu: «Folge mir. In den
Häusern sind englische Spione versteckt!»

Charlie konnte sich nicht vorstellen, daß Spione sich Rei-
henhäuser aussuchten, um unterzutauchen. Doch er lief,
ohne sich nach Irmi umzudrehen, hinter dem Mann her, so
gewöhnt war er es, Befehle zu befolgen. Am Kragen des
NSKK-Mannes hatten zwei Sterne geblitzt.

* Nationalsozialistisches Kraftfahrer-Korps

Sie drangen ins zweite Haus neben dem Haus des Mannes mit dem Kochtopf-Helm ein, glühende Balken fielen herab, Regenrinnen krümmten sich in der Hitze, lösten sich vom Dach, bogen sich nach unten, blieben hängen an der Häuserwand, dampften, wenn Wasser auf das Metall traf. Der NSKK-Mann drückte Charlie eine Stabtaschenlampe in die Hand, nestelte eine Pistole aus der Ledertasche an seinem Koppel. Eine winzige Pistole.

«Folge mir», rief er wiederum.

«Leuchten!» Sie hasteten die Treppen hoch, der NSKK-Mann riß Türen auf, warf sie wieder zu. Rauch quoll von oben herab, höher stürmte der Mann mit dem Revolver, stieß die Bodentür auf. Wie der Schlund eines Feuerfressers hauchte die Tür ihnen einen Flammenschwall entgegen, der Mann wich zurück, riß Charlie mit, sie liefen wieder auf die Straße, ins nächste Haus hinein, stießen zusammen mit Hausbewohnern, die Möbel schleppten. Geschwärzte Gesichter unter Kopftüchern. «Spione», rief der NSKK-Mann wieder, es klang wie ein Jubelruf, es hatte eine Entschuldigung sein sollen. Wie er die Frauen umrannte auf der Treppe, rief er das Wort. Er rief es immer noch, als er oben Türen aufriß, wiederum zurückwich vor der Waberlohe, auch sein Gesicht nun geschwärzt. Er nestelte an der Motorradbrille, setzte sie auf. Stürzte, hustend, ächzend, schreiend in rußige, von glühendem Dunst erfüllte Gemächer, öffnete Besenschränke, klappte Dachbodenleitern herunter, einer apokalyptischen Gestalt immer ähnlicher mit seiner Brille, dem rußigen Gesicht, durch das Schweißbäche helle Bahnen zogen.

«Leuchte», rief er, «mehr Licht!» Der Schein der Stabtaschenlampe tastete sich wieder in Rauch, die Pistole des Agentenjägers beschrieb die Bewegungen des Lichtkegels mit, Bogen in quellende Wolken hinein: Nichts!

Der Mann gab nicht auf, bis sie alle Häuser des Blocks

durchsucht hatten. Kein Spion. Erst als sie aus dem letzten Haus traten, nahm er Charlie die Lampe ab, schob die Motorradbrille nach oben.

«Heil Hitler», sagte der NSKK-Mann.

Charlie nickte.

Irmi und die Marmeladen-Mutti hatten inzwischen Nachbarn geholfen, Betten und Hausrat zu retten. Ihr Haus war voll mit Bombengeschädigten. Sie saßen in der Küche auf weißen Stühlen und Hockern, im Luftschutzkeller in den Liegestühlen, apathisch, schmutzig, umgeben von ihrer wichtigsten Habe, Koffer, Körbe, Kartons, Federbetten, die sie um sich gehäuft hatten wie Wälle von Strandburgen, es fehlten nur Wimpel und Muschelverzierung. Irmi und die Marmeladen-Mutti kochten Kaffee. Muckefuck. Jemand fand ein paar Bohnen im Gepäck. Irmi mahlte sie. Schüttete das Pulver in die Blechkanne mit dem Muckefuck. Eine Frau holte ein paar Stückchen Kandiszucker aus der Handtasche. Verteilte sie.

Immer mehr Menschen kamen zur Tür herein. Ein Luftschutzmann hatte noch die Gasmaske auf. Er riß sie herunter. Sein Gesicht war weiß und naß. «Nichts mehr zu machen», sagte er. «Phosphorkanister.»

«Mein Gott», sagte jemand.

Gott hatte sich abgewendet von diesen Menschen, von dieser Stadt. Seine apokalyptischen Reiter, Bombenschützen, Navigatoren, Superfortress-Piloten, ließen Feuer herabregnen. Über den Menschen in ihren Kellern öffneten sich Bombenschächte, Tonnen von Eisen und Sprengstoff und Phosphor fielen auf sie herab. Durch Notausstiege in den Brandmauern krochen sie von Keller zu Keller, bis sie eine Tür ins Freie fanden, ein von den Flammen noch nicht versehrtes Haus.

Gott? «Um uns wird er sich kümmern?» hatte Vater Schivelbein gefragt. «Daß ich nicht lache!» Er hatte ein Buch aus der Kohlenkiste in der Küche geholt, dem sicheren Versteck, wie er meinte: Marx und Engels, Das kommunistische Manifest. «Das ist alles, was übrig ist für die Menschen. Daran sollen sie sich halten.»

«Willi, versündige dich nicht», hatte Frau Schivelbein zu ihrem Mann gesagt.

Charlie hatte den Rucksack aufgenommen mit dem Proviant für seine Freunde in der Batterie. Er und Irma gingen die Straße entlang, auf der Seite mit den unversehrten Häusern. Neben ihnen raste der Feuersturm. Über Irmas Gesicht liefen die Tränen.

6

Ein ernstes Wort

«Den Bengel muß ich mir vornehmen», sagte Charlies Mutter. Der Polyphem-Vater: «Det läßte sein, Jerda. Hat doch keen Zweck. Der Joachim ist vernagelt.»

Frau Schivelbein sah zum Fenster hinaus, auf den Hof und die bresthafte Linde. «Du meinst, ich soll den Mund halten? Es wäre deine Sache, mit Joachim zu reden. Die alten Wuttkes sind keine Nazis. Die Frau war nicht mal in der Frauenschaft. Für die Winterhilfe hat se nichts gespendet. Und der Vater ... im Osten ... einer von den armen Schweinen, den sie am ersten Tag eingezogen haben. In seinem Alter.»

«Mach, was du willst. Wer Scheiße anfaßt, dem stinken die Hände.»

«Sei nicht so ordinär. Haben dir das deine Kommunisten beigebracht?»

«Hör mal zu, Gerda, wenn du ...»

«Schon gut. Ich mein es nicht so. Weißte ja. Hab ich nicht zu dir gehalten all die Jahre? Es ist wegen Charlie. Macht der Bengel doch dieser BDM-Schlampe schöne Augen.»

«Schlampe kannste nich sagen.»

«Jawohl, Schlampe. Kann ich sagen. Man wird nicht Führerin beim BDM. Das Kind hätte soviel Instinkt haben müssen. Da ist der Lümmel daran schuld, der Joachim. Ich will nichts sagen, gestraft ist er genug. Aber daß mein Junge –»

«Meiner auch.» Schivelbein sah sie an, in seiner kreisrunden Stirnnarbe pulste das Blut.

«Unser Junge. Kaum ist er auf Urlaub, rennt er rüber. Uns kennt er kaum. Muß doch möglich sein, mit den Wuttke-Kindern ein ernstes Wort zu reden.»

«Wat willste sagen? Irmchen, untersteh dir, meinen unschuldijen Sohn zu küssen? Ick nehme an, er is unschuldig, der Charlie, wenn ick auch in seinem Alter ... Ick weeß, det hörste nich jerne. Nu is Kriech. Hamse wenijer Jelejenheit, die jungen Leute. Mann, wenn ick denke ... Schon jut! Ick sage nischt mehr. Ick stelle mir vor, du rennst rüber bei die Wuttkes, da sitzt der Held von Stalinjrad mit een appet Been, und dem sachste, hörn Se mal, oder hör mal, Kleener, dir kenne ick nu so lange, erstens biste uffn Holzweg mit dein Führa und die Fisematenten mit Partei und Heldentum, und zweetens is deine Schwesta ne Schlange, nich nee kleene, ne ausjewachsne Boa Konstrickstrump oder wie die Biester heeßen, nu bind se mal zu Hause an 'n Küchenstuhl, sonst verführt se noch mein kleen Charlie, der nich weeß, wat die Mädchen mang de Beene haben.»

«Willi!»

«Is doch wahr. Du hast ooch nich lange jefackelt, wie wir uns kennenjelernt ham.»

«Das war was andres. Schließlich war ich keine Nazisse.»

«Ne Kommunistin warste auch nich. Hast nich mal jewußt, wer Rosa Luxemburg ist.»

57

«Willi, wir müssen zusammenhalten. Ich geh rüber.»
«Denn jeh rüber. Ick hab schon Pferde kotzen sehn.»

Bevor Gerda Schivelbein die Wohnung verließ, schaute sie in den Spiegel im Korridor. Es war ein dreiteiliges schweres Möbel, ihre Mutter hatte ihnen den Spiegel zur Hochzeit geschenkt. Der Mittelteil, fast zwei Meter hohes Glas, erweiterte sich links und rechts zu einer Garderobe. Reliefschnitzerei, die sich teilweise unter Willi Schivelbeins Regenmantel verbarg, seinem grauen, mit Druckfarbe beschmierten Arbeitskittel, Gerdas Gabardine-Sommermantel, einem vielfach umgearbeiteten Stück, aus so gutem Material, daß er, hier im Halbdämmer des Flurs, immer noch aussah wie neu. Bei vollem Tageslicht merkte man, daß er an Ärmeln und Knopfleiste fadenscheinig wurde. Doch wer trug was Besseres heutzutage?

Über dem Spiegel zog sich, als Hutablage, eine Konsole, sie war schwer zu erreichen, weil zu hoch; ihr schleiergeschmücktes schwarzes Hütchen lag darauf, grau von Staub und Alter, seit Friedenszeiten hatte sie es nicht mehr getragen. Ich muß es wegpacken, dachte Gerda Schivelbein zum soundsovieltenmal. Säubern, in Seidenpapier wickeln und in den Schrank legen. Im Küchenschrank hortete sie ein paar Bogen Seidenpapier, ihre Schneiderin hatte darin die Kleider eingepackt, wenn sie lieferte, damals, als sie sich eine Schneiderin leisten konnte. In den schlechten Jahren hatte sie alles selbst genäht.

Waren sie spurlos an ihr vorübergegangen, jene Jahre? Die schlechten und die guten? Charlies Mutter strich sich eine Strähne aus der Stirn. Kein graues Haar. Aber die Fältchen um die Augen... auch bei diesem Licht. Man war nicht mehr die Jüngste. Wenn dieser Trott einmal aufhörte. Anstehen nach Fressalien. Zweiundsechzig Komma fünf Gramm Butterschmalz. Man mußte sich schämen, wenn man damit nach Hause kam zu den hungrigen Männern. Der Junge brauchte viel. War im Wachstum. Willi konnte sich den Hosenbund zweimal um den Bauch wickeln. Woher nehmen? Sie hätte gestohlen, wenn es was zu stehlen gegeben hätte.

Plötzlich hatte sie Lust, sich zuzulächeln im Spiegel. Gerda Schivelbein, verheiratet mit einem Drucker, der selten Aufträge bekam, Mutter eines Jungen, der in die Nazisse von nebenan verknallt war. Ihr Lächeln erstarb. Sie wendete sich ab von ihrem Spiegelbild, ging über den Kokosläufer zur Wohnungstür.

Joachim lag im Bett. In Hemd und Unterhose humpelte er zur Tür, öffnete.

«Es tut mir leid, Joachim.»

«Nicht doch, kommen Sie rein, Frau Schivelbein. Wenn es Sie nicht stört, daß ich mich wieder hinlege?»

Es störte sie. Oder sie hatte das Gefühl, den Nachbarssohn zu stören in seiner wohlverdienten Ruhe.

Er humpelte vor ihr her, das leere Bein der Unterhose baumelte, der vorhandene Fuß war blaß, käsig weiß. Die Krükken quietschten.

Mit einer Drehung ließ Joachim sich ins Bett fallen, legte die Krücken ab, zog die Decke über sich. Das Plümo hatte er zum Fußende geschoben.

Über dem Bett hingen gekreuzt ein blanker Säbel und die dazugehörende Scheide. Die Klinge des Säbels war ziseliert, schwarz eingeätzt ein Spruch. Während Gerda Schivelbein den Stuhl heranzog, von Joachim aufgefordert, neben dem Bett Platz zu nehmen, las sie, was auf dem Säbel stand:

Üb immer Treu und Redlichkeit.

Sie ergänzte: Bis an dein kühles Grab. Und weiche keinen Finger breit von Gottes Wegen ab. Sie sah, von Wochenschaubildern beeinflußt, Joachim und seine Kameraden in den Ruinen von Stalingrad; sah die Rollbahn des Flugplatzes, Schnee trieb darüber hin, Verwundete, fliehende Soldaten drängten sich um die Ju 52, klammerten sich an Heckrad und Tragflächen, wenn die Maschine startete zum Rückflug, schneller wurde sie, schüttelte die Menschen ab; sie bleiben liegen, im Schnee, in beißender Kälte.

Wer hatte Joachim, auf seiner Bahre erstarrt, in das Flugzeug gehoben? Eine der letzten Maschinen, hatte er gesagt.

Am nächsten Morgen lag das Rollfeld unter sowjetischem Artilleriefeuer. Keine Ju 52 startete und landete mehr.

Die sechste Armee, verdreckt, vergessen die Soldaten, in Wehrmachtsberichten zu Propagandazwecken mißbraucht, ging in russische Gefangenschaft.

Joachim war entkommen.

Um welchen Preis? Die Bettdecke zeigte eine Einbuchtung, da, wo das Bein fehlte.

Üb immer Treu und Redlichkeit.

Charlies Mutter nahm an, daß der Säbel von Joachims Großvater stammte, dem «hirnverbrannten Wuttke», wie sie ihn heimlich nannten, dem in seinen letzten Lebensjahren nichts anderes mehr einfiel als seine Dienstzeit bei den Dragonern.

Laß mich nachrechnen: Wie lange ist das her? Sechsunddreißig Jahre? Reserve 1908. «Ich bin Null-Achter, Schwedter Dragoner», hatte der Alte jedem erzählt, der den Fehler machte, eine Minute zu lange in seiner Gegenwart zu verweilen. Dann gings los, Weltkrieg eins, Reiterpatrouille auf Mömpelgard, Kampf um die Höhe 103, Reiterattacke, Lanze eingelegt, gestreckter Galopp.

Reiste zu Veteranentreffen, der Alte, bis zu seinem Tod. Nichts anderes im Hirn als Dragoner, Kyffhäuserbund, Tradition. War er schuldig an Joachims Kämpferwahn?

«Wollten Sie mir nicht etwas sagen?»

«Ich bin dabei, Joachim. Deine Eltern und wir: Immer haben wir zusammengehalten auf dem Hinterhof. Miteinander geteilt, wenn es nötig war. Als deine Mutter starb, habe ich mich um euch gekümmert, du sagst ‹Sie› zu mir, als wären wir Fremde. Damals hast du Tante Gerda gesagt. Du solltest es wieder tun. Auch wenn du erwachsen bist.»

Sie sahen einander in die Augen.

«Trotzdem», sagte Gerda Schivelbein, «sind wir anderer Meinung, du und ich. Du glaubst an den Endsieg. Ich denke, daß wir den Krieg verlieren werden. Du kannst mich anzeigen, wenn du willst. Sie werden mich abholen, wie sie meinen Mann abgeholt haben. Er ist wiedergekommen. Ob heute jemand zurückkommt aus ihren Lagern, bezweifle ich. Du bestreitest, daß es Lager gibt? Joachim, ich habe sie doch gesehen beim Schutträumen, in ihren gestreiften KZ-Anzügen. Bewacht von SS. Während andere ihren Fettwanst in Karinhall pflegen. Du denkst, ich bin verrückt? Du hast recht. Rede mich um Kopf und Kragen. Nur möchte ich dich bitten, mit deiner Schwester zu reden. Hast du nichts gemerkt? Sie glucken zusammen wie eh und je, Charlie und Irmi. Aber da ist mehr. Sie sind zu jung. Charlie ist fünfzehn, Irmi sechzehn. Wo soll das hinführen? Nachher bekommt sie ein Kind.»

«Sie meinen, du meinst, Tante Gerda ...»

«Natürlich. Da ist was im Busch. Man muß aufpassen. Wenn ich ganz ehrlich bin, will ich nicht, daß Charlie einer BDM-Führerin nachsteigt.»

Joachim brüllte: «Raus! Raus hier! Ich zeig Sie an, Frau Schivelbein! Ich zeige euch alle an. Die ganze Kommunistenbrut! Wozu haben wir euch so lange geduldet? Dreunddreißig hätten wir euch rausschmeißen sollen. Ab ins Lager zur Umerziehung! Verbreitet vielleicht Flugblätter! Russische Spione! Das alles auf demselben Hof. Ich werde ...»

Gerda Schivelbein stand auf. Von der Wohnungstür sah

sie noch einmal zurück. «Versündige dich nicht, Joachim», sagte sie.

Während sie über den Hof ging, wurde sie sich bewußt, daß sie, während sie an Joachims Bett saß, Bewegungen mit ihren Händen ausgeführt hatte, die ihr fremd waren, knetende Bewegungen, als wolle sie aus einem unsichtbaren Gegenstand etwas herausquetschen.

Normal ist das nicht, dachte Gerda, daß ich dasitze und die Hände ringe, nein, nicht ringe, eben diese Bewegungen vollführe, was mag sich Joachim gedacht haben?

Vielleicht war sie zu weit gegangen. Nicht die Konsequenzen scheute sie, mochte Joachim unternehmen, was er wollte, sie denunzieren, die Familie zerstören, alle unglücklich machen. Ins Verderben stürzen. Das war das richtige Wort. So stand es in den Zeitungen: Die Mächte des Großkapitalismus, das internationale Judentum, die Plutokraten, die versuchten, Großdeutschland ins Verderben zu stürzen. Nun ja: Sie und der Hinterhof und Charlie und ihr Mann waren nicht Großdeutschland. Aber ins Verderben stürzen: Das blieb.

Würde Joachim?

Ich könnte mich ohrfeigen. Was gehts mich an, wenn Irmchen ein Kind kriegt? Man soll sich nicht um anderer Leute Angelegenheiten kümmern. War Irmchen zu trauen? Ein kleines Luder. Die Jungs fallen rein auf ihre blonden Zöpfe, den Unschuldsblick. Ich kenne mich aus. Darunter brodelt ein Vulkan. Ob sie Charlie absichtlich den Kopf verdreht? Nicht einmal anzunehmen. Die ewige Eva. In Nazi-Uniform. Ausgerechnet meinen Charlie! Was tun? Himmel, wenn ich mit meinem Mann darüber reden könnte. Willi Schivelbein lachte, wenn sie mit ihm reden wollte, über so was. «Hast ooch nich lange jefackelt, wie wir uns kennenjelernt ham.» So ein Luderchen war sie nicht gewesen. Was wohl in Irm-

chen drinsteckte? Von ihrer Mutter hatte sie das nicht. Im
BDM lernten sie das auch nicht.

«Was ausjerichtet?» fragte Willi.
　「«Hm.»
　«Siehste. Wat rennste da hin.»

7

Eierlikör

Joachim Wuttke wäre nicht zu den hellen, aufgeweckten
Berlinern zu zählen gewesen, wenn nicht auch er damit gerechnet hätte, daß weitere Frontbegradigungen den Russen
den Weg nach Berlin freimachten. Er würde den Hinterhof
auf Sandsack-Barrikaden verteidigen, wenn nicht der Führer
in letzter Minute die Wunderwaffe einsetzen würde. Wie
sich das im einzelnen abspielen mochte, malte er sich in einsamen Stunden aus. In Bergwerken würden sie so viele V-
Waffen produzieren, daß sie mit einem einzigen Angriff die
Russen – und auch westliche Angreifer, Invasionstruppen –
vernichten konnten. Wahrscheinlich arbeiteten deutsche
Wissenschaftler mit Hochdruck daran, dem Soldaten an der
Front eine Waffe in die Hand zu geben, von deren Stärke
und Wirkungsgrad sich niemand eine Vorstellung machen
konnte. Eine Bombe, eine Strahlenwaffe, die Tausende von
Feinden in Sekundenbruchteilen vernichtete, Englands
Städte und Rüstungszentren ausradierte, coventrierte: Er erinnerte sich an den ersten großen Angriff deutscher Bomber
auf die Stadt Coventry. Das Ergebnis? Totale Niederlage der
Feinde Großdeutschlands. Triumph des Führers. Des deutschen Volkes. Er stellte sich die Russen vor, nach der Manier

der Zeichnungen der Propaganda-Berichterstatter, wie sie die Arme hochwarfen, ihre Gesichter verzerrt, Gesichter asiatischer Untermenschen, wie die Wunderwaffe sie auslöschte. Eine Armee, ein Heer. Alle Feinde! Er, Joachim Wuttke, würde empfangen werden vom Führer, als Held der frühen Kampftage, als es hieß, Mann gegen Mann, Mann gegen Panzer anzutreten.

«Die Schivelbein war hier», sagte er zu Irmi. «Bolschewistenweib! Hat Angst, daß du ihr Söhnchen vernaschst. Ich werde sie ins Lager bringen. Ab die Heide! Nach Oranienburg!»

«Bist du verrückt?»

«Durchaus nicht. Dieses Weib, das wir Tante genannt haben! Gehört ausgelöscht. Alle da drüben gehören ausgelöscht!»

«Ich glaube, dir bekommt nicht, daß du alleine in der Bude sitzt, Joachim! Wie kannst du so was sagen. Und was ich mit Charlie mache, geht euch einen feuchten Kehricht an, euch alle, damit ihr klarseht! Ich denk wohl, ich hör nicht recht. Kommt mein großer Bruder und mischt sich in meine Angelegenheiten. Kommt Tante Gerda Schivelbein und redet mit meinem Bruder darüber, was ich mit ihrem Söhnchen mache und was nicht. Seid ihr bekloppt? Charlie und ich, Mönsch, det is doch Buddelkiste! Wenn er mir hinterherlabbert, kann doch ick nüscht dafür. Außerdem finde ich ihn nett, und das ist meine Angelegenheit. Wann sehe ich ihn? Wenn er Urlaub bekommt von der lausigen Flak. Und dann peest er noch zu den Verpflegungsdampfern, zu den Mamis von seinen Kameraden, Napfkuchen einsammeln für die armen Jungchen, die drei S-Bahn-Stationen weiter Krieg spielen.»

«Ich . . .»

«Halt die Klappe. Jetzt rede ich. Höchste Zeit, daß ich dir meine Meinung sage. Ich bin fast siebzehn, verstehste? Und damit erwachsen. Vielleicht wollt ihr das nicht. Guck mal: Titten. Echte Titten. Soll ich die Bluse weiter aufknöpfen? Den Schlüpfer ausziehen? Halt die Klappe, sage ich! Unten ist auch alles dran, kannste mal hingucken, wenn ich im Bad bin. Du Waldheini! Haste Tomaten uff de Oogen? Während du panzerknacken warst, bin ich aus dem Nest gefallen. Was blieb mir anderes übrig? Für Führer, Volk und Reich? Bin ich ne BDM-Mieze geworden. Und finde den Schlacks von nebenan dufte. Willste mir noch mehr Weltanschauung predigen, wie unsere Führerinnen? Überdosis, Joachimchen! Kanal voll!»

«Hast du nen Knall?»

«Wer hier nen Knall hat, bist du. Entschuldige. Ich weiß, mit Helden redet man nicht so. Aber faß dir mal an deine eigene Birne, Joachim. Der Rest: Siehe oben. Haste dir alles gemerkt?»

«Nisch habe ick mir gemerkt. Meine Schwester! Größenwahnsinnig. Im wahrsten Sinn des Wortes. Wer denkste denn biste mit sechzehn? Ick weeß, fast siebzehn. Det is aber sechzehn nach Adam Riese. Ne Pißnelke biste. So was lassen se Führerin werden beim BDM. Wo sind wir? Bei den Hottentotten?»

Joachim humpelte in die Küche. Kam mit der Schnapsflasche wieder. «Da bleibt einem nur übrig, sich zu besaufen. Schalt den Volksempfänger ein.»

Wunschkonzert.

Die Geschwister saßen einander gegenüber. Gifteten einander an mit Blicken. Joachims Augen glitzerten, vor Wut, vom Alkohol. Irmi zog einen Flunsch. «Ich schneid mir die Zöpfe ab», drohte sie.

«Beiß dir 'n Monogramm in 'n Bauch.»

Joachims Züge hellten sich erst auf, als Lisa zu Besuch

kam, das Mädchen mit den dunklen Locken. Sie war mit Irmi befreundet, gemeinsam hatten sie auf Heimabenden gesungen, Altpapier und Lumpen gesammelt. Wie Irmi trug auch Lisa ihre BDM-Uniform, in Ermangelung anderer Sachen. Rausgewachsen. «Die Lumpen gib in die Winterhilfe», hatte sie zu ihrer Mutter gesagt. Aus der Uniform platzte sie wie eine Kastanie aus der Schale. Joachim sah, daß die weiße Dienstbluse über den Brüsten spannte, ein Knopf hing an langem Faden. Er hoffte, dabei zu sein, wenn er abplatzte. Kurze Ärmel legten dunkle Achselhaar-Nester frei, wenn Lisa die Arme hob, was sie oft tat, einer Kopfbewegung, die ihre Locken auf die eine Seite schleuderte, folgte unbewußt tastender Griff.

Wirklich unbewußt? Joachim bezog entsprechende Zurschaustellungen auf sich. Trat Lisa ein, fuhr er in seinen ordengeschmückten Uniformrock, knöpfte Halsbinde und Kragen zu, daß Unterhemd und Erkennungsmarke verschwanden.

Irmchen, immer noch wütend, sah, wie ihr Bruder den Charmeur herauskehrte: «Lisa, fein, daß du da bist. Magst du einen Schnaps?»

Lisa schüttelte sich, was ihre Mähne in Unordnung brachte, sie mußte den Kopf werfen, wie ein Rennpferd, dessen Jockey an der Kandare reißt, mußte die Arme heben.

Joachim spitzte die Lippen. «Eierlikör? Ich bin berühmt für meinen Eierlikör. Frag Irmi. Selbstgemacht. Eine Krankenschwester gibt mir Alkohol, wenn ich ins Lazarett komme. Spiritus fini. Irmchen organisiert Eier und Zucker.»

«Ich ruiniere die Volkswirtschaft.»

Joachim lachte. Zog den Kopf in den grünen Uniformkragen. «Was ist?»

«Eierlikör», entschied Lisa.

Irma stand auf und holte die Flasche aus der Küche. Ein Glas. Wollte eingießen. Joachim nahm ihr die Flasche aus der Hand. «Das mache ich.» Er schaute Lisa an, das Glas lief über, Eierlikör rann außen am Glas hinab, in Richtung Häkeldecke. Lisa ergriff das Glas und wickelte ihre Zunge um den Stil, eine lange, spitze, hellrosa Zunge, die hin- und herfuhr am Glas, aufwärts, seitwärts, sich um die Rundung des Gefäßes schlängelte, wiederum auf und ab glitt, ihre Unterseite enthüllte mit dem Zungenband, Joachim sah hin, Wärme überflutete ihn, er war geneigt «Zungenbändchen» zu sagen, doch dies war kein Bändchen, es war ein Band, der Länge von Lisas Zunge angepaßt.

Soviel Likör klebte nicht am Stiel. Lisa sah ein, daß es nichts mehr zu lecken gab, auf die Häkeldecke stellte sie das randvolle Glas und tauchte die Spitze ihrer Zunge ein. Dazu klappte sie wie in Zeitlupe ihre Augenlider herab, ihre großen, feuchten braunen Augen verschwanden, Joachims Blick konzentrierte sich auf jene glutrosa Zungenspitze, die sich in die halbsteife Masse des gelben Likörs senkte.

Sein Kopf ruckte vor und zurück. Er hob sein Glas mit Bolschewistentod. «Prost.»

Lisa schlug die Augen auf.

Publikum für Lisa waren die Geschwister, nahmen teil an der Vorstellung «Lisa schleckt ein Glas Eierlikör aus».

Irmi sah mit geringem Stolz auf ihre Freundin – war Lisa noch ihre Freundin? Die Schau, die sie abzog!

Joachim gefiel die Szene. Andererseits zog Traurigkeit in sein Gemüt, wolkige, düstere, graue Traurigkeit. Nicht so sehr war sein fehlendes Bein daran schuld. Wie die meisten Versehrten kompensierte er den Verlust, bewegte sich mit allen Gedanken fort von dem Punkt, wo Gefühl für Minderwertigkeit, für Behindertheit aufkommt. Angesichts Lisas in ihrer fruchtprallen, un-nordischen Schönheit, ihres Geruchs nach Stallwärme, der zu ihm herüberströmte, überließ er sich Gedanken, die dem Bild, das er von sich pflegte, nicht entsprechen wollten. Stichworte wie «verlorene Jugend» schlängelten sich, durch Trunkenheit neblig, doch deutlich genug, um zu schmerzen, in sein Gemüt. War Panzerknakken, waren Frontmut und Einsatzbereitschaft, Glaube an Führer und Volk die wirklichen Werte? Das friedliche Bild eines Gasthofs auf dem Land kam ihm in den Sinn, irgendwo in der Mark, vor dem Krieg, wo er mit seinen Eltern und Irmi eingekehrt war. Unter Linden hatten sie gesessen, Bier getrunken und Apfelbrause vom Faß, der Duft von Eisbein mit Sauerkohl zog ihm in die Nüstern, als habe die Wirtin die Platten hier vor ihm auf den Wohnzimmertisch gestellt, auf Mutter Wuttkes Filetdecke, er sah sie vor sich, gewaltig, Haxe in der Mitte, Kartoffeln und Sauerkohl drum herum garniert, Mohrrüben und feine Erbsen, Leipziger Allerlei nannten sie das, mitten im Eisbein steckte ein Papierfähnchen, er erinnerte sich nicht mehr, was für ein Fähnchen, Hakenkreuz oder Schwarzweißrot wäre blasphemisch gewesen, demnach eine Fantasiefahne, er wünschte, ihm würde in diesem Augenblick einfallen, was auf dem Fähnchen gewesen war, es deprimierte ihn, daß dieser Teil der Erinnerung ausgelöscht schien.

Er wollte Irmi fragen, scheute sich jedoch, die Stimmung zu stören und Lisas Vorstellung zu unterbrechen. So rannten die Bilder weiter gegen ihn an. Der Vater in dunklen, blankgewetzten Hosen, blaugestreiftem Hemd mit weißem Kragen, vorne blitzte golden der Kragenknopf, und da war auch noch ein zweiter Knopf, mit dem der Kragen hinten am Hemd befestigt war. Er sah diese beiden Knöpfe, während er mit den Augen Lisas Zunge verfolgte, wie sie leckte und wischte.

Die Wirtin hatte guten Appetit gewünscht, ihr Vater widmete sich der Zerlegung des Eisbeins, angewärmte weiße Teller, dickes Steingut, standen als kleiner Stapel neben ihm bereit, Krawatte und Sommerjacke, «die Leinene», wie Mutter Wuttke sie nannte, hingen über der Stuhllehne, Vater hatte die Hemdsärmel hochgerollt. «Beklecker dich nicht», sagte Mutter. Joachim sah sich da sitzen, ein bißchen zu erwachsen für Familienausflüge, sah seine Schwester, die er für einen dummen, zum Kichern neigenden Backfisch hielt, er sah seine Mutter mit den füllige Armen, ihre Pockennarben, blickte auf den Mann, den er für seinen Erzeuger halten durfte – oder mußte. Ein Fremder, der Eisbein zerlegte. So fremd, daß Joachim neugierig wurde, wie es sich lebt als Mann, er mußte es selbst erfahren.

Von diesem nachmittäglichen Gasthausgarten unter den Linden führte für Joachim ein Weg nach Bialystok, zum Dnjepr, nach Stalingrad.

Wußte er inzwischen, «wie es sich als Mann lebte»? Er nahm einen Schluck «Bolschewistentod». Wünschte sich, durch die Wälder zu laufen, hinter diesen Menschen her, den Fremden und doch Nahestehenden, über die man ihm eingebleut hatte: Dies ist deine Familie. Die Zelle, in der du aufgehoben bist. So oft hatten sie es ihm gesagt, daß er sich Mühe gab, das Gefühl zu überwinden, sie seien Fremde. Nicht er war fremd, sondern sie, drei Menschen um ihn herum, vor ihm auf dem Waldweg. Es roch nach Pilzen, so früh im Jahr, Sonnenstrahlen fielen schräg durchs Geäst, und von einem Teich, übervoll zwischen hellgrünem Schilfgürtel, stoben Wildgänse auf. Er wünschte, Lisa würde zu ihm herüberkommen, er würde die prallsitzende Bluse öffnen, sie an sich ziehen, sich in sie versenken, bis die Gedanken sich lösten, zu Bildern wandelten, leichter, aufstiegen aus der dumpfen Masse seines Hirns.

Auf dem Vertiko lag der letzte Feldpostbrief des Vaters:

Ihr Lieben,
hoffentlich geht es Euch gut. Wir haben neue Stellungen bezogen, alles sehr primitiv, aber wir werden uns einrich-

ten, wie immer. Die Bunker sind in einen Abhang gebaut, wir haben aus dem Wald Birken geholt und davorgepflanzt, damit es hübsch aussieht. Wir gehen zu mehreren in den Wald, beim Holzschlagen für die Öfen und für die Küche sichern immer ein paar Kameraden, es ist nicht ungefährlich. Die Bevölkerung ist trotzdem sehr nett, aber zurückhaltend. Jeglicher Kontakt ist untersagt, aber manchmal gelingt es uns, einem Bauern ein Huhn abzukaufen oder «Jeizki», wie sie zu Eiern sagen. Zu trauen ist keinem, bei jeder Frontbegradigung sehen sie ihren Weizen blühen. Der Iwan hat noch keinen neuen Angriff unternommen, manchmal schießt er mit Artillerie in unsere Stellung, aber wenig. Nachts hören wir ihn rumoren, Nachschub, Munition, Artillerie? Man muß auf alles gefaßt sein. Mache mir Gedanken um Euch, wie Ihr Euch durchhelft ohne Mutter. Aber seid ja erwachsen. Danke für die beiden Päckchen, sie kamen zusammen an, obwohl Ihr sie im Abstand von drei Wochen aufgegeben habt.

Kann alles gut brauchen, vor allem die Socken. In den Knobelbechern gehen alle Strümpfe kaputt, und die Folge sind Blasen. Der Sani behandelt sie mit Hirschtalg, wenn er welches hat, was selten genug vorkommt. Meistens gibt er ein Aspirin. Er meint, Aspirin ist für alles gut. Er stammt aus Ost-Oberschlesien und spricht ein merkwürdiges Deutsch. Ist von Anfang an dabei, wie ich. Ein Granatsplitter hat ihm ein Ohrläppchen weggerissen, er sieht aus wie ein Boxer.

Wir haben einen Hund, der uns zugelaufen ist, eine Art Terrier. Der Waffen-Uffz. hat ihn Iwan genannt, aber ich glaube, es ist ein deutscher Hund, er hört auf deutsche Kommandos. Das Schießen macht ihm nichts aus, manchmal sitzt er da und folgt mit dem Kopf der Geschoßbahn, er nimmt sie wahr, bevor es einschlägt. Wenn wir genau zuschauen, können wir voraussagen, wohin der Russki seinen Koffer setzt. Nachts gehen Patrouillen, sie wollen herausfinden, was der Iwan (nicht der Hund!) vorhat. Neulich brachten sie ein paar Gefangene, haben sie einfach aus einem Postenloch geschnappt, drüben. Sie sagen, sie wissen nichts, auch Drohungen helfen nicht. Sitzen da und betteln um «Papyrossi». Heute sollen sie nach hinten gebracht werden. Mich nehmen sie nicht für Patrouillen, weil ich der einzige bin in der Kompanie, der sich mit den Kfz. auskennt. Viel nützt es nicht, wir kommen an keine Ersatzteile, und wenn, sind es die falschen. Man muß improvisieren. Sie haben mich vorgeschlagen zum Stabsgefreiten, das bedeutet mehr Löhnung, was nichts heißt, weil es nichts zu kaufen gibt. Vielleicht kann ich Euch ein bißchen Geld schicken. Der Fehler ist, daß wir einen Teil in Besatzungsgeld kriegen. Die Leute im Dorf nehmen es ungern.

Habe für den Terrier ein Halsband gemacht aus einem Stück Zügel, mit Schuhnägeln verziert. Er ist richtig stolz darauf, läuft herum, dreht sich im Kreis. Ich muß an unseren Wotan denken, wie sie ihn eingezogen haben. Was mag aus ihm geworden sein? Manche Offiziere haben Schäferhunde, ich denke, vielleicht hat einer unseren Wotan bekommen und er hat es gut.

Nun will ich aber schließen für heute, der Sani geht mit einem Verwundeten nach hinten und nimmt die Post mit. Schreibt bald wieder, es ist immer schön, Post zu bekommen. Wenn Ihr ein Päckchen schickt, legt Hirschtalg ein für die Blasen. Seid herzlich umarmt, bis zum nächstenmal.

Euer Vater.

PS. Stimmt es, daß BDM-Mädchen dienstverpflichtet werden sollen?

Frau Schivelbein stand am Fenster und sah wie so oft in den Hof hinab, ein Muster aus Rechtecken, das Geviert zwischen Vorder- und Hinterhaus, Brandmauern, Fenstergevierte, Toreinfahrt, Hintereingang, Garagentor, die Reklametafel «Continental-Reifen» mit dem C, das sich wie ein Wurm ums O schlang, ein rostzerfressenes Rechteck; dies alles schob sich über- und untereinander vor Gerda Schivelbeins Augen, bis sich wie durch Retusche ein einziges Muster ergab, gebildet durch Gitterstäbe vor dem Fenster einer Gefängniszelle. Sie war nie in einer Gefängniszelle gewesen, trotzdem begann dieses Bild sie immer öfter zu bedrükken, manchmal wachte sie aus dem Schlaf auf, weil sie träumte, sie sei von Gittern umgeben. Ein anderes Mal, dieser Traum wiederholte sich nicht, glaubte sie sich in einem tiefen Verlies, nur hoch oben fiel Licht durch eine vergitterte Öffnung in den Raum, dessen Ausmaße sie nicht abschätzen konnte. Das Gittermuster, hell-dunkel, wiederholte sich auf dem Zementfußboden, der wiederum ein Muster kleiner Karos, Vertiefungen und Erhöhungen zeigte.

Begonnen hatten diese Träume bald nachdem sie ihren Mann abgeholt hatten. Sie würde diesen Morgen nie vergessen, das graue Auto, das in den Hof rollte, im Halbschlaf hörte sie den Motor, stand auf und ging ans Fenster, während ihr Mann weiterschlief, sie schob die Gardine beiseite, durch den Schlitz sah sie drei Männer in Lederolmänteln aussteigen, sie wußte augenblicklich: Der frühe Besuch galt ihnen. «Willi, wach auf», rief sie, meinte zu rufen, tatsächlich flüsterte sie, Willi Schivelbein hörte nichts, drehte sich um im Bett.

Sie warf sich den Bademantel über, eilte zur Tür, die Treppe hinunter, öffnete die Haustür, bevor die Männer klopften, die anderen Hausbewohner aufweckten. Der eine fragte: «Wohnt hier ein Willi Schivelbein?»

Gerda nickte.

«Wohnt er hier oder nicht?»

«Ja.»

Der Mann trat an ihr vorbei, ging die Treppe hinauf. Die anderen beiden ließen ihr höflich den Vortritt. Einer blieb auf der ersten Stufe stehen, lehnte sich an die Mauer.

Sie erinnerte sich genau an diese Szene, die aus einem Spionagefilm im Kino an der Ecke hätte stammen können. Ein Staatsfeind wird im Morgengrauen verhaftet. Für alles weitere fehlte jeglicher Eindruck. War sie ins Schlafzimmer gegangen und hatte ihren Mann geweckt? Oder war der erste Lederolmantel-Mann vor ihr eingedrungen? Was war mit Charlie geschehen? Hatte er weitergeschlafen? Es mußte wohl so gewesen sein. Ihr fiel ein, daß sie ihn wie immer zur Schule geschickt und auf seine Frage, wo der Vater sei, gesagt hatte: «Er mußte verreisen.» Sie hatte hinzugesetzt: «Kurz.»

Als Willi Schivelbein zurückkam, weigerte er sich, über seine Erlebnisse zu berichten. «Sie konnten mir nischt anhängen», sagte er. Dann hatte er seinen Arbeitsmantel vom Haken genommen, war hineingeschlüpft und hinunter in die Druckerei gegangen.

Tausendmal hatte Charlies Mutter sich alle Vorgänge ins Gedächtnis zurückgerufen. Leer blieb die Szene für den Zeitraum der eigentlichen Verhaftung. Grotesk schien ihr nachträglich die Frage: Wohnt hier ein Willi Schivelbein? Denn der Name stand groß über dem Tor der Druckerei, genügend groß auf der Tafel in der Toreinfahrt: Schivelbein, Hinterhaus, 2 Treppen. Die Männer mußten den Namen gelesen haben, als sie in die Einfahrt fuhren.

Was hatte ihr Mann erlebt in diesen drei Tagen? Sie fragte nicht. Charlie fragte nicht, obwohl er herausfand, daß es mit der Reise nicht stimmte; Willi Schivelbein war kein Mann, der verreiste. Solange Charlie sich erinnern konnte, war sein Vater nie allein verreist. Zusammen waren sie an die Ostsee gefahren oder nach Niederfinow, mit Picknick und Übernachtung (damals hieß Picknick «Wir essen draußen»), oder nach Schloß Rheinsberg.

Willi Schivelbein – allein verreist?

Nee.

Doch er fragte nicht. Ahnte, daß Ungeheuerliches dahintersteckte. Während Wochen, anhand kurzer Bemerkungen der Eltern, reimte Charlie sich zusammen, was geschehen war.

Volksgenossen wie jene, die auf dem Hof hinter Räucherkerstens Geschäft lebten, ahnten nichts von Gestapo-Kellern in der Bendlerstraße, damals nicht. Schivelbein wußte es inzwischen, aber er schwieg. Hätte er die Träume seiner Frau gekannt, er hätte vielleicht gesprochen.

So scherzte er: «Haarscharf an Oranienburg vorbei.»

Oranienburg war ein Begriff, wie andererseits Schlaraffenland: Wem Gutes widerfuhr, der kam ins Schlaraffenland, wem Schlechtes zugedacht war, den schickten sie nach Oranienburg.

Was dort geschah? Waren die Männer, die Gerda Schivelbein in ihren gestreiften Anzügen gesehen hatte, »Oranienburger»? Gefährlich, nachzuforschen. Gefährlich, zu sprechen.

Charlies Mutter ertrug es, verfolgt zu werden von den Gitterbildern, viele Nächte lang. Nur einmal sagte sie morgens, der Vater arbeitete in der Druckerei, zu Charlie: «Ich träume von Gittern. Immerzu von Gittern. Sie sind wie ein Muster um mich herum, unter mir, über mir.»

Charlie sah sie an. «Was für Gitter?»

«Ich weiß nicht. Trink deinen Kakao. Es wird bald keinen mehr geben.»

Charlie senkte den Blick und fischte, wie jeden Morgen,

mit zwei Fingern die Haut von seinem Kakao. Wie jeden Morgen wußte er nicht, wohin damit. Streifte er die Haut auf die Untertasse, klebte die Tasse darin. Servietten gab es keine. Manchmal versuchte er, sich die Finger an der Hose abzuwischen, es gelang ihm nie, unter dem wachsamen Blick der Mutter.

8

Ottis rote Haare

Im vierten Kriegsjahr hatte Herbert Geske es geschafft. Er war Fähnleinführer.

Der Vater saß gekrümmt am Tisch.

Er wagte nicht mehr, Herbert eine herunterzuhauen.

Der Vater widersprach nicht, wenn Herbert, während sie eine der immer kümmerlicheren Mahlzeiten verzehrten, über den Endsieg sprach.

«Iß», sagte die Mutter.

Im Flur die Eisenbahn war weggeräumt. Dunkle Flecken auf dem Stragula zeigten, wo Tunnel und Bahnhof gestanden hatten. Herbert arbeitete seinen Knick im Mützenschirm nach, bevor er die Wohnung verließ. Luftschutz-Dienst. Katastrophen-Einsatz. Er mußte seine Leute zusammentrommeln.

An der Hüfte trug Herbert jetzt eine kleine Revolvertasche. Mit Inhalt. Gegen die Vorschrift. Niemand verbot es mehr. Das Lederpäckchen an seiner Hüfte strahlte Kraft aus, er wußte die durchgeladene '32iger Smith & Wesson Hammerless Safety in diesem Futteral.

Eine Geschichte hätte diese Pistole gehabt, Beute von Dünkirchen 1940, als die Engländer sich einschifften auf ihre Insel, mannigfach Beute zurückließen; so diese Smith & Wesson in ihrem Halfter. Ein Landser mochte sie mitgenommen haben, verliebt in die handliche Waffe. Sie tauchte dann in Berlin auf. An Waffen gelangte jeder, Arsenale häuften sich bei Halbwüchsigen. Charlie besaß einen Karabiner 98. Im Schrank bei Wuttkes lag ein komplettes, feuerbereites MG 42, mit eingezogenem Munitionsgurt. Angeschleppt von Joachim.

Herberts Eltern wußten von der Pistole, sie sahen die Waffe an seinem Koppel, wenn er kam, selten genug, ihn füllte aus, daß er entronnen war, den Stragula-Läufern und Alpaka-Bestecken, dem geblümten Kaffeewärmer, dem Tropfenfänger an der Teekanne mit kleinem Porzellan-Wellensittich auf der Tülle, den Blattpflanzen und den Zelluloid-Enten im Badezimmer, aufbewahrt seit Kindheitstagen. Eine zeigte Spuren eines winzigen Gebisses, gerührt wies die Mutter darauf hin, daß er, Herbert, es gewesen sei, der die Bißspuren ins Zelluloid geprägt hatte mit seinen Milchzähnchen, «ein kleiner Kannibale warst du».

Kannibalen zogen Menschen als Nahrung vor. Herbert hätte in solchen Augenblicken, während er sich spärliche Stoppeln vom Kinn schabte, seine Mutter braten und verspeisen können mit Haut und Haar. Damit Ruhe war. Endlich Ruhe. Daß sie ihn gehen ließ, seinen Weg hinaus ins männliche Dasein, zu seinem Fähnlein, seinen Unterführern, seinen Jungs.

Er faßte an seine Hüfte, überzeugte sich, daß die Smith & Wesson da war, verließ die Wohnung. Auf der Treppe zog er die Pistole, lud kurz durch, freute sich, wie der Schlitten in seinen Fräsungen vor- und zurückglitt.

Hätte man von Herbert verlangt, daß er seine Eltern schildern sollte, in einem Schulaufsatz, einem ungeschönten Lebenslauf, – ihm wäre das Bild unterlaufen vom ausgetrockneten, unterdrückten Vater, kriegsdienstuntauglich wegen allerlei Gebrechen, die er mit Senfpflastern und homöopathischen Mitteln von Dr. Madaus – kleine graue Schachteln mit weißen Pillen – kurierte oder jedenfalls behauptete, dies zu versuchen, – das Bild von seiner fügsamen Mutter.

Liebe? Hatte so etwas stattgefunden zwischen seinen Eltern? Herbert mochte sich den Akt nicht vorstellen, der zu seiner Zeugung geführt hatte, mochte sich überhaupt nichts Intimes vorstellen, wie er es in Gedanken nannte, zwischen Vater und Mutter. Damals nicht und schon gar nicht hier und heute, in diesen Betten im Wohnzimmer in der Sundgauer Straße, begleitet vom Lärm der ein- und ausfahrenden BVG-Busse, fern vom Sudetenland.

Herbert liebte, ohne es zu wissen. Nannte es Freundschaft. Freundschaft zu Charlie. Zum großen, strahlenden Charlie, dem Luftwaffenhelfer, dem führertreuen Hitlerjungen (wie Herbert meinte), obwohl Charlie aus einer anrüchigen Familie stammte: Sollen früher Kommunisten gewesen sein, die Schivelbeins. Wahrscheinlich war es ihm, Herbert, zu verdanken, daß Charlie «hingebogen» worden war. «Was ein Häkchen werden will, biegt sich beizeiten, nicht wahr, Charlie?»

Charlie zuckte mit der einen Achsel, wackelte ein bißchen mit den Ohren. «Zeig mal», sagte er und meinte Herberts Pistole. «Die Schmisch und Weschschonn.» Sie standen nebeneinander, an der Seite des zierlichen, spilligen Herbert wirkte Charlie wie ein Elefant, ein blaugrauer, in seiner ersten Garnitur. Die HJ-Armbinde war wieder einmal hinuntergerutscht, ringelte sich verkrumpelt um den Ärmel. «Du solltest sie plätten», rügte Herbert. «Wir sind Hitlerjungen. Auch ihr Flakhelfer. Man sollte es sehen.»

Herbert haßte Irmi.
«Siehst du sie?»
«Wen?»

«Irmi.»
«Sicher. Wir wohnen nebeneinander.»
«Du . . . Ich meine . . .»
«Was? Sags!»
«Nichts.»

Charlie schob die Mütze nach hinten. Daraus soll man schlau werden. Was wollte Herbert? Hatte er sich in Irmi verknallt? Charlie bezog Herberts Blicke nicht auf sich, wenn er dessen Pupillen, zwischen Albino-Wimpern, auf sich gerichtet sah. Schnurgerade Blicke. Manchmal fiel Charlie dergleichen ein. Er sagte es nicht. Schon gar nicht Herbert.

Schon gar nicht? Niemand. Sollte er hingehen zu seinem Vater, zu Irmi, sollte er einem von den Kumpels in der Batterie sagen: Der Fähnleinführer Herbert schaut mich an mit schnurgeraden Blicken?

Gekrümmter Blick aus Herberts Augen traf die Mädchen, traf Irmi, die ihm standhielt, durch Herbert hindurchsah, ihr Gegenblick rutschte gleichsam unter seinen Mützenknick, bohrte ein Loch in seine Stirn, die hellhäutige, reine, ohne Pickel, ohne Falte. Dann wendete sie sich ab, wie ein Kamel, das weiterzupft an seiner Kaktusnahrung, die Oberlippe aufstellt, damit kein Stachel piekt, mit den Augen immer noch an jener imaginären Stelle seiner Stirn, ihn zu gekrümmtem Blick zwingend, so lange, bis ihn der schnurgerade Blick ablöst, hinauf zu Charlies rundem Gesicht mit den roten Elefantenohren, die nun wieder zucken, Hilfe erheischend.

Hilfe bleibt aus, denn nun tritt auch Lisa zu ihnen mit den dunklen Locken, sie bewegt Schulter und Kopf schräg nach oben, hält inne, das Haar fliegt auf eine Seite, zweiter Ruck mit dem Kopf, jetzt hat sie die Mähne da, wo sie denkt, sie will sie haben, frei liegt ihr Gesicht; auch ihre Augen treffen den Fähnleinführer, streifen seine Stirn, ganz kurz, Lisas Blick gleitet hinunter an seiner knappsitzenden Uniform, heftet sich auf die Revolvertasche, hellbraunes Leder, Boxcalf wahrscheinlich, früher hatte sie Schuhe besessen aus so kostbarem Material, ihr Großvater hatte sie ihr gekauft, der Enkelin, der feinen, daß sie mit ihm gehen konnte, zum nahen Zirkus Busch, die Clowns anschauen: Einer ließ sich von einem Elefanten einseifen und rasieren, der Elefant machte das ordentlich, hielt das Riesenmesser mit dem Rüssel, Lisa liebte es, wenn im Schaum die gleichmäßige Bahn entstand, geschabt vom Rasiermesser. Wie bei Opa. Strich vorher das Messer über einen Lederriemen; das tat der Elefant nicht. Vielleicht war das Messer im Zirkus stumpf?

Lisas Blick klettert wieder hinauf, zu Herberts Gesicht. Ein bißchen Flaum am Kinn, unter der Nase. Über den Mundwinkeln. Goldene Härchen.

Sie stehen vor dem Häuserblock, der schartig geworden ist von Bomben. Zwischen zwei Brandmauern hat sich das Feuer bis hinab zum Keller gefressen, die Fassade ragt mit geschwärzten Fensterhöhlen, fast unversehrter Haustür, unter dem Ruß kann man noch die Namen der einstigen Mieter lesen: Mettke, Neuhaus, Flemming, Habicht, Krause. Verweht hat es sie, zu Verwandten, Freunden, Nachbarn, mit den wenigen Habseligkeiten, die sie gerettet haben.

Otti Krause und ihre Mutter sind zu Geskes gezogen. Sie wohnen in Herberts Zimmer. «Herbert ist nie da. Immerzu Luftschutz-Einsatz. Sie können das Zimmer haben.» – «Gerne.» – «Wir schaffen eine Matraze hinein, für das Mädchen.»

«Sie sind ja so gut.»

«Nicht doch. Ist doch selbstverständlich.»

«Was ist, wenn Herbert nach Hause kommt?»

«Wissen Sie, Frau Krause, das geschieht wirklich selten. Er kann im Wohnzimmer schlafen. Auf dem Sofa.»

«Das ist mir aber peinlich.»

«Nicht doch. Wir müssen alle einander helfen. Heutzutage.»

Otti stand daneben, langaufgeschossen, mit roten Haaren, die über ihrer hohen Stirn flatterten, wie ein Weizenfeld, in das der Gewittersturm fuhr. Sie knöpfte verlegen an ihrem Mantel, flaschengrün, eng anliegend.

«Ick jeh noch bißchen runter», sagte Otti.

«Geh nur, Kind. Halt! Doch nicht mit dem Sonntagsmantel!»

«Ach, lassen Se doch.»

«Ist auch egal. Trotzdem. Sie hat nur det eene jute Stück.»

Otti verschwand.

Frau Geske machte erst mal Kaffee.

Unten gesellte Otti sich zu der Gruppe um Herbert. Oder um Charlie?

Irmi, trotz Uniform, hatte sich bei Charlie eingehakt, was verboten war.

«Kinders», sagte Otti Krause.

Herbert maß sie mit kühlem Albino-Blick. Was wollte die hier? Genug, daß sie in seinem Zimmer pofte. Im BDM schien Otti nicht zu sein. Wer rannte in so einem Mantel umher? Abscheulich. Alle trugen Uniform. Erfüllten eine Aufgabe. Otti Krause – was machte die?

Charlie sah, wie Herbert die Fähigkeit zu schnurgeradem Blick verlor. Otti Krause deutete auf Herberts Revolvertasche.

«Haste da ne belechte Schrippe drin?» fragte sie. Lisa lachte. Herbert knöpfte die Tasche auf, zog die Smith & Wesson raus. «Tütenbär. Das ist'n Ballermann. Ne Töte. Menschenlocher. Willste dran riechen?»

Otti Krause streckte die Hände aus. Wehrte ab. «Nicht die Bohne.»

Weiße Hände mit sehr langen, sehr geraden dünnen Fingern. Am Ringfinger der linken Hand trug sie einen schmalen Silberreif mit erbsengroßem grünem Stein.

Charlie dachte nach, wo er solche Hände gesehen hatte. Die Hände von Dürers Mutter? Nein. Ein Kalenderblatt? Der Engel, der Laute spielt? Jetzt müßte man wissen, wer der Künstler . . .

Abgesehen vom Mantel, dieser unnatürlichen flaschengrünen Schlaube, war Otti ein schönes Mädchen. Daß er sie nie vorher gesehen hatte! Doch weit weg vom Hinterhof lag die Sundgauer Straße. Ohne Herbert wäre er nie hierhergekommen. Herbert verkörperte für ihn «das Fähnlein». Eine Institution, der er spät hatte beitreten dürfen. Und der er nur kurz angehört hatte.

«Was suchst du bei denen?» fragte Polyphem, fragte Vater Schivelbein. «Die wollten dich nicht haben. Erinnerst du dich, Charlie? Den Sohn vom Drucker Schivelbein wollten sie nicht. Was rennste zu dem Fatzken, dem Fähnleinführer? Bleib bei uns, wenn de Urlaub hast. Mutter freut sich. Ick übrigens ooch.»

Charlie wand sich. «Ich weiß nicht, wieso ich den sehe.»

«Denn laß et.»

«Nee.»

Polyphem wendete sich ab. Neuerdings trug er eine Brille. Mit einem Ruck schob er sie sich auf die Stirn. Ein Glas verdeckte die Narbe.

«Du bist der einzige, der kommt», sagte Herbert. «Unser Fähnlein? Kannste dir denken. Wenn ein Zug zehn Mann auf die Beine stellt, ist es gigantisch. Das heißt, vierzig oder fünfzig Mann sind das Fähnlein. Die Jüngeren sind kinderlandverschickt, oder die Schule ist ausquartiert. In Klein-Machnow geben sie Unterricht in drei Schichten. Dreißig Minuten dauert eine Unterrichtsstunde. Die anderen: Flakhelfer. Wie du.»

«Wer ist übrig?»

«Lehrlinge, die in der Rüstung arbeiten. Um sechs kommen sie aus der Fabrik, dann fahren wir zum Einsatz. An den Wochenenden genauso. Manchmal kommt nur die Hälfte. Schichtarbeit.»

Charlie wußte, was sie dann taten.

Unergründlich, woher immer wieder Waggons und Lastwagen mit Dachziegeln anrollten. Neu und leuchtendrot, Stroh zwischen den Lagen. Herbert und seine Jungen deckten Dächer neu ein, die manchmal nur vierundzwanzig Stunden hielten. Die nächste Luftmine fegte die neuen Ziegel von den Dachlatten.

Wie blutige Wunden sahen die neuen Dächer aus. Solange sie hielten.

Otti Krause mit ihrem rot lohenden Haar sah aus wie ein Haus mit einem neuen Dach.

Herbert sagte: «Ich muß gehen.»

Lisa: «Ich dachte, wir wollen ins Kino?»

Im Ufa-Palast am Zoo – Bomben hatten ihn bisher verschont, «verschmäht», sagte Herbert – lief «Immensee». In Farbe. Mußte man gesehen haben.

«Mit Kristina Söderbaum?»

«Mit der Reichswasserleiche.»

«Heute nicht.»

Charlie wackelte mit den Ohren. «Mein letzter Urlaubstag.»

«Ick jeh Bescheid sagen.» Otti lief zum Haus. Im grünen Mantel mit den roten Haaren sah sie aus wie eine Flasche mit rotem Stöpsel. Sie lief zu der Hausscheibe, die erhalten war zwischen geschwärzten Ruinen.

Lisa sagte: «Ich möchte wieder etwas Schönes sehen. Damals, als ich das Kind vom Kahn war, sah ich die grünen

Ufer. Tagelang glitt der Kahn daran vorbei. Es duftete nach
Blüten. Nach Heu.» Lisa war auf einem Kahn geboren.
Herbert sah Lisa an. «Ruß riecht auch toll. Und Trümmerstaub.»
«Ich glaube nicht», sagte Lisa. «Für mich nicht.»
Als Otti zurückkam, trug sie eine Leuchtstoff-Möwe am
Mantelaufschlag. Die vier gingen zur S-Bahn-Station: Charlie, Fähnleinführer Herbert, Irma, Otti Krause. Otti in ihrem
flaschengrünen Sonntagsmantel. Den sie nicht hätte anziehen sollen, wie die Mutter meinte.
Sie gingen vorbei an ausgebrannten Häusern, lasen
gleichgültig, gewohnheitsmäßig die Inschriften, weiße Spuren, Runen in den Ruß gekratzt:

Bin bei Frieda. Hermann.
Schlüters jetzt Braunschweig, Lange Str. 4
Klawitter Zehlendorf bei Tante Malchen.

Dazwischen, weiß oder rot aufs Grau der Kellersockel ge-
pinselt: Schutzraum – oder, abgekürzt, LS, 50 m. Ein dicker
Pfeil, brutal zwischen den dürren Kratzspuren von Men-
schenkrallen, weist in die Richtung. Sandsäcke vor den Kellerfenstern, vorgegossene Betonschwellen, die oben einen
fünf Zentimeter breiten Schlitz lassen. Zu wenig, um her-
auszukommen. Wieder ein unversehrtes Haus, nur die Fenster sind vernagelt mit Pappe und Sperrholz. Mittendrin ein
Fensterchen. Drahtglas von der Rolle. Ersatz, sehr beliebt,
weil luftdruck-resistent. Manchmal scheint die Sonne, ihre
Strahlen durchbrechen Rauch und Ruß, die in Wolken aufsteigen über der brennenden Stadt, dringen durch die
Schicht aus Trümmerstaub, der sich über alles legt wie ein
hellgraues Tuch.
Doch auch bei Sonnenschein bleibt es düster in den
Wohnungen hinter den Behelfsfenstern.

Ein Mann gräbt in Trümmern nach seiner Habe. Den Karren, den er vor der Ruine abgestellt hat, beladen mit Kisten und Koffern, behält er im Auge.

Die vier Kinogänger, die noch Kinder sind, schauen nur kurz hin. Den Bruchteil einer Sekunde. Gewohnte Bilder. Vergessen ist die heile Welt, in der sie lebten – wie lange ist es her? Reinlich in Matrosenanzügen, Flügelkleidern; Wadenstrümpfe und Ada-Ada-Schuhe. Die zerfallende Stadt bedeutet für sie, daß ein Stück von ihnen erwachsen sein darf. Es ist, als ob eine Frucht auf der zur Sonne gekehrten Seite schnell reift, während die andere Hälfte im Schatten grün bleibt. Sie meinen frei zu sein, denn niemand wagt, ihnen vorzuschreiben, was sie tun sollen – niemand von den Eltern, diese Generation hat ausgespielt in den Trümmern, mit den Trümmern, klar ist bereits, daß die Alten dieses Chaos nicht mehr in einen Sieg verwandeln werden, bestimmt nicht in einen Sieg über ihre Kinder.

Immensee.

Charlie, auf diesem kurzen Weg zur S-Bahn, erzählte, wie er, bevor seine Luftwaffenhelfer-Würde so was verbot, von der S-Bahn absprang, wenn sie in den Bahnhof einfuhr, frühzeitig, mit einem Satz gegen die Fahrtrichtung, der die Fliehkraft überwinden sollte. Er wußte, ohrenwedelnd, zu schildern, welch köstliche Schauer ihm den Rücken hinunterrannen, wenn er die Rasten an den Messingtürgriffen drückte, die Schiebetüren aufriß, den Fahrtwind spürte, absprang mit diesem Satz, der auf Zuschauer lächerlich wirkte, für ihn aber als physikalisches Experiment galt, Überwindung der Fliehkraft.

Zu Anfang endete der Sprung, das erzählte er nicht, mit einem Sturz auf den Bahnsteig.

Er ließ das erst sein, als Irma ihn einmal dabei beobachtete und ihrer Verwunderung Ausdruck gab: «Charlie, das wirkt fatzig.»

Wenn er dies erzählte, von der Penne sprach, der sie gleichfalls entronnen waren, bis auf hilflose Betreuungslehrer, aus der Pension zurückgerufene Greise, zog Charlie Zuhörer in seinen Bann. «Der Erdkunde-Pauker war fast blind. Während er vorne quasselte, schnitzten wir unsere Namen in die Pulte. Die Späne flogen; er merkte nichts.» Charlies Haaransatz bewegte sich auf und ab, jetzt tanzte die Dienstmütze oben drauf, seine kleine Sprachbehinderung brachte Spannung in die Geschichte, die Zuhörer lauerten, ob es ihm gelang, Zischlaut-Klippen zu umschiffen.

Sirenen heulten, während Charlie sprach. Sie flohen über die Straße, dem Pfeil «Schutzraum» folgend, Otti und Herbert quetschten sich durch die Eisentür, die sich nur einen Spalt öffnete. Als Charlie, Irma und Lisa eintreten wollten, verstellte ihnen der Luftschutzwart den Weg. «Überfüllt», zischte er unter seinem zu groß wirkenden Helm hervor. Sie rannten zum nächsten Keller, niemand verwehrte ihnen dort den Eintritt. Eine einsame Glühbirne brannte an der Decke, beleuchtete Gesichter, Ovale, ihr schwaches Licht reichte nicht aus, Einzelheiten zu enthüllen, Gesichtszüge. Bei den im Halbdunkel lagernden Troglodyten wußte man nicht einmal, ob es sich um Mann oder Frau handelte.

Flakfeuer.

In der Ecke ein Soldat, seine Orden und Tressen blinkten. Ein Urlauber? Charlie deutete eine Ehrenbezeigung an. Der Soldat reagierte nicht.

Näher rückten Belfern und Krachen, Abschüsse, Bomben. Dazwischen das Ticken des Drahtfunks. In eine der wenigen stillen Sekunden hinein ein sausendes Geräusch, dann schien der Keller, schien das Haus sich zu heben, wie ein Mensch, der, Atem holend, die Brust weitet. An der Decke die Glühbirne erlosch, Staub erfüllte die Räume, kein Laut von den Menschen im Keller, Charlie und die Mädchen fanden sich auf dem Boden hockend, dann begann Lisa zu husten, lange, quälend, ankämpfend gegen den Staub. Das Licht einer Taschenlampe versuchte durch den Nebel zu dringen, der den Keller erfüllte. Die Mauern ächzten, Balken der Decken-Abstützung knarrten wie Treppenstufen.

«Raus!» Sie tasteten sich zur Tür, Leiber neben ihnen, Rufe, Husten. Charlie bekam Arme zu packen, meinte, es seien Lisas und Irmas, egal, nur raus, raus! Die Tür sprang auf, sirrend sprangen Flaksplitter aufs Straßenpflaster. Eng an die Mauer gepreßt standen sie, an ihnen vorbei krochen andere Kellerinsassen, flohen nach links.

Rechts versperrte ein Trümmerberg den Weg.

An der Stelle, wo der Keller lag, in dem Otti und Herbert untergeschlupft waren. Der ihnen versperrt geblieben war.

Lisa sprach es als erste aus. «Die anderen», sagte sie. Deutete hinüber zu Balken und Mauern, über denen sich ein Staubpilz erhob.

Sie liefen hinüber, begannen an Balken zu zerren, Steine beiseite zu räumen, während immer noch Flaksplitter surrend vom Himmel fielen.

«Wo ist der Eingang? Wir müssen den Eingang freilegen.»

An einem unversehrten Mauerstück wies der Pfeil nach rechts. Sie begannen zu räumen, an der Stelle, wo sie den Eingang vermuteten. Mehr Helfer kamen, krochen Ameisen gleich über den Trümmerberg.

«Wer ist da drin? Wie viele?»

«Zwölf oder dreizehn.»

Namen sprachen sich herum, jemand holte Herberts Eltern, Frau Krause, alle zerrten an Balken, räumten Mauersteine.

Längst war es hell geworden, als sie den Eingang freilegten. Sie drangen ein, Taschenlampen beleuchteten geknickte Balken, herabgestürzte Deckenteile. Herbert kam ihnen entgegen, die Pistole in der Hand, weiß bestaubt, ohne seine Brille, ohne Mütze.

«Ich habe ihr den Gnadenschuß gegeben», sagte er.

Wiederholte:

«Ich habe ihr den Gnadenschuß gegeben.»

An ihm, an anderen Verschütteten vorbei, die zum Ausgang krochen, drangen sie weiter ein. Tote erfaßte der Lichtkegel der Taschenlampe, Verwundete. Unter einem Eisenträger, der ihr Beine und Unterleib zerquetscht hatte, Otti Krause.

Ihre Augen waren geschlossen. Aus einer Wunde an der Schläfe sickerte schwärzliches Blut, bahnte sich einen Weg durch Mörtelstaub.

Ottis Augen waren geschlossen.

Sie war tot.

Neben sie nieder sank die Mutter, ein düsterer Haufen Mensch im Schein der Taschenlampe. «Mein Gott», sagte Frau Krause. «Ich habe Otti noch gesagt, zieh nicht den guten Mantel an.»

9

Berlin ist dort, wo es brennt

«Ein Lied!»

«Drei – vier.»

«Wie oft sind wir geschritten – auf schmalem Negerpfad.»

«Ick dachte, wir singen wat übern Endsieg.» Der Flakhelfer neben Charlie, rucksackbucklig, brüllte seine Meinung gegen den Gesang der dreißig. «. . . wohl durch der Steppe Mitten – wenn früh der Morgen naht.»

«Quatsch nich, Krause», brüllte Charlie zurück, sich einer berlinerisch gängigen Antwort bedienend. Während er rief, sah er den eingestürzten Keller, die erstarrende Bahn aus dunklem Blut auf Otti Krauses mörtelstaubweißer Haut.

Seit diesem letzten Urlaub verfolgte ihn das Bild, hinderte ihn, teilzunehmen am Überlistungskampf gegen Unteroffiziere und Wachtmeister, gegen Abteilungskommandeure, denen das Ritterkreuz aus dem Kragen bleckte, gegen Panzerfaust-Instrukteure und Gastruppführer. Charlie begriff nicht, was ihm, was den neunundzwanzig anderen widerfahren war, die mit ihm durch die Nacht marschierten. Er hatte es nicht begriffen in dem Augenblick, als sie auf die Schreibstube befohlen wurden, während Hiwis Bettungen aufrissen, Zugmaschinen mit ihren Raupen gelbbraune Grasnarbe zerrissen, Kanonen aus Stellungen zerrten.

Stellungswechsel.

Auf die Schreibstube hatte Batteriechef Müller-Schlempe sie geschickt, unter Nichteinhaltung des Dienstweges, kein Hauptwachtmeister, kein Unteroffizier hatte seinen Befehl übermittelt. Mit seiner zerknüllten Mütze war der Oberleutnant auf der Bettung erschienen, hatte ein Papier aus der Tasche gezogen, Namen verlesen: «Auf die Schreibstube mit euch.»

Nicht einmal das übliche «Marsch, marsch!» fügte er an.

Entschlossen stumm teilte ein Stabsgefreiter Papiere an sie aus, an alle dreißig, die sich vor der Barriere drängten, all die Monate hatte sie als Brustwehr gegen ihre Wünsche gedient: verweigerte Urlaubsscheine, verweigerte Begünstigungen, abgeschmetterte Beschwerden, Unterdrückung der Fahndung nach Milchsuppe.

Sie drehten die Papiere in den Händen. Lasen:

Entlassungsschein.
Marschbefehl nach Berlin.

«Entlassungsschein?»

Hinter den runden Gläsern seiner Dienstbrille blinkten die Augen des Stabsgefreiten. «Abmarsch zwanzig Uhr. Erste Garnitur. Mitgenommen wird die gesamte Ausrüstung.»

Er machte eine Pause, sah sie an, die in zerschlissener zweiter Garnitur vor ihm standen, ungläubig, erstarrt, sich verschaukelt fühlten, nicht begriffen, bevor er fortfuhr:

«Kniet nieder und dankt dem Führer, der euch in seiner Allmacht als Oberbefehlshaber . . .»

Seine Augen blieben kalt hinter den Gläsern. Er drehte sich um, wendete ihnen den Rücken zu. Charlie meinte, der Stabsgefreite habe an der gegenüberliegenden Wand etwas entdeckt, was anzustarren sich lohne . . . eine übergroße Filzlaus, die als Fata Morgana einem Muni-Bunker entsteigende Freundin Oberleutnant Müller-Schlempes . . . Charlie konnte nicht sehen, was. Sie verließen die Schreibstube, fast lautlos, nur das Scharren ihrer benagelten Schnürschuhe stieg vom Boden auf, wie wenn Wasser über Steine rinnt an einem Sommersonntagmorgen.

Die Papiere behielten sie in den Händen, sie gingen zu ihren Baracken, die Scheine flatterten im Vorfrühlingssturm. Es sah aus, als begleite eine Schar weißer Vögel die Jungen.

Nun marschierten sie in die Nacht hinein, auf schmierigen, zerrissenen Asphaltstraßen. Sangen ihr «Heia, Safari». Jeder von ihnen grübelte darüber nach, wieso ihnen, den dreißig, dies widerfuhr.

Warum ausgerechnet sie? Nur Lehrlinge. Und nur dreißig. Die anderen Lehrlinge, die Gymnasiasten, wechselten Stellung, blieben bei den Kanonen, ein Befehl warf sie dem Feind entgegen, dem im Osten oder, wenn sie das hatten, was man als Glück bezeichnete in jenen Tagen, den Amerikanern, Pattons Panzern, die südlich weit in deutsches Land stießen.

Keine Wuttkes hielten die Sherman-Tanks auf mit Haftladung und Panzerschreck. Zehn-fünf und Acht-acht stellten sich ihnen entgegen im Erdkampf, bedient von Lehrlingen, Schülern, Arbeitsdienstmännern – Rettern des Vaterlandes allesamt in letzter Stunde? Bevor der Führer die Wunderwaffe einsetzte, Plutokraten und Bolschewisten aus dem Land warf?

Charlie wackelte mit den Ohren. Neben der Kolonne fegten Chauseebäume mit kahlen Ästen den mondhellen Himmel. Fliegerwetter nach einer Reihe von Regentagen. Die Tommies und Amerikaner würden ihren Angriff fliegen. Spätestens in einer Stunde. Charlie zog seinen Handschuh aus und fühlte in der Brusttasche nach den Papieren.

«Noch ein Lied!»

«Die ganze Flak macht pleite – wenn wir entlassen sind.»

«Aus!» brüllte der Obergefreite, der den Zug führte. Er brüllte nicht mehr wie einst. Halbherzig. «Der alte Schwung ist hin.» Sie grinsten. Klotzten weiter. «Wie lang ist die Chausee? Links ne Pappel, rechts ne Pappel. In der Mitte 'n Pferdeappel.»

Löcher im Asphalt, halb zugeschüttete Bombentrichter, gefüllt mit Wasser, das schwarz schien, schlierig, wenn der Widerschein des Mondes darauffiel. Sie stolperten, taumelten hindurch, ein Zug von Riesen-Heinzelmännchen, dürre Hälse ragten aus Uniformkragen, trugen behelmte Köpfe, zu schwer, zu groß für schmale Kinderschultern. Naß klatschten die Schöße ihrer Mäntel gegen die Beine.

Der Mond stieg rasch hoch am Himmel, verkleinerte sich, sendete immer stärkeres bleiches Licht, das dreißig helle Kleckse auf dreißig Stahlhelme malte.

Den Angriff überstanden sie in Löchern links und rechts der Straße, gegraben von Überlebenswilligen, die vor ihnen diese Straße gezogen waren. Wieder warfen Mosquito ihre Tannenbäume-Markierungen. Dann das Grummeln der Motoren der fliegenden Festungen, während jeder Laut hier unten auf der Erde erstarb, die Kühe auf der nahen Weide innehielten mit ihrem Muhen, das die Kolonne begleitet hatte auf den letzten Metern, kein Kochgeschirr klapperte, kein Stahlhelmrand anstieß.

Dann belferte die Flak, erste Bombendetonationen. Durch die von Markierungen und Mond erhellte Nacht rasten die Kühe, zum Stacheldrahtzaun, wo sie sich drängten, Charlie wendete den Kopf, sah fast über sich Nüstern, rollende Augen, meinte peitschende Schwänze zu sehen, was gar nicht möglich war.

Jetzt muhten sie wieder. Trompeteten, wie Elefanten. Hinter ihnen rauschte ein Bombenteppich nieder. Widerschein von Bränden, orangen am Horizont aufsteigend, verdrängte milchiges Mondlicht. Leise rauschten Silberpapierstreifen hernieder, fielen neben die in den Löchern Hockenden, auf die eng aneinandergedrängten Kühe.

«Sammeln», rief der Obergefreite.

Die Superfortress flogen ab. Charlie und die anderen krochen aus den Löchern, einige wendeten sich den Kühen zu, die immer noch am Stacheldraht verharrten, endlich trotteten sie zurück auf die Weide.

Sie marschierten weiter.

Wohin?

Charlie fragte den Obergefreiten. «Zum Bahnhof. Die direkte Strecke ist unterbrochen. Wir müssen um Berlin herum.»

«Welchen Bahnhof?»

Der Obergefreite nannte einen Ortsnamen.

Charlie hatte ihn noch nie gehört. Ihn fror. Er dachte an

sein Bett zu Hause, weiß überzogen, die rote Steppdecke. Wenn er nicht da war, legte Mutter Schivelbein ein Paradekissen auf. Durchbrochene Spitze. Charlie schleuderte es in den Schrank, sobald er heimkam. In der Batterie lagen sie zuletzt auf Papierstrohsäcken. Das Stroh zwei Zentimeter hoch zusammengelegen. Neues zum Füllen gab es nicht. Die Papiersäcke ribbelten sich auf. Charlie saß lieber im langen Wachmantel im Bereitschaftsbunker, statt sich auf dem steinharten Stroh zu wälzen. Was Schlaf war, wußte er kaum noch. Wo mochte der verfluchte Bahnhof sein? Weshalb marschierten sie nicht einfach weiter, geradeaus, in die Stadt? Einen Tag? Zwei Tage?

Die Chaussee führte zwischen Häuser, vereinzelte erst, dann dichter am Rand der Straße, dunkel gegen den brandgeröteten Himmel. Ein Bahnhof, ohne Fensterscheiben die Gebäude. Verladerampe. Bahnsteig. Kein Zug. Sie warfen ihre Rucksäcke ab in Schalterhalle und Wartesaal, zu klein die Räume für die Kolonne der dreißig. Charlie ging auf den Bahnsteig. Niemand schien sich um diesen Bahnhof zu kümmern. Kein Mann mit der roten Mütze. Der Dienstraum leer, geborsten die Fensterscheiben. An einer Wand gedruckte Vorschriften. Charlie spürte keine Lust, zu entziffern, was auf den Papierfetzen stand, die im Wind raschelten.

Am Ende des Bahnsteigs ein Schild: «Eisenbahnfiskalischer Weg.» Der schmale Pfad führte in Gärten, die jetzt winterlich verwahrlost dalagen. Im gemeinsamen Licht von Mond und Flächenbrand erkannte Charlie Kohlstrünke. Rosenkohl. Abgeerntet. An einem Bäumchen ein einsamer Apfel. Charlie pflückte ihn, biß hinein. Spuckte aus. Erfroren.

Wie blieb ein Apfel am Baum hängen bis ins Frühjahr?
Charlie ging zurück zu seinen Kameraden.

Als es hell wurde, zog ein Mädchen mit dunklem Mantel, auf dem Kopf eine weiße Schwesternhaube, einen Karren in Richtung Bahnhof. Die Jungen sahen sie von weitem, aus dem Dorf kam sie, auf einer Straße, die schnurgerade auf den Bahnhof zuführte. Die Jungen bemerkten, daß Kannen aus hellem Metall auf dem Wagen standen. «Die Milchfrau», scherzte einer. Sie glaubten nicht an ihr Glück, als das Mädchen vor ihnen hielt, sie anlächelte, Sommersprossen auf der Nase, von der Kälte rote Backen, und fragte:

«Kaffee?»

Sie teilte Muckefuck aus mit einer Kelle, es dampfte aus den Kannen, bereitwillig hielten sie die Deckel ihrer Kochgeschirre hin. Der Obergefreite versuchte nicht mehr, Ordnung in die Kolonne zu bringen. Sie umringten das Mädchen, warteten geduldig, jeder kam an die Reihe. Zuletzt der Obergefreite.

Er fragte das Mädchen:

«Wo ist die Ortskommandantur?»

«Gibt es nicht mehr», sagte das Mädchen, gleichmütig. «Wir sind zusammengelegt mit . . .»

Wieder der Name eines Ortes, der niemand etwas sagte.

«Weit von hier?»

Das Mädchen deutete in die Richtung, in der die Gleise verliefen, weg von der großen Stadt. «Vier Kilometer.»

«Verdammt, da kommen wir her. Was ist mit den Zügen?»

Das Mädchen sagte: «Manchmal fährt einer.»

An der Seite wehte eine Haarsträhne unter der Haube hervor. Mit der einen Hand, die in einem schwarzen Wollhandschuh steckte, versuchte das Mädchen, die Haarsträhne wieder unter die Haube zu stopfen. Sie versuchte es mehrere Male während ihrer Unterhaltung, weil die Strähne sich immer wieder löste.

«Noch was?»

«Nein. Danke.»

«Heil Hitler.»

Das Mädchen spannte sich wieder vor seinen Karren. Zog die leeren Milchkannen zurück ins Dorf.

«Antreten», sagte der Obergefreite.

«Herr Obergefreiter», sagte Charlie, «wir wollen doch nicht etwa zurückklotzen? Wir könnten im Dorf . . .»

«Antreten», brüllte der Obergefreite. Er brüllte jetzt wirklich, wie in alten Tagen.

Sie nahmen ihre Rucksäcke auf.

«Ohne Tritt – marsch.»

Sie sahen die Kühe wieder und die Löcher, in denen sie während des Angriffs gehockt hatten. Wenn die Amis einen Tagesangriff flögen, sollten sie jetzt kommen, dachte Charlie. So gute Deckung gab es nicht wieder.

Stanniolstreifen bedeckten die Wiese. Die Mosquito warfen sie neuerdings ab, um die deutschen Funkmeßgeräte zu irritieren, die auf Stanniolwolken wie auf Bomberpulks reagierten. «Lametta», sagte der Kumpel neben Charlie. Jener, der so gerne ein Lied singen wollte, das sie dem Endsieg näherbrachte.

Jetzt sangen sie gar kein Lied mehr. Hoben kaum die Füße, nicht einmal, wenn sie durch Pfützen schlurften.

Vor der Kommandantur blieben sie stehen, in Dreiherreihen, mit gebeugten Rücken, die Daumen unter den Rucksackriemen.

Der Kommandant kam aus der Tür der Kommandantur, hinter ihm der Obergefreite. «Welcher Idiot entläßt dreißig Luftwaffenhelfer?» schrie er. «Der Führer», sagte der Obergefreite bescheiden. Er nahm dabei Haltung an und hob die Hand zum Deutschen Gruß.

«Hand runter. Was fällt Ihnen ein? Ich bringe Sie vors Kriegsgericht.»

«Die Jungen sind ohne Verpflegung.»

«Darum soll ich mich kümmern?»

«Jawohl, Herr Hauptmann. Das heißt, nein, Herr Hauptmann!»

Der Hauptmann nahm seine Mütze ab, sie sah zerknüllter aus als die Mütze von Oberleutnant Müller-Schlempe, und kratzte sich am Kopf. Er trug die Haare, graumeliert, etwas zu lang.

Er setzte die Mütze wieder auf und sagte langsam, deutlich und nicht allzulaut: «Himmelarschundzwirn.»

Eine Viertelstunde später hockten sie in einer Scheune. Sie entzündeten auf der Tenne ein Feuer. Teilten in Portionen ein, was der Hauptmann dennoch für sie aufgetrieben hatte: Kaiser-Wilhelm-Gedächtnis-Wurst (wenn man draufdrückte, weinte sie dem Kaiser nach), Margarine, Kommißbrot, feucht, mit Sägemehl abgezogen.

Hauptmann Himmelarschundzwirn, wie sie den Ortskommandanten nach seinem Ausruf nannten, ließ sich nicht mehr blicken. Auf den Resten von Stroh in den Ecken bereiteten sie sich ein Lager. Schliefen ein, die Köpfe auf ihren Rucksäcken. Der Obergefreite umkreiste die Schlafenden wie ein Schäferhund die Herde. Charlie, erwachend, sah ihn, in gebückter Haltung, Hände hinter dem Rücken verschränkt, auf und abgehen in der Scheune, ein Stück Holz aufs Feuer legend, das aufflammte und den Schatten des gekrümmt Dastehenden über die dreißig fliegerblauen Puppen warf, ein Haufen Menschen und Helme und Rucksäcke; nur er, der Obergefreite wachte über sie. «Wenn einer von uns müde wird – der andere wacht für zwei. Denn jedem Kämpfer gibt ein Gott den Kameraden bei.» Gedichte und Liedgut aus hehrer Zeit steckten Charlie tief in den Knochen. Im Kinderbuch, im Schulunterricht, bei Heimabenden waren Verse dieser Epoche in ihn eingesickert, er wußte, er würde sie niemals loswerden, auch wenn er hier herauskam, «aus dem Schlamassel!». Entlassungsscheine garantierten nichts, die Maschinerie würde nach ihm schnappen, sobald er diese Uniform los war, irgendwo auf feldgrauem Stapel lag eine andere für ihn bereit, lagen Stahlhelme, Gasmasken, Knobelbecher, Gewehr 98. Vielleicht eine Panzerfaust, mit der er sich stählernen Ungetümen entgegenstellen würde, wie einst Joachim Wuttke?

Charlie verspürte keine Lust dazu. Wie jedoch entkommen? Sollte er abhauen, von hier, sogleich?

Der Obergefreite ging hin und her auf der Tenne, zusammengekniffen die Augen unter dem Schiffchen mit Adler und Kokarde, silbern, wie neu, blitzten die Schwingen auf roten Kragenspiegeln. Rot, die Farbe der Artillerie, hätte Vater Schivelbein seinem Jungen erklären können, auch in den Vater war in Jahrzehnten eingedrungen, was er zutiefst ablehnte: Militaristisches Gedankengut. Generationen von Ahnen ließen in die Menschen einfließen, was dann «preußischen Geist» ausmachte, allesamt trugen sie einen Hohenfriedberg-Komplex mit sich herum; mach einen anscheinend waschechten Kommunisten betrunken – er singt «Auf, Ansbach-Dragoner, auf, Ansbach-Bayreuth.» Ablagerungen, Verfilzungen.

Der dort, der Obergefreite: Meint ihr denn, der hält was vom Endsieg? Meint ihr, der kämpft für seinen Führer, bis zur letzten Patrone? Niemals. Doch für Preußen würde er sein Fell hinhalten, «fünf vor zwölf» (auch so ein Ausdruck).

Was war das, Preußen? Im Halbschlaf fiel Charlie ein, daß ein verschrobener Lehrer in der Batterie, statt Mathematik zu geben, ihnen die Geschichte der Erbswurst erzählt hatte. Nach den Gedanken übers Preußentum nistete sich das Erbswurst-Thema in Charlies Hirnwindungen ein, eine Folge des Hungers, der Schlaf-Unterbilanz? Speck und Zwieback schleppten Preußens Grenadiere vorher als eiserne Rationen in den Krieg, bis mit der Erfindung der Erbswurst die Wende eintrat: Vierhundert Millionen Portionen verteilten Preußens Proviantmeister 1870–71 an Füsiliere und Husaren und Artilleristen und Pioniere.

So was blieb hängen neben Großdeutschlands Liedergut und Musterszenen preußischer Geschichte. Wieviel Platz in seinem, Charlies, Hirn mochte bleiben für anderes? Für Wichtiges? Was immer das sein mochte in Zukunft.

Gab es eine Zukunft?

Er schlief ein. Wurde geweckt vom schrillen Pfiff der Trillerpfeife. «Antreten!»

Sie taumelten aus der Scheune. Formierten sich zu Dreierreihen. Nahmen Tritt auf. Ein Zug stand bereit. Hülsen einstiger Vorortbahn-Wagen, ohne Fensterscheiben. Sie stürmten die Abteile. Der Zug setzte sich in Bewegung.

«Berlin ist da, wo es brennt», sagte einer. Mit der einsetzenden Dämmerung sahen sie erneut den Widerschein aufflackernder Brände am Himmel, während der Zug in weitem Bogen um die Stadt herum durch Kiefernwälder zuckelte, sie passierten verödete Bahnhöfe, Dörfer, die ausgestorben schienen, zuweilen ackerte ein Bauer mit mageren Gäulen am Horizont. Wolken ballten sich dort, wo Brände weithin den Himmel röteten.

Zweimal verließen sie den Zug, als neue Flugzeuggeschwader über sie hinwegbrausten, zweimal fielen Bomben in unmittelbarer Nähe, regneten Flaksplitter auf sie nieder, so heiß waren sie, daß Gräser dampfend zischten, wo sie niederfielen. Der Schornstein ihrer Lokomotive stieß Braunkohlen-Ruß aus, der alles überzog, Waggons, Uniformen, Gesichter.

Rückwärts rollte jetzt der Zug, hielt an einer Station. «Aussteigen! Antreten!»

Der Obergefreite übergab an einen Unteroffizier des Heeres.

«Jeder begibt sich einzeln per S-Bahn nach Berlin», ordnete der Unteroffizier an. «Klamotten-Abgabe im Flakbunker Zoo. Alle durch die Baracke zum Abstempeln der Papiere.»

Der Obergefreite sah sie noch einmal an, mit langem Blick. Dann legte er die Hand ans Käppi, führte jenen Gruß aus, der verboten war seit dem zwanzigsten Juli, seit dem Attentat auf den Führer im Wolfsschanze-Bunker. Der Unteroffizier grüßte ebenfalls durch Handanlegen an seinen Stahlhelm.

Der Obergefreite machte kehrt, wie auf dem Kasernenhof, und verschwand.

10

Der Bannführer will dich sehen

Irmi: «Du mußt dich auf dem Bann melden.»

Charlie: «Ohne Hosen? Mir paßt nischt mehr. Guck dir an: Hochwasserhosen. Det Hemde kiekt mir hinten raus.»

«Wir setzen was an.»

Vater Schivelbein: «Wat soll der Quatsch? Et is fünf vor zwölf.»

Da war sie wieder, die exakt-ungefähre Bezeichnung für Großdeutschlands letzte Runde. Fünf vor zwölf. Erbswurst war alle. Wieso melden auf dem Bann? Er war entlassen, basta.

Mutter Schivelbein: «Mein Gott, wenn sie dich erwischen.»

«Mutti, es steht nirgends geschrieben . . .» Wie lange hatte er das nicht mehr gesagt? Mutti? Er schämte sich.

Irmi: «Es ist deine Pflicht.»

«Ausgepflichtet», brummte Vater Schivelbein, dessen Stirnnarbe gefährliche Röte zeigte, als pulse das Blut unmittelbar unter dünner Haut, werde sich einen Weg suchen nach außen, verströmen. Polyphems Ende.

«Er soll abhauen, das ist meine Meinung», setzte Willi Schivelbein hinzu. «Wenn Irmchen will, soll se mitgehen.»

«Ich?»

«Klar. Wer sonst. Willste warten, bis die Russen dir . . .»

«Mann! Was redest du? Ein Kommunist! Die Russen sind deine Freunde.»

«Wenn se herkommen, sind se Siejer. Erst mal. Und Siejer ham Rechte.»

«Niemals lassen die Amis den Russen Berlin.»

«Det de dir nich in 'n Finger schneidst. Wat die in Jalta ausjeheckt ham, wissen wa nich. Meinste, über deinen sojenannten Feindsender biste über alles orjentiert?»

«Du bringst uns ins KZ mit deinem Gerede.»

«Irmchen könn wa vertraun. Wat, Irmchen?»

«Klar. Aber . . . das geht alles nicht. Er muß sich melden.»

«Meinetwegen. Macht, wat ihr wollt. Aber ick sage euch, macht ne Flieje, solange det Zeit is. Willi Schivelbein riecht noch imma, wennt brenzlich wird. Wat stehta rum? Hol ne Schere, Jerda. Und zieh de Hose aus, Lümmel. Die Weiba sollnse verlängern.»

«Mit wat?»

«Mit wat? Mit Talent. Und mitn Stück von meine olle blaue Hose. Schenier dir nich, Junge, die Frauen ham schon janz andere in de Unterhose jesehn.»

Irmchen errötete. Charlie zog die Hose aus. Stand in der Stube auf dem deutschen Perser mit seinen blassen, behaarten Beinen. Hinten an den Waden hatte harter Uniformstoff die Haare abgewetzt. Kurze Stoppeln wuchsen da. Gerda: «Nimm dir die Decke um. Es dauert ne Weile.»

Er schlang sich die Wolldecke um, die auf dem Sofa lag, sonst Zudecke für Willi Schivelbein, wenn er seinen Mittagsschlaf hielt oder wenn Gerda ihn aus dem Schlafzimmer warf, wegen allzu strenger Alkoholdünste. Kerzengerade saß Charlie auf dem Stuhl mit gedrechselter Lehne, das Eßzimmer hatten sie von der Großmutter geerbt. Weil Charlie als Kind das Rohrgeflecht aufgepuhlt hatte, besaß dieser Stuhl als Sitzfläche eine durchlöcherte Sperrholzplatte, Kreise nach außen hin kleiner werdender Löcher, die um ein wesentlich größeres Loch im Zentrum liefen. Der kleine Finger paßte gerade hinein. Charlie fühlte unter der Decke, ob das noch der Fall war. Befriedigt stellte er fest: Nichts hatte sich daran geändert.

«Wat ist mit Joachim?» fragte er, wobei er, ihm selbst unbewußt, die Ohren vorklappte. Irmi antwortete undeutlich, zwischen ihren Lippen steckten Nadeln. «Er wartet auf seine Prothese und glaubt an den Endsieg.»

«Is nich möglich.»

«Der arme Junge.»

«An die Wunderwaffe glaubt er auch. Sie soll demnächst eingesetzt werden. Stärker als V 2.»

«Stimmt es, daß sie ihm Bezugsscheine erteilt haben für Fahrradreifen?»

«Kannste selber sehen. Vielleicht gibt Joachim dir das Rad. Kannste mit zum Bann fahren. Neue rote Reifen.»

«Neue rote Reifen?»

«Haben se nich gesehn, daß er kriegsversehrt ist?» Charlie schob den Haaransatz nach vorn, verringerte die Höhe seiner Stirn um ein Drittel, brachte ein Dutzend gleichmäßiger Parallelfalten zustande, Stirn-Wellfleisch, kleine Denkerfalten oder Feldwebelfalten, zwei einander ähnliche Möglichkeiten, die Stirn zu furchen.

Irmchen nahm die Stecknadeln aus dem Mund, unterstrich ihre Worte weiterhin mit Bewegungen ihrer rechten Hand, in der sie eine Schneiderschere hielt, altersgeschwärzt: «Sie geben Kriegsversehrten alles. Außerdem war er nicht selber da. Ich hab den Bezugsschein abgeholt.»

«Ihn plagt kein schlechtes Gewissen? Unterminierung der Kriegswirtschaft?»

«Kinder, was redet ihr», sagte Frau Schivelbein. «Seid doch froh. Wir alle können das Fahrrad benutzen.»

«Loofen schadet nich», masselte Willi Schivelbein, während er das Zimmer verließ.

Charlie radelte zum Bann, seine Überfallhosen wiesen unterm Knie Streifen auf in einem anderen Blau, die Ärmel seines Braunhemds hatte er aufgekrempelt. Er trug eine Winterbluse, die ein anderer Lehrling ihm geliehen hatte. Charlie fuhr langsam, um die neuen Reifen nicht zu gefährden. Überall lag Glas. Manchmal stieg er ab und trug das Rad. Passanten schauten neidisch auf die knallroten Reifen.

Der Bann residierte in einer alten Villa in Grunewald. Das Dach fehlte, verkohlte Sparren lagen im Garten. Die oberen Stockwerke grüßten mit leeren Fensterhöhlen. Nur Parterre und Keller hatten Phosphorbränden standgehalten.

Im Keller saßen drei BDM-Mädchen, blasse Nacken über dem schwarzen Dreieck der Halstücher. «Heil ...» sagte Charlie zaghaft.

Ein Mädchen drehte sich um. Sie ähnelte Irmi mit ihrem Zopfkranz. «Was willst du?»

Jetzt sahen auch die anderen Mädchen ihn an, leeren Ausdruck in den Gesichtern. Eine kaute irgend etwas. «Mich zurückmelden», sagte Charlie.

«Wovon?»

«Luftwaffenhelfer-Einsatz.»

«Gibts denn so was? Du bist der vierte heute. Wer entläßt Luftwaffenhelfer, wenn es um den Endsieg geht?» Busenwogen. Empörung.

Charlie sagte nichts. Zog die Augenbrauen hoch.

«Name?»

Das Mädchen fischte einen Ordner aus dem Schrank.

«Den Entlassungsschein.» Sie verglich. «Münchener Ausweis?»

Charlie sagte nichts. In seinem Gesicht arbeitete es.

«Was ist?»

«Ich habe keinen Münchener Ausweis.»

Neue Empörung. «Du hast keinen Münchener Ausweis? Das gibt es doch nicht. Kannste mal einem ohne Hutkrempe erzählen. Alle Hitlerjungen haben einen.»

«Ich nicht.»

Charlie versuchte wiederum, die Frage mimisch zu beantworten. Die Mädchen starrten ihn an. Seine Befragerin blätterte in dem Schnellhefter. Dann richtete sie sich auf, rot im Gesicht. «Ach, so.» Sie legte den Ordner beiseite. Gab Charlie den Entlassungsschein zurück. «Ist in Ordnung. Der Bannführer will dich sehen.»

«Der Bannführer?»

Sie deutete mit dem Daumen nach oben. «Heil Hitler!»

Die anderen Mädchen wendeten sich wieder ihren Karteien zu. Nur die Befragerin, immer noch hochrot im Gesicht, und die Kauende schauten Charlie nach.

Ein Scharführer meldete Charlie an, knallte die Hacken zusammen, daß Charlie es bis auf den Flur hörte. Der Bannführer saß in einem der unzerstörten Zimmer im Parterre. Auf seiner Uniformjacke glänzte das goldene HJ-Abzeichen.

«Heil Hitler, Bannführer.»

«Heil Hitler.»

Der Bannführer riß im Sitzen den rechten Arm hoch, legte gleichzeitig die linke Hand aufs Koppelschloß. Der Scharführer baute an der Tür Männchen, sein Hackenschlagen klang wie ein Pistolenschuß, und verließ das Zimmer.

«Hitlerjunge Schivelbein ... Setz dich.»

«Jawohl, Bannführer.»

Charlie nahm auf der Vorderkante eines Sessels mit geschwungener Lehne Platz, blickte auf den Bannführer hinter dem Schreibtisch, auf die Lichtreflexe, die sein pomadisiertes Haar warf, die Hakenkreuzflagge an der hinteren Wand.

«Du warst dabei, als Fähnleinführer Herbert Geske verschüttet wurde?»

«Jawohl, Bannführer. Ich habe ihn mit ausgegraben.»

«Und . . . die Verschüttete? Das Mädchen?»

«Sie lag unter einem Eisenträger, Bannführer. Alles war ge . . .»

Die Tür ging auf. Hackenschlagen. Der Scharführer stapfte in den Raum. Deponierte eine Akte auf dem Schreibtisch des Bannführers. Hitlergruß. Sitzend erwiderte der Bannführer den Gruß.

Als sie wieder allein waren, fragte der Bannführer: «Das Mädchen war tot?»

«Als wir sie fanden, ja.»

«Und?»

«Sie war tot.»

«Hitlerjunge Schivelbein!» Der Bannführer stand auf. «Hitlerjunge! Wir wissen, was geschehen ist!»

Charlie war ebenfalls aufgestanden. «Jawoll! Bannführer!»

Der Bannführer setzte sich wieder. «Hatte der Fähnleinführer eine Waffe?»

«Ich weiß nicht. Jawohl, Bannführer.»

«Hat er diese Waffe benutzt?»

«Nein, Bannführer. Jawohl, Bannführer. Ich weiß nicht, Bannführer.»

Die Tür ging auf. Der Scharführer brachte eine neue Akte. Der Bannführer erwiderte seinen Gruß sitzend.

«Hat er diese Waffe benutzt?»

«Ich weiß nicht, Bannführer. Nicht in meiner Gegenwart.»

«Wies das Mädchen eine Schußverletzung auf?»

«Ich weiß nicht, Bannführer.»

«Hitlerjunge!»

«Ich weiß nicht, ob es eine Schußverletzung war, Bannführer. Blut sickerte aus ihrer Schläfe. Das heißt . . .»

«Was?»

«Es sickerte nicht mehr.»

Der Bannführer sah Charlie an.

«Es erstarrte bereits», fügte Charlie hinzu.

Das Telefon auf dem Schreibtisch des Bannführers klingelte. Der Bannführer meldete sich, sprang auf. «Jawohl, Gebietsführer», sagte er mehrere Male. Beim letztenmal erhob er, am Telefon, die Hand zum Gruß, wozu er den Hörer in die andere Hand wechselte. Er setzte sich wieder. Strich sich mit der Grußhand über die Augen.

«Hast du Verbindung mit ihm?»

«Nein, Bannführer.»

«Fähnleinführer Herbert Geske ist seit jenem Tag verschwunden. Spurlos verschwunden.»

Der Bannführer drückte auf einen Knopf. «Du kannst gehen.»

Der Scharführer kam herein. Der Bannführer erhob die Hand zum Deutschen Gruß. Im Sitzen.

Joachim Wuttkes Rad lehnte, mit zwei Schlössern gesichert, am Laternenpfahl vor der Villa. Charlie beeilte sich, es loszuschließen. Er stieg auf, trat in die Pedale. Diesmal machte er sich nicht die Mühe, nach Scherben Ausschau zu halten, gar das Rad zu tragen. Er fuhr drauflos, blind, nur eins im Sinn: Möglichst schnell Abstand zu gewinnen vom Ort der Befragungen. Er meinte zu spüren, daß er am Rand eines Mahlstroms stand, der ihn hinabziehen würde, wenn er nur einen Augenblick zögerte.

Irmi stand in der Hofeinfahrt. «Was ist?»

«Abhaun», sagte Charlie. «Weg. Nichts wie weg. Komm mit.»

«Ich weiß nicht», sagte Irmi. «Joachim . . .»

«Der kommt durch.»

«Der Führer . . .»

«Du liebe Güte! Vielleicht Frau Scholtz-Klink? Die Organisation ‹Glaube und Schönheit›?»

«Spotte nicht.»

«Ich meine nur. Alles hier nimmt ein böses Ende.»

«Aber die Wunderwaffe?»

Charlie deutete an seine Stirn. «T-t-t-. Existiert im Hirn von Goebbels.»

«Sprich leise!»

«Ist doch egal. Alles geht schief. Du weißt nicht . . .»

«Was war auf dem Bann?»

«Nichts. Ich habe mich angemeldet. Sie können nicht begreifen, daß Luftwaffenhelfer nach Hause geschickt werden. Ich denke, sie melden uns dem Wehrkreiskommando. Irgendein Heldenklau wird uns holen. Außer . . .»

«Außer?»

«Außer, wir sind nicht da.»

Irmchen nahm das Fahrrad. «Wir reden darüber. Ich weiß nicht . . .» Sie schob das Fahrrad zum Schuppen hinüber. Charlie sah ihr nach. Zögernd setzte Irma einen Fuß vor den anderen. Es sah aus, als stütze sie sich auf Joachims Rad, dessen rote Reifen den einzigen Farbklecks bildeten vor dem Schwarzgrau der Häuser im Hinterhof.

11

Rüben aus Hasenbrück

Vater Wuttke schrieb in einem der raren Feldpostbriefe, die sie erreichten: «Wir haben das Laufen gelernt.» Irmi erzählte es, als sie zu Schivelbeins Kaffee trinken kam. Echten. «Ihn aufzuheben, hat keinen Sinn», sagte Gerda.

«Stellt euch vor, das schreibt Vater in einem Brief. ‹Wir haben das Laufen gelernt.› Wenn sie das bei der Zensur lesen. Joachim war außer sich. Sein Stumpf ist entzündet. Er mußte heute morgen ins Lazarett. Hat bei Räucherkersten angerufen, sie behalten ihn die Nacht über da.»

Polyphem, Vater Schivelbein, witzelte: «Wenn det einer gelesen hätte, valleicht hätte euer Vater det Hängen ooch noch jelernt.»

«Willi!»

«Is doch wahr. Jetzt hängense Landser uff an de Laternenpfähle. Wegen Fahnenflucht. Oder Defätismus. Oder Wehrkraftzersetzung. Mitn Pappschild umn Hals. Haste die Fotos nich jesehn?»

«Willi, det hat doch nischt mit Irmi und Joachim ihren Vater zu tun.»

«Ick sage man bloß.»

Charlie: «Bei uns gabs det nich.»

«Wat gabs nich? Fahnenflucht? Oder aufbammeln?»

«Beides nich. Wir waren Jugendliche. Uns konnten se nich.»

«Noch nich, Junge. Noch nich.»

«Trinkt man Kaffee. Mußte nich hinhörn, Irmchen, wat Onkel Willi klabastert. Weeßt doch, wie er is. Det is schlimmer jeworden, seit se ihn damals abjeholt haben. Morjens um siebne sind se in ′n Hof jekommen. Oder war det noch früher? Ick jlaube noch früher. Die Haustür war noch verschlossen. In Lederolmäntel standen se da.»

«Laß det, Gerda. Det hat nischt miteinander zu tun.»

«Det seh ick anders, Willi. Aber lassen wa det. Trinkt man euern Kaffee, Kinder. So een jibts nich mehr bis zum Frieden. Bald ham wa jarnischt mehr. Wenn ick denke, wat ick früher jedacht habe, wat der Mensch allet braucht. Jerannt sind wa, deine Mutter und ick, zu Wertheim, zu Epa, Tischdecken ham wa jekooft und Kleiderstoff, det wa uns wat neuet nähen konnten. Früher hab ick sogar ne Schneiderin . . .»

«Det wissen wa, Mutter!»

«Jedenfalls hat allet jefehlt im Haushalt, dauernd. Emalje-Eimer, Schrubber, Wischlappen, Unterhosen für die beeden Kerle, für eure Kerle ooch, Irmchen, se ham immer allet kaputtjemacht, Strümpe, Oma hat se immer jestopft, nach zwee Tage hatten die Kerle wieder Bollen so jroß wie Bulloogen. Ham wer neue Strümpe jekooft. Det Zeuch für de Schule, Hefte, Bleistifte, Radierjummis. Kinder kosten Jeld. Willi wollte jeden Tach 'n neuen Kragen ufft Hemd. Also Kragen jekooft, seine Nummer wußte ick jenau, heute hatta zwee Nummern kleener, weil sein Hals dürr jeworden is von die Hungerei. Denn die Kragenknöppe, immer vabummelt. Jerda, bring Kragenknöppe mit, hat er immer mir hinterherjerufen, hat er jebraucht wie andere Leute Reißnägel.»

«Mutta, det wissen wa.»

«Mein Vater hat auch immer die Kragenknöppe verloren», sagte Irmi.

«Siehste. Denn ham se die Schuhe durchjelatscht, oder ausjewachsen. Mal war die Kunst vom Schuster zu Ende. Bin ick jerannt und habe Schuhe anjekiekt, bei Leiser oder Stiller, denn sind wa in die Stadt, Schuhe koofen. Und die Lebensmittel wat man sich einjebildet hat. Willi, ohne nen schönen Bückling einmal de Woche warste keen Mensch, weeßte noch? Und die Leberwurst von Jebrüder Groh und der Schinken, jekochten Schinken mochten se beide. Den Kaffee hab ick ümmer drüben jeholt bei Zuntz selje Witwe, da hat et Sammeltassen jejeben für die Rabattmarken oder janze Service, sechs Personen, von eens sind noch paar Tassen übrig. Wo hab ick denn die?»

«Laß det. Wirst nich anfangen olle Kaffeetassen zu suchen.»

«Olle, sagste. Det warn schönet Service. Und die Bonbon-schachtel. Echt Messing. Drumrum und uffn Deckel war wat einjraviert. Ick jloobe Elefanten. Vielleicht wart wat In-disches, möglich, die Schachtel war für Tee jedacht. Is ejal, ick hab sowieso de Stopfwolle rinjetan. Wie Omi älter wurde, hat se Gicht in de Finger jehabt. Hat se nich mehr stopfen wolln. Hab ick det selber machen müssen. Kinder, wenn ihr abhaut nach Westen, muß ick unbedingt dran den-ken, det ick euch Stopfwolle mitjebe. Nadeln ooch. Det braucht ihr unterwegs. Wer weiß, wie lange ihr auf Achse seid.»

«Es ist noch nicht raus . . .» Irmi setzte zu einem Satz an. Charlie unterbrach sie: «Genau. Vielleicht bleiben wir doch hier.»

«Quatsch mit Soße», brummte Willi Schivelbein. «Det is einfach zu jefährlich. Wenn de Russen kommen – und ick nehme stark an, se kassiern Jroßberlin –, habt ihr nischt zu lachen. Die ihr Land ham wa schließlich zerstört. Dem Erd-boden jleichgemacht. Dörfer verbrannt. Städte in de Luft je-sprengt. Wat meint ihr, wat die mit euch machen? Und zwar mit Recht.»

«Die haben kein Recht.»

«Doch hamset. Die Amis und die Tommies ooch. Die Tommies noch mehr, denen haben wa London zertöppert. Und Coventry. Und die Franzosen! Det zweete Mal schon. Wat sage ick, det dritte Mal. Leipzich-einunleipzich hat det anjefangen. Sedanstag. Aber die halten sich an die Genfer Konvention. Da sind die Russen nich bei.»

«Im Feindsender sagen se . . .»

«Vorsicht, ja? Die machen ooch Propaganda. Müssense machen.»

«Die ham immer die Wahrheit jesacht.»

«War einfach. Seit drei Jahren verliern wa.»

«Wir wern det besprechen, wenn Johann Heinrich kommt.

Det is mein Vetter. Charlie kenntn, da war er in die Ferien. Er war ooch mal hier mit seine Frau. Die is aber ne olle Neidsche. Johann Heinrich is der mit die Rüben.»

«Er hat eine berühmte Futterrübe gezüchtet», erklärte Charlie. «Sein Gut lag im Osten. Er hockt in der Mark in einem Barackenlager.»

Irmi sagte: «Nu muß ick aba rüber. Saubermachen, wenn Joachim weg is. Charlie, kommste nachher vorbei?»

«Klar.»

«Wartet doch, Kinder!» Irmi ging trotzdem.

«Er hat jeschriem, er kommt heute.»

«Was soll das nützen?»

«Er kann euch aufnehmen.»

«Vielleicht», sagte Charlie.

«Nich vielleicht. Onkel Johann Heinrich is immer jut zu dir jewesen. Wie de son Spillerken warst, hat er dir einjeladen in die großen Ferien, haste det verjessen? Mein Gott, ick weeß noch, wie ick dir an den Zug jebracht habe nach Angermünde. Det war ne Reise. Und so noch so kleen.»

«Ich weiß, Mutter.»

Polyphem sagte wütend: «Denn laß dir man von deinen Vetter beraten. Der wird wissen, ob die Russen nach Berlin kommen oder die Amis.»

Er schlug die Tür hinter sich zu und ging hinunter in die Druckerei.

Im Büro stand ein SA-Mann. «Heil Hitler, Herr Schivelbein, wir müssen sämtliche Bleivorräte beschlagnahmen. Die Schriften, alles. Kriegswichtig.»

Auf Willi Schivelbeins Stirn rötete sich die Polyphem-Narbe. «Beschlagnahmen? Det könnse doch nich machen. Det is mein Handwerkszeug.»

«Die Rüstungsproduktion geht vor. Nach dem Endsieg können Sie wieder anfangen. Siegen ist wichtiger, Volksgenosse! Hier die Papiere. Sie bekommen eine Entschädigung.»

Unterschreiben Sie hier. Morgen früh schicken wir einen Lastwagen, das Material abholen.»

«Allet? Det könn Se nich machen. Det is meine Existenz.»

«Wir alle müssen Opfer bringen für Führer und Volk. Und für den Endsieg. Heil Hitler, Volksgenosse.»

Schivelbein rief seinen Sohn. «Charlie? Komm ma runter. Wo steckste?»

«Sachte. Wat is?»

«Sie beschlagnahmen det Blei. Die Schriften, allet.»

«Is det wahr?»

«Eben war een Hengst von de SA hier. Kiek. Det Schreiben.»

Charlie las. Sah seinen Vater an. «Wat nu?»

«Ick weeß nich. Hilf mir mal. Wir verstecken die Setzkästen. Die mit der Bodoni drin. Die brauchen wir am meisten. Drüben in de Jarage.»

«Wenn die det rauskriegen? Det hilft ooch nich mehr. Ob wer die eene Schrift haben oder nich. Wenn se dich erwischen, is det Sabotage.»

«Alle Schriften. Die könn mir nich alle Schriften wegnehmen.»

«Doch. Det könnse, Vater.»

Willi Schivelbein ließ die Schultern hängen. In seinem grauen Arbeitsmantel sah er auf einmal alt und verfallen aus. «Das ist das Ende», murmelte er.

Er riß die Kalenderblätter ab, mechanisch, gleichmäßig, wie ein Roboter. Bis das Datum jenes Tages zum Vorschein kam. Er las den Kalenderspruch unter der Zahl.

«Üb immer Treu und Redlichkeit», stand da.

Charlie sah, daß ein Lächeln das Gesicht des Vaters überzog. Leise ging Charlie zur Tür hinaus.

Die Tür zu Wuttkes Wohnung war nur angelehnt. Rasch trat Charlie ein. Irma hatte ihn gehört. «Charlie?»

Charlie folgte der Stimme. Irma lag im Bett. «Ich habe mich ein bißchen hingelegt», sagte Irma und errötete. «Setz dich.» Auf dem Stuhl lagen Irmas Sachen. «Hierher. Auf den Bettrand.» Irma hatte sich bis zum Kinn zugedeckt. Das weißbezogene Plümo lag auf ihr wie eine Wolke.

«Sie beschlagnahmen unser Material», sagte Charlie. «In der Druckerei. Sämtliches Blei.»

«Dürfen die das?»

«Die dürfen alles.»

Eine Hand kam unter der Wolke hervor. Strich Charlie über den Arm. «Alles wird wieder besser. Nach dem Sieg.»

«Nach was?» Charlie fuhr hoch.

«Komm. Ich habe es nicht so gemeint. Wie immer. Es wird besser. Komm zu mir.»

Charlie wackelte mit den Ohren. «Du meinst, isch scholl . . .»

Irma lächelte. «Komm.»

Charlie wußte nicht, wie er sich verhalten sollte. Was tat ein Junge in solchem Augenblick? Die Schilderungen seiner Kumpel in der Batterie nützten nichts. Wie hatte Helga Nottebuschs Eroberung stattgefunden? Charlie versuchte, sich zu erinnern. Nichts. Leere im Hirn.

«Charlie?»

Zog man die Schuhe aus? Nur die Schuhe? Oder gleich alles? Vielleicht behielt man die Unterhose an? Oder das Hemd? Möglicherweise beides?

Charlie versuchte, unter die Bettdecke zu spähen, um herauszufinden, was Irma trug. Ihre Sachen lagen anscheinend vollzählig auf dem Stuhl, wie Charlie aus den Augenwinkeln festgestellt hatte: Rock, Bluse, Strümpfe, Hemd, Höschen. Er nestelte an der Winter-Uniformbluse, zog sie über den Kopf. Das Braunhemd. Irma sah ihm zu. Er wußte, er sah blaß aus. Bleich. Käsig. Ob das Irma abstieß? Stiefel. Überfallhose. Er entschied sich, die Unterhose anzubehalten. Glücklicherweise hatte er heute morgen eine saubere angezogen.

Er schlüpfte neben sie. Spürte, daß sie ein Nachthemd anhatte.

«Magst du das?»

«Ja.»

Er küßte sie. Heiß wurde es unter dem Federbett. Mutig schob er ihr Nachthemd hinauf. Berührte mit einer Hand ihre Brüste. Sie ließ es sich gefallen. Eng hielt er Irmi an sich gepreßt. Sie roch wie ein Kind und zugleich wie eine Frau, nach Nivea, Puder. Seife. Friedensseife. Einheitsseife roch nicht. Er streifte die Unterhose herunter. «Nicht», sagte Irma. «Nicht das.» Er blieb ruhig auf ihr liegen, doch seine Erregung wuchs, mit einmal merkte er, wie sein Glied zuckte, Heißes aus ihm herausströmte. Sie wand sich unter ihm. Preßte die Beine zusammen. «Nicht», murmelte sie. «Nicht . . .»

Er vergaß nicht das helle, glänzende Haardreieck, dort, wo ihre Beine zusammenstießen.

Er hatte es nicht vergessen. Er glaubte, er habe es gesehen, und gleichzeitig wußte er, daß es nicht stimmte.

Er verfiel Irma, weil er dies Rätsel lösen mußte.

Johann Heinrich schlug auf die Tüte. Seine wasserblauen Augen blitzten, als er sagte: «Grete, Willi! Du, Charlie! Ihr seid Zeugen. In dieser Tüte steckt meine Zukunft.» Nur ein Ahnungsloser wie Charlie konnte fragen: «Was ist drin?»

Seine Mutter täuschte einen Ohnmachtsanfall vor, schlug die Hände vors Gesicht, murmelte: «Junge!» Willi Schivelbein grinste. Johann Heinrich machte eine Bewegung, als striche er sich eine Locke aus der Stirn. Allerdings wuchsen dort längst keine Haare mehr, sie umwaldeten als Löckchen einen kahlen, braungebrannten Landmannschädel. «Die Zukunft!» sprach Johann Heinrich, «Samen der Hasenbrücker Futterrübe.»

«Ach, das ist es.»

«Junge, du weißt nicht, was es heißt. In russischer Hand sind meine Kulturen, meine Äcker. Du kennst den Hof, kennst Hasenbrück.»

Charlie nickte.

«Ja, du kennst Hasenbrück. Ihr alle kennt Hasenbrück. Du bist ein Bolschewist, Willi. Hast immer gespottet. Johann Heinrich, der Großgrundbesitzer. Na und! Siehst du, was ich jetzt habe? Eine Tüte voll Samen. Meine Zukunft! Alles wegen den Bolschewisten.»

«Wegen den Nazis», sagte Willi Schivelbein leise.

Johann Heinrich überhörte es. «Ich werde diese Samen retten», sagte er. «Ich habe sie gerettet. An den See kommen die Amis. Sie nehmen mir das nicht weg. Mein bißchen. Wenn die Kinder abhauen» – er nickte zu Charlie hinüber, war also über den Fluchtplan bereits unterricht – «wenn die Kinder abhauen, sollen sie bei mir vorbeikommen. Ist das klar, Charlie?»

Charlie nickte, schnupperte an seiner Oberlippe. An ihr haftete Irmas Geruch. «Weisch schon», murmelte er und wackelte mit dem Haaransatz.

Johann Heinrich sah in eine Richtung, blinzelte. «Ich verpflege euch. Klar. Wir sind in einem früheren Arbeitsdienst-Lager. Findet sich ein Krümchen, was?» Wieder schaute er eindringlich, jedenfalls schien es so, wegen seiner blauen Strahlemann-Augen. Weshalb, dachte Charlie, haben sie ihm nicht befohlen, den Endsieg herbeizuführen? Niedergestrahlt hätte er Großdeutschlands Feinde mit diesem Blick.

«Vom Samen», sagte Johann Heinrich, «nimmst du die Hälfte mit. Nach drüben. In den Westen.»

«Ich denke, die Russen kommen nicht her?»

«Wer weiß, wer weiß», murmelte Johann Heinrich. Er streckte die Hand aus. «Abgemacht? Großes Ehrenwort?»

Charlie kam das ein wenig übertrieben vor, angesichts einer zerknitterten braunen Papiertüte, in der sich, Onkel Johann Heinrich zufolge, Rübensamen befand. Doch er nahm die dargebotene Hand. «Groh-schesch Ehrenwort.»

Johann Heinrich schoß ein Feuerwerk von Blitzen aus seinen Augen über Charlie hin.

12

Feindsender

«Gerda! Wo steckste? Ick seh dir nich.»

Eine Hand kam unter der Pferdedecke hervor, die Frau Schivelbein über den Nora-Nordmende-Radioapparat geworfen hatte. Dumpf ihre Stimme: «Mmmm . . .» Dann das Wummern des Feindsender-Pausezeichens, gedämpft durch die Wolldecke, aber doch deutlich vernehmbar: bum, bum, bum – bum.

Onkel Johann Heinrich war hinter Willi Schivelbein ins Zimmer getreten. «Was macht sie unter der Decke?»

«Nischt, nischt», sagte Willi Schivelbein. «Ne Marotte von ihr.» Schivelbein drängte ihn aus dem Raum. «Gehn wir in die Küche. Es muß noch ein Bier da sein.»

Onkel Johann Heinrich nahm auf dem Kohlenkasten Platz, nicht ahnend, daß sein angeheirateter Cousin da drin seine geistige Waffe aufbewahrte: Das kommunistische Manifest. «Ich versteh nicht. Hat sie das schon lange?»

«Was?»

«Den Tick! Gerda! Was macht sie unter der Decke?»

Brüsk sagte Willi: «Sie hört Feindsender.»

Johann Heinrich lehnte sich zurück, daß er mit dem Rükken an die – kalte – Herdplatte stieß. Seine Finger umklammerten die Bierflasche.

Er sah verstört aus.

«Das ist gefährlich.»

«Wat willste machen. Sie hat ne Leidenschaft dafür, deine Kusine. Is auch wichtig, daß man orientiert ist.»

«Die verhetzen die Menschen.»

«Nich so sehr wie Joebbels. Wenn de richtich hinhörst bei den Bibizie, kannste wat erfahren. Zum Beispiel wie ick mir det zurechtreime, bleimse stehen an de Elbe, die Amis. Du mit deine Rübensamen solltest Häsken hüpf machen, ab nach drüben auf die Schnelle.»

«Ich glaube das nicht. Nee, ich glaube das nicht. Und kuck mal, Hasenbrück ist weg, aber in der Mark bin ich doch der Heimat näher. Ja.»

«Heimat? Wenn ick det höre. Det könnwa uns alle abschminken nach diesen Krieg. Wo is meine Heimat? An 'n Stettiner Bahnhof, wo ick jeboren bin? Wo de Polente mir eens überjewischt hat mitn Jummiknüppel, als wer jejen die Nazis jebolzt ham? Derselbe Schendarm, wa, sitzt jetzt vielleicht vor die Trümmer von seine rauchende Wohnung. Ausjebombt. Ick will annehmen, det macht ihn einsichtijer und er bedauert nachträglich, det er mir eens überjebraten hat. Doch det is vielleicht zuviel verlangt. Möglicherweise gloobt der Idiot immer noch an 'n Endsieg. Und siehste, Johann Heinrich, deswejen hörn wa Feindsender. Det wa nich reinfalln auf son Jefasel wie Wunderwaffe. Det wa die Kinder retten. Unsern Charlie und vielleicht det Mädchen von Wuttkes drüben, bevor se ihr hirnverbrannter Bruder ufft Jewissen hat.»

«Ich hab ihn gehen sehen mit seinen Krücken. Wie sie ihm in den Bus geholfen haben. Ja. Der Arme.»

«Arm. Jewiß. Aber unbelehrbar. Wie so viele. Übrigens,

det Gerda den Sender hört, liecht daran, det se mit den Apparat besser zurechtkommt wie ick. Nischt weiter.»

«Brauchst mir nichts zu erklären.»

Gerda kam in die Küche. Blickte von Johann Heinrich zu Willi. «Er weiß Bescheid?»

«Ja.»

«Ist auch besser so. Johann Heinrich, jetzt biste mitschuldig.» Johann Heinrich blinzelte mit seinen blauen Augen, den Hintern dreißig Zentimeter über Marx und Engels. «Ihr lebt gefährlich.»

Wer Feindsender hört oder andere dazu anstiftet oder das Abhören duldet oder Nachrichten solcher Sender verbreitet, wird bestraft mit Zuchthaus nicht unter ...

Das Plakat hing in Schivelbeins Druckereibüro. Vorschriftsmäßig. Der Blockwart hatte sich überzeugt.

Die Klingel schnarrte. Gerda, in ihrem Frontlage-Bericht von BBC unterbrochen, eilte zur Tür. «Joachim? Was verschafft uns die Ehre? Komm rein.»

Joachim humpelte in die Küche. Setzte sich mit einem Schlenker seines Körpers. «Du kennst Onkel Johann Heinrich?»

«Türlich.»

«Magste 'n Schnaps?»

«Immer.»

Schivelbein goß ihm einen Korn ein. «Friedensware.»

«Ick mach mir Sorgen», sagte Joachim übers Glas weg.

«Wegen den Kindern?» (Gerda, aufs Geratewohl.)

«Irmchen. Sie geht nicht arbeiten. Sagt, der Betrieb ist ausgebombt. Ich habe gefragt, ob die sie nicht zum Aufräumen brauchen. Nur die Männer, hat sie gesagt. Die Frauen können gehen. Sie sagt, sie ist arbeitslos. Geht aufs Arbeitsamt. Zweimal die Woche. Det kann doch nich sein. Kuck mal, das Volk macht doch jede Anstrengung, um den Endsieg zu erringen. Da sagense, sie haben keine Verwendung?»

«Vielleicht als Trümmerfrau. Aufräumen.»

«Se nehmen Irmchen nich mal dafür. Da stimmt wat nich.»

«Vielleicht stimmt wat mit deinem Endsiech nich?» wagte Willi Schivelbein sich vor.

Joachim: «Spinnst du? Wat hat det mitm Endsieg zu tun?»

«Das alleine vielleicht nicht, Joachim. Aber wenn de zwei und zwei zusammenzählst ... Zum Beispiel holen se morgen sämtliches Blei ab aus meiner Druckerei.»

«Det brauchense. Für Führungsringe. Mensch, Willi, weeßte det nich? Die Führungsringe an de Jranaten machen se heute nich mehr aus Kupfer oder Bronze, det is zu teuer, ham wa ooch zu wenich. Deshalb: Blei.»

«Ach, so.»

«Möglich, möglich», sagte Johann Heinrich und warf blaue Strahleblitze zum Panzerknacker hinüber, dessen leeres Hosenbein, mit einer Sicherheitsnadel hochgesteckt, an der Stuhlseite baumelte. «Ich erinnere mich, als ich früher in Berlin war, von Hasenbrück kam ich regelmäßig zweimal im Jahr, an die vielen Denkmäler. Ziethen auf dem Königsplatz und Seydlitz und wie se alle hießen. Bronze. Nu sind se weg. Wahrscheinlich eingeschmolzen?»

«Richtig. Damit wir den Krieg gewinnen.»

«Ich denke, das macht ihr jetzt mit meinen Schriften aus der Druckerei? Weißte, wat die Anschaffung gekostet hat? Und weißte, wat se mir bieten als Entschädigung?»

Joachim winkte ab. «Darauf kommt es nicht an.»

«Haste ooch recht», sagte Schivelbein. «Für det Jeld koofen könn wa uns sowieso nischt.»

Joachim stand auf, mit Hilfe seiner beiden Krücken, die er schräg abstützte auf dem Terrazzo des Küchenfußbodens. «Ihr seid und bleibt Defätisten.»

«Denn jeh man schön jewinnen. Det soll uns nich hindern, uns um dich zu kümmern, wenn die Kinder weg sind.»

«Nur über meine Leiche. Jedenfalls, soweit det meine Schwester betrifft.»

Als Charlie kam, berieten sie die Flucht.
«Bist du entschlossen?»
«Ja.»
«Was ist mit Irma?»
Ohrenwackeln.
«Was nun?»
«Wenns drauf ankommt, ist sie dabei.»
«Dann ist der Augenblick gekommen», sagte Johann Heinrich. «Zwar sehe ich die Feindlage anders als ihr. Doch wenn die Kinder weg wollen, dann jetzt. Wir haben mit weiteren Luftangriffen zu rechnen.»
«Du sprichst wie der Wehrmachtsbericht.»
«Im Augenblick ist das wohl nicht wichtig», rügte Johann Heinrich. «Erster Fluchtpunkt bei mir. Ich fahre morgen zurück. Ja. Mit der Bahn, falls ein Zug fährt. Die Kinder müssen zu Fuß los. Bahnstationen, Ortschaften vermeiden. Heldenklau kassiert sie.»
«Irmchen doch nicht.»
«Darauf würde ich mich nicht verlassen. Wenn sie sich nicht mehr beim Arbeitsamt meldet, macht sie sich strafbar.»
«Meingottmeingott.»
«Jammern hilft nicht, Gerda.»
«Warten wir lieber noch ab.»
«Und wenn ein Gestellungsbefehl kommt für Charlie?»
«Er muß ihn ja nicht bekommen haben. Wir sagen, er ist in der Stadt. Nicht zurückgekommen bisher.»
«Flau.»
«Joachim?»
«Risiko. Ich weiß nicht, wie wir den überlisten.»
«Wir werden sehen.»
«Wartet nicht zu lange.»

Johann Heinrich streckte die Hand aus in Richtung Küchentisch. «Wenn ihr noch 'n Schnaps habt: Den könnte ich brauchen.»

Vorwarnung. Alarm. Superfortress im Anflug auf die Reichshauptstadt. Mosquito und Martinbomber als Scouts vor dem Pulk. Hinter ihnen Spitfire, von deutschen Flughäfen gestartet, deutsche Rollfelder benutzend, die sich nun in der Hand des Feindes befanden, «der Sieger», wie Defätisten bereits sagten. Nur Me 163 B, Komet-Düsenjäger, knackten ein paar Feindbomber heraus beim Anflug über die Elbe. Im übrigen ungestört zog der Bomberpulk seine Bahn in Richtung Reichshauptstadt, unerreichbar am blau sich wölbenden Himmel. Rasch wuchs das Zebramuster der Kondensstreifen und verdichtete sich hinter den Maschinen zu einer wattig weißen Wolke. Das Dröhnen der Bombermotoren wob einen Schallteppich, der sich aufs frühlingshafte Land senkte, auf die Menschen, die vor Häusern, Ruinen, Behelfsheimen und Splittergräben standen, ihre Gesichter den todbringenden Maschinen zugewendet wie bleiche Blätter einer Feld und Wald überwuchernden Pflanze.

Unter dem Zug nach Brandenburg kauerte Johann Heinrich Schliephake, während Tieffliegergeschosse sein Gepäck durchlöcherten, nicht aber die Tüte mit Samen der Hasenbrücker Rübe; die barg er an seinem Herzen, in der Brusttasche der grünen Joppe, auf die er im Winter, zum Umschreiten seiner Äcker, früher ein Pelzkrägelchen montierte. Jetzt hatte Johann Heinrich den Kragen hochgestellt, als könne ihn das schützen vor Geschossen und Querschlägern und Schottersplittern.

Er erreichte sein Ziel, das Barackenlager am See, als die Bomber sich zum Rückflug sammelten. Die Hand aufs Rübentütchen pressend, stieß er die Barackentür auf, rief nach seiner Frau: «Elsa!»

Elsa war nicht da.

Johann Heinrich hätte es vorgezogen, später einzutreffen, eine scheinbar heile Welt vorzufinden in Form Elsas, auf dem Küchenstuhl am Barackenfenster, wie sie strickte oder Erbsen verlas oder der kleinen Annelie vorlas, die, ohne Eltern eingetroffen, in Elsa eine Ersatzmutter gefunden hatte. (Ob Annelie ihre richtige Mutter je wiederfand? Was war aus dem Treck geworden?)

Elsa war nicht da, und Johann Heinrich wußte, wo sie war: Bei dem OT-Mann, der das Lager verwaltete. Bei Wilhelm Schulze. In dessen Bett. Am hellichten Tag, mußte Johann Heinrich denken, und im gleichen Augenblick wußte er, wie albern dieser Gedanke war, denn die Tageszeit, zu der es Elsa in die karierten Laken Schulzes trieb, spielte keine Rolle. Elsa war Johann Heinrich abhanden gekommen. Für Speck und Butter und Stoffballen und ein paar Flaschen Schnaps.

Annelie? Gewiß hatte auch sie in Wilhelm Schulze einen neuen Ersatzvater gefunden.

Ihm, Johann Heinrich Schliephake, blieben die Rübensamen. Gezwungen hatte Elsa ihn, von dem braunen OT-Tuch ein paar Meter mitzunehmen, zu den Verwandten, nach Berlin.

Wahrscheinlich war der Stoff bereits verbrannt. Beim letzten Angriff.

Er hatte gewußt, woher dieser Stoff stammte. Hatte nichts gesagt. Die Augen verschlossen vor dem, was augenscheinlich war. Worüber alle redeten im Lager.

Nur er sah nichts. Wollte nichts sehen.

Elsa ließ ihn allein mit seiner Samentüte.

Über die Baracken hinweg flogen die Bomber zurück.

Zwischen den dunklen Stämmen der Kiefern schimmerte silbern der Beetz-See. Doch Johann Heinrichs Blick wendete sich dem Tuch zu, das die Kochnische verdeckte

und in blau gestickten Buchstaben auf blütenweißem Grund
verhieß:

> Beklage nie den Morgen
> der Müh und Arbeit giebt.
> Es ist so schön zu sorgen
> für Menschen, die man liebt.

In der Baracke nebenan drückte Wilhelm Schulze Elsas
nackte Schultern auf den Strohsack.

«Laß mich, Wilhelm. Laß mich aufstehen. Ich habe das
Gefühl, er ist zurückgekommen.»

Wilhelm verstärkte seinen Druck. «Hier bleibste. Bei mir
bleibste. Was spielt das noch für eine Rolle? Laß ihn drüben.
Ist nicht mehr dein Johann Heinrich. Du bist nicht verantwortlich für ihn, Elsa. Jetzt gehörste mir. Nur noch mir.»

Zwischen seinen Augen hatte sich ein einzelnes Haar an-
gesiedelt. Ein graues Haar. Auf Wilhelm Schulzes Kopf
hatte sie noch kein einziges graues Haar entdeckt. Warum
war dieses eine grau? Sie fühlte sich versucht, es auszurei-
ßen. Doch der Druck seiner Hände auf ihren Schultern gab
nicht nach. Was Wilhelm festhielt, das hielt er fest. Sie
wußte, er würde sie festhalten für den Rest ihres Lebens.
Festhalten und tragen. Beschützen. Wie hatte sie sich ge-
sehnt nach diesen starken Händen, vom ersten Augenblick
an, als sie ins Lager gekommen waren. Schulze hatte am Lagertor gestanden, einen Vorschlaghammer in der Hand, mit
dem er einen Zaunpfosten eingeschlagen hatte. «Immer rin
in die gute Stube», hatte er gesagt. Hatte ihr Pferd beim
Halfter genommen, es zu der ersten Baracke geführt, ausge-
spannt. Ihnen gesagt, wo sie ihren Leiterwagen lassen, wo
sie wohnen konnten. Selbstverständlich.

War alles ein Traum? Elsa wußte, daß ihre Gedanken sich
kaum unterschieden von den Ideen eines Backfischs aus

dem Fortsetzungsroman in der Berliner Morgenpost. Vielleicht war Glück kitschig?

Sie wand sich unter Wilhelms Händen. «Wenn Annelie kommt?»

«Die ist im Stall. Bei den Pferden.» Er lockerte seinen Griff. «Wie die Kleene Pferde liebt. Ich schenke ihr das Pony.»

«Wilhelm! Sie ist zu klein dafür.»

«Die anderen Kinder helfen ihr. Sollst sehen, wie ihnen dat Spaß macht. Else, bist du glücklich?»

Jähe Röte überzog ihr Gesicht. Sie dachte an Johann Heinrich, der alleine in der Baracke drüben saß, in Gesellschaft seiner Samentüte. Sie haßte diese Tüte, die ihm mehr wert war als sie, seine Zukunft nannte er das! War ein gestandenes Mannsbild nicht in der Lage, durchzukommen? Was Neues anzufangen? Wer weiß, ob die Amerikaner Sinn zeigten für Futterrübenzucht, wenn sie die Mark Brandenburg erobert hatten. Ein Mann mußte sich auf jeden Fall im Leben zurechtfinden. Wie Wilhelm Schulze. Aus allem etwas machen. Aus dem Kleinsten. Schulze half allen weiter, die hier gestrandet waren, im Barackenlager am Beetz-See. Wehrte Versuche von Ortsgruppenleitern und Ortsbauernführern ab, die Baracken zu beschlagnahmen. Besorgte Lebensmittelmarken. Unterhielt unter den Nasen der Nazifunktionäre einen umfangreichen Schwarzmarkt, von dem sie alle hier lebten, seine Schutzbefohlenen.

«Laß mich aufstehen», bat sie.

Der abfliegende Bomberpulk hatte sein Zerstörungswerk vollendet. Nach der ersten Welle, deren Luftminen das Hinterhaus in der Mittelstraße erzittern ließen, meinte Gerda, es halte sie nicht mehr länger im Luftschutzkeller.

Willi Schivelbein zog seine Taschenuhr heraus, klappte den Deckel auf. Zeit für den Feindsender.

«Bleib lieber unten», sagte er. «Sie kommen in zwei Wellen. Du weißt, wie sie es in Dresden gemacht haben. Als die Menschen beim Löschen waren, kam die zweite Welle.»

«Ich geh trotzdem. Kann wieder runterkommen, wenn es ernst wird.»

«Ich komm mit.»

«Nein. Bleib hier. Das fällt auf.»

Sie stieg die Treppen hinauf, schwach gewordene Batterien lieferten gerade genug Licht für ihre Taschenlampe, daß sie im Hausflur mit seinen vernagelten Fenstern die Stufen erkennen konnte. Ob Strom da war? Sie probierte die Treppenbeleuchtung, aber dann fiel ihr ein, daß seit langem das Licht nicht mehr funktionierte.

In der Wohnung angekommen, ging sie sofort ins Wohnzimmer und schaltete den Apparat ein. Er brummte. Gerda zog die Decke über sich und das Gerät, die Skalenbeleuchtung warf einen Schein auf ihr Gesicht. Sie drehte die Knöpfe. Dann . . . das Zeichen. So vertieft war sie in ihre Tätigkeit, daß sie nicht merkte, wie das Flakfeuer zunahm, die zweite Welle ihre Luftminen absetzte, die das Haus erschütterten – sie wollte es nicht merken, denn eben verkündete der Sprecher den neuen Frontverlauf im Osten, sie würde danach hören, wie die Alliierten im Westen vorankamen – überschritten sie endlich auch im Mittelabschnitt die Elbe? Rollten sie die deutsche Front von Süden auf? Überlebenswichtige Informationen.

Sie bemerkte nicht unter ihrem Pferdewoilach, wie sich Risse bildeten im Stuck der Zimmerdecke, wie die Lampe, die sie von Willis Mutter bekommen hatten zur Hochzeit, zu schwanken begann, während weißer Mörtelstaub auf den schwarzen, mit transparenten roten Rosen geschmückten Schirm rieselte. Sie kroch fast in den Radioapparat.

Wieder dieses infernalische Heulen, ein lauter Krach, die Verstrebungen des Kellers schienen sich zu krümmen, Willi hielt es nicht mehr aus, er rannte nach oben, beißender Staub im Treppenhaus, Putz knirschte unter seinen Füßen. Er stieß die Tür zum Wohnzimmer auf, rief: «Gerda!», sein Blick fiel nach oben, er sah die Sprünge im Gips, sah, wie sie sich, als würde alles in Zeitlupe fotografiert, vergrößerten, von Wand zu Wand liefen. Neues Krachen, Beben, Staub, die Decke, die Zimmerdecke löste sich ringsum an den oberen Wandleisten, als werde sie losgetrennt. Ein scharfes, reißendes Geräusch, sie stürzte herab.

Gegen jedes Gesetz der Schwerkraft blieb ein Teil in der Mitte hängen, neigte sich langsam, verharrte in der Schwebe, schräg, wie die Wand eines Zeltes, gehalten von einzelnen Fasern der Schilfmatten, auf denen der Putz saß. Schivelbein arbeitete sich über die Brocken, durch den Staub, der im fast dunklen Zimmer jede Sicht nahm. Er stieß an etwas Weiches, tastete. Rief: «Gerda?»

Sie fiel ihm in die Arme. Aus dem Staub klopfte das Sendezeichen des Feindsenders. «Gerda! Alles in Ordnung?»

Gerda nieste. «Die Amerikaner stoßen ins Haveltal vor.»

«Det gloob ick nich», sagte er. «Det gloob ick einfach nich. Und wenn, is et höchste Zeit, det die Kinder verschwinden. Erst recht. Eh son Nazi se kassiert.»

Gerda nieste wieder.

«Haste 'n Taschentuch?»

13

Charlie und Irma rüsten sich aus

«Was braucht der Mensch?» pflegte Charlies Großmutter zu fragen. Zählte, aus der Perspektive eines bescheidenen Erdenbewohners, der mehrmals im Leben seine Heimat gewechselt hatte, auf, womit man sich allenfalls ausrüsten müsse, um zu überleben. Da sie die erste Hälfte ihres Daseins in ländlicher Umgebung zugebracht hatte, stand zuoberst auf ihrer Katastrophenliste: «Eine Kiste mit geräuchertem Speck.»

An dieser Stelle flocht Oma Schivelbein des längeren ein, wie der Speck beschaffen sein müsse. Von einem Schwein mit Hängeohren solle er stammen, die mit Stehohren würden nichts taugen, er solle gut zwei Finger dick sein, geräuchert müsse er über Buchenspänen werden, eine Woche lang oder zwei bei kleinstem Feuer und fast luftabgeschlossen, dann jedoch solle er in der Scheune trocknen, bei gutem Durchzug, in der Winterluft. Nur der Speck von der Dezemberschlachtung reife richtig.

Gerda Schivelbein erinnerte sich an diese Schilderung, als sie überlegte, was sie Charlie mit auf den Weg geben könne. An Lebensmitteln fand sich kaum etwas, außer ein paar Konserven. Lebensmittelkarten hatte sie umgetauscht in Reisemarken.

Was stand dann weiter auf Omas Liste? Wolldecke, strapazierfähiger Koffer mit Körper-Bett-Tischwäsche? Nicht geeignet. Willi Schivelbeins alten Rucksack wusch und flickte sie, knetete die Tragriemen mit Lederfett, das sie im Keller fand.

«Die Hitlerjugend-Kluft kannste nich anbehalten», bestimmte Vater Schivelbein.

«Ich hab nischt andres.»

«Johann Heinrich hat den Stoff mitjebracht. Die Frauen solln dir wat draus nähen.»

Wiederum ringelte sich Mutter Gerdas Bandmaß um Charlies Brust und Hüften, sie maß Schritt und Beinlänge, übersah, daß Charlie dazu, weit über ihrem Kopf, mit den Ohren wackelte. Einen Schnitt fertigte sie an, suchte Garn heraus, ölte die Singer-Nähmaschine. Bat Irma, ihr zu helfen. Sie schnitten zu, hefteten, probierten an. «Füttern können wir den Anzug nicht», sagte Gerda entschuldigend. «Ich habe keinen Meter Futterstoff auftreiben können.»

Charlie wars zufrieden. Zudem hätte das Einbringen von Futter in Jacke und Hose die Fähigkeiten Gerdas und Irmas überstiegen. Er sah ihnen zu, blickte auf das Tapetenmuster, Rosen in Büscheln und sie verbindende Ranken ergaben so etwas wie ein Luftbild von Dörfern mit Verbindungsstraßen, er nahm es dafür, um so mehr, als sie in ständigem Dämmerlicht lebten, das durch die Röntgenfilme in verkleinerten Fensteröffnungen einfiel. Der Rest, einst wunderbares, lichtdurchlässiges Glas, war Holzverschalung, geflickt und erneuert nach den Angriffen.

Als der Plafond heruntergekommen war, Gerda Schivelbein samt Nordmende-Radio beinahe unter sich begraben hätte, da war auch das Fenster – das ehemalige Fenster mußte man jetzt denken – herausgeflogen mit seiner ganzen Umschalung.

Sie hatten den Schutt weggeräumt, Omas Lampe gesäubert und wieder aufgehängt, das Fenster eingesetzt. Die Zimmerdecke bot sich jetzt dar als Balken und Verschalungsbretter. So hoch hinauf schaute jedoch niemand. Es war überdies von Vorteil, daß kann mehr Gips herunterfallen konnte.

«Ist euch warm genug?» Charlies höfliche Frage zielte am Problem vorbei. Der Sparofen, ziegelsteingroß, blakte in der anderen Zimmerecke, drei Meter Rohr führten in den Schornstein über dem Kachelofen. Einem wuchtigen Kachelofen. Einen Viertelzentner Kohle fraß das Ungeheuer am Tag. Charlie erinnerte sich an eine mollig warme Stube, bloß der Boden blieb kalt, die Leute unter ihnen heizten miserabel. Beamten-Ehepaar. Wenn der Mann sich acht Stunden täglich auf Gemeindekosten im Rathaus wärmte? Charlie, auf Strümpfen, die Hausschuhe ließ er immer irgendwo stehen und fand sie nicht wieder, träumte oft, er sei auf dem Schulhof, auf der Straße, ohne Schuhe.

Seiner Mutter hatte er das erzählt. «So was kommt von so was», hatte Frau Schivelbein gesagt.

«Es ist nicht kalt», meinte Irma höflich. Aber ihre Finger waren rot, geschwollen. Charlies Mutter sagte, sie bewege sich ja, womit sie meinte, daß sie die Maschine trat.

Es war nicht zu leugnen, daß der Sparofen gegen die Temperaturen versagte, die von außen durchs Mauerwerk drangen. «Alte Häuser werden nicht warm. Omi in ihrer Laube hats besser.»

«Warum gehen wir nicht alle zu ihr?» Charlie überlegte einen entsprechenden Schritt aus Wärmegründen, jedoch auch, weil er fühlte, ein etwaiger Gestellungsbefehl würde ihn bei seiner Oma in der Laubenkolonie später erreichen.

«Ist doch Frühling, Junge. Nach dem Kalender. Bald wird es warm.»

«Können wir nicht Kohlen klauen? Auf dem Güterbahnhof?»

«Junge! Laß dich erwischen! Das ist Sabotage. Die nehmen dich sofort mit.»

Irma sah zu ihm hoch. «Nur noch ein paar Tage. Dann sind wir unterwegs.»

«Ist nun sicher, daß du mitkommst?»

Irma nickte. «Ich habe mir alles überlegt. Habe auch vor Joachim keine Angst mehr.»

«Der wird rasen vor Wut.»

«Es hilft nichts. Er muß einsehen, daß nicht alles nach seinem Kopf geht. Tante Gerda, ihr kümmert euch um Joachim?»

«Gewiß, Irmchen. Verlaß dich drauf. Was machen wir mit dir? Hast du was anzuziehen?»

«Die BDM-Kluft. Ich habe die Abzeichen abgetrennt. Das geht. Sieht wie Räuberzivil aus.»

«Wenn ihr bei Onkel Johann Heinrich und Tante Elsa seid, laßt euch Adressen jeben im Westen. Wir haben Verwandte drüben, weißt du ja, Charlie. Ich schreibe dir alles auf, Johann Heinrich hat noch mehr Adressen. Hat Kontakt gehalten all die Jahre, von Hasenbrück aus. Was hat er gehabt davon? Im Krieg sind sie hamstern gekommen. Irmchen, du hättest sehen müssen, wie die jelebt haben, Elsa und Johann Heinrich. Wie Könige. Charlie kennt es, war in den Ferien da. Erinnerst du dich, Charlie?»

Charlie brummte. Sah Irma an. Hatte Lust, sie zu berühren. Die Brüste, blaß, unter der Bluse mit ihren roten Nippeln. Charlie rief sich ins Gedächtnis, zum aberhundertstenmal, wie sie ihn ins Bett genommen hatte. Der Augenblick schien ihm gekommen, seine heile Jugend- und Kinderwelt zu verlassen, mit Irma davonzugehen – wie sie es in den Filmen zeigten. Nur: Irma und er würden nicht in ihr Paradies wandeln, Hand in Hand, ein Paradies, geschaffen von Ufa-Regisseuren. Statt dessen Wälder und Wiesen. Vielleicht niemals ein Dorf, bis sie drüben waren. Er hoffte, die Amerikaner würden doch über die Elbe gehen. Stimmte die BBC-Meldung? Im Wehrmachtsbericht kein Wort. Charlies Vater traute der englischen Meldung nicht.

Hingegen konnte man sich auf das verlassen, was der Wehrmachtsbericht über die Ostfront meldete. Die Klammer um Berlin begann sich zu schließen. Das Führerhauptquartier, im Tiefbunker der Reichskanzlei, verbreitete Optimismus. Die Armee Wenck sei zum Entsatz der Reichshauptstadt angetreten. Willi Schivelbein hatte den Durchhalte-Artikel aus dem «Reich» vorgelesen. Parallele: Friedrich der Große, Siebenjähriger Krieg, aussichtslose Lage. Das Ende Preußens? Dann das Wunder, Rußland verbündet sich mit Preußen.

«Die Russen werden es diesmal nicht sein», hatte der Polyphem-Vater gesagt. «Ick verstehe jene nich, die denken, der Westen wird mit uns zusammenjehn, jejen die Russen. Die westlichen Alliierten haben so ne Mordswut auf uns, det se keene zwee Millimeter in de Zukunft sehn. Habter jehört, der Morgenthau-Plan. Restdeutschland ein Agrarstaat. Is ne jewisse Chance für deinen Cousin drin, Gerda, für Johann Heinrich. Wenn er die Oberagrarjer ankiekt mit seine blitzblauen Augen, die Sieger, wernse ihm seine Rüben abkoofen.»

«Darüber scherzt man nich, Willi. Johann Heinrich hat alles verloren. Hasenbrück hättste sehen sollen. Du wolltest nie hin.»

«Verloren haben wir alle wat. Meine Druckerei. Heute morjen hamse det Blei abjeholt. Zwei Lastwagen. Weeßte, wat die Schriften wert waren?»

«Nun hat das Volk sie. Muß dir doch recht sein, als Kommunist.»

«Das Volk hat se nich. Die Nazis hamse. Det isn Unterschied. Und Kommunismus heeßt nich, det se eim allet wegnehmen, sondern det jeder beteiligt is an den Produktionsmitteln und am Mehrwert. Steht allet in dem Buch. Brauchst bloß die Kohlenkiste uffklappen.»

«Wieso du das Buch aufhebst. Ich wollte es wegschmeißen, wie se dich abgeholt haben. War zu aufgeregt. Habs vergessen. Wegschmeißen hätte ichs sollen.»

«Vielleicht isset jut, det et da is. Wenn die Russen kommen.»

Sie packten wie fürs Jungvolk-Lager. Socken, zwei Hemden. Unterhosen. Omi Schivelbein fand eine Wolldecke, für Irma. Charlie erbte die Feindsender-Tarndecke. Unbemerkt von Joachim brachte Irma ihren Rucksack herüber.

«Zu schwer», stellte Willi Schivelbein fest. «Mädchen, det mußte allet schleppen. Wo willste hin damit im Wald? Wat haste da drin?»

Irma errötete. Sie öffnete den Rucksack. Obenauf lag ein dickes Fotoalbum. Ein Buch. «Die Kathrin wird Soldat» von Adrienne Thomas. Noch ein Buch. Eine Mädchengeschichte. Giesel und Ursel. Ein Teddybär. «Sehn meine entzündeten Augen richtig? Willste det allet mitschleppen?»

Irmi schluchzte. «Das sind Erinnerungen. Mein Fotoalbum. Die Bilder, wo Mutti drauf ist. Ich hab sie mit meiner Box fotografiert. Hier, kuck mal, Onkel Willi. Da sind wir in Rheinsberg. Beim Schwänefüttern. Hier, auf dem Wannseedampfer. Das bin ich. Das ist Mutti. Uns hat einer von der Spreebrücke fotografiert. Bei der Rückfahrt konnte man die Bilder kaufen. Mein erster Schultag. Mit Mutti und Vati. Der freche Kerl im Hintergrund mit den kurzen Hosen ist Joachim. Hat nicht Tante Gerda das Foto gemacht?»

«Es hilft nichts, Kind.» Gerda kniete sich neben Irmi. «Wir packen um. Das Album und die Bücher verstecken wir im Druckerei-Keller. Später bekommst du sie wieder. Wenn alles vorbei ist.»

Sie sahen wirklich aus wie Flüchtlinge, Rucksäcke, Gerdas Umhängetasche, die Decken zu Würsten gerollt. «Papiere und Jeld am Körper verstecken», mahnte Charlies Vater. «Irmchen, haste 'n Brustbeutel?»

Irmchen hatte. Knöpfte ihre Bluse auf, nestelte am Band. Der Brustbeutel kam zum Vorschein.

«Bong. Mehr könn wa nich tun. Wo is der Sack mit Hülsenfrüchten?»

Gerda brachte ihn. Verstaute ihn in Charlies Rucksack. «Das ist wichtiger als Fotoalben. Entschuldige.»

«Schon gut.»

Charlie fragte: «Haste die Bücher jelesen?»

«'türlich.»

«Für wat willste sie dann mitschleppen?»

«Weil ich dran hänge. Weil sie mir gehören.» Irma begann wieder zu schluchzen.

«Wein nicht. Ich versteh dich.» Charlie legte den Arm um sie. Sein Vater meinte: «Wenn de trotzdem ne Minute Zeit hättest, mit mir in den Keller zu gehn? Der Primuskocher muß in 'n Rucksack. Und Trockenspiritus. Mit wat wollt ihr die Hülsenfrüchte kochen?»

«Wir können Holz sammeln.»

«Dann rejnet et und det Holz is naß und brennt nich. Et raucht, und in drei Kilometer Entfernung denken sich die Kettenhunde von der Feldgendarmerie: Ei, wer haust im Wald? Die könn wa uns schnappen. Denn wedelste mit dein Entlassungsschein, Charlie, erregst ihr Jelächter, sowat hamse noch nich jesehn int janze Dritte Reich, keen Bild is druff von dir, jeder kann sich son Fetzen tippen uff de Schreibmaschine. Gloobste nich? Der Stempel, meenste? Mit den Reichsjeier? Mensch, janz andre Stempel hamse nachjemacht! Schwupp, ham se dir beim Wickel, und ab zum Volkssturm. Karl Schivelbein, jenannt Charlie, führt den Endsieg herbei.» Er sah Irma an. «Und dich – dich sperrnse erst mal ein, weil se behaupten, du hastn Deserteur versteckt unter de Kusseln. So jeht det heute zu. Und nu jehn wa in Keller, den Primuskocher suchen.»

Der Primuskocher fand sich nicht. Gewiß hatte er früher existiert. In einem Regal mit Klischees, die den Bleiorganisierern entgangen waren, fanden sie einen Blechuntersatz, der sich aufklappen ließ, zum Verbrennen von Trockenspiritus. «Noch besser. Det Ding wiegt wenjer und is praktisch.»

Gerda schnallte Charlie einen Kochtopf auf.

«Alles beisammen?»

«Alles.»

Von der Treppe knarrten Krücken.

«Achim!»

«Was will Achim?»

«Die Rucksäcke weg! Versteckt die Rucksäcke! Ins Schlafzimmer!»

Sie schleppten die Rucksäcke ins andere Zimmer. Die Türklingel schnarrte. Gerda öffnete. Willi setzte sich in den Sessel an der Fensteröffnung. Nahm den «Völkischen Beobachter» in die Hand. Tat so, als lese er.

Es wäre nicht nötig gewesen. «Irma! Onkel Willi! Tante Gerda! Kommt rüber. Tante Miechen ist ausgebombt.»

«Tante Miechen?»

Sie folgten Joachim in die Wuttke-Wohnung. Tante Miechen, Kriegerwitwe, saß in der Küche auf einem der Stühle mit den schwarzen Hufen, neben ihr Ingrid, Tante Miechens Tochter. Zu ihren Füßen standen ordentlich nebeneinander vier Pappkoffer, mit Strippe verschnürt. Charlie registrierte, daß es sich um Friedensstrippe handelte, keine Papierschnüre.

Tante Miechen trug einen braunen Mantel und um den Hals einen Fuchs, der aus treumütigen, ganz und gar unfüchsischen Glasaugen an ihr heruntersah. Kopftuch, aus dem schwarze Haare über die Stirn quollen. Ingrid, im verschossenen Regenmantel, hatte sich eine Pudelmütze in die Stirn gezogen. Ihre Nase tropfte.

«Alles weg», sagte Tante Miechen. Sie hob ihre Hände, die Finger gekrümmt zu Krallen, als wolle sie sich anklammern, wie ein Vogel an einen Ast. «Alles weg. Ein Flammenmeer. Wir sind erst am Priesterweg rausgekommen. Durch zwanzig Keller durch. Mit den Koffern.»

Sie deutete auf das Gepäck.

«Von der Riemenschneiderstraße ist nichts übrig. Phosphorkanister. Alles runtergebrannt. Wir sind in die Laubenkolonie rüber. Ein paar hundert Leute. Konnten nur zusehen, wie alles verbrannte. Alles weg. Unser Klavier. Wie viele Jahre haben wir darauf gespart. Ingrid sollte Stunden nehmen. Der verdammte Krieg. Der Krieg kam dazwischen. Ingrid! Schneuz dir die Nase.»

«Ja, Mama.»

«Zwölf ist sie. Immer noch keine Klavierstunden. Wenn das mein Arthur wüßte. Gefallen für Führer und Volk. Alles haben sie mir genommen. Ingrid den Vater.»

Sie weinte.

«Das Klavier. Weißt du, Irmi, wie lange wir darauf gespart haben? Nichts haben wir uns geleistet all die Jahre, mein Arthur und ich. Jetzt ist das Klavier verbrannt.»

«Mama!»

Tante Miechen zog ein zerknülltes Taschentuch aus dem Mantel. Reichte es Ingrid.

«Schneuz dich.»

«Ja, Mama.»

Irmi setzte Wasser auf. «Ich mach euch einen Kaffee.»

Gerda schickte Charlie, Kaffeebohnen holen. «Ein paar sind übrig.»

Joachim humpelte auf und ab in der engen Küche. «Ihr kriegt alles wieder. Der Führer ...»

«Der Führer? Laß mich zufrieden mit deinem Führer! Verbrecher. Alle sind sie Verbrecher. Hitler. Die Nazis. Die Generäle. Alle. Meinen Arthur haben sie in den Tod geschickt. Wofür? Jetzt sitze ich da mit Ingrid.»

Achim sagte: «Ich verstehe deine Wut, Tante Miechen. Doch verbiete ich dir, in meiner Gegenwart defätistische ...»

«Defä – was?» Tante Miechen richtete sich kerzengerade auf. Riß das Kopftuch ab, eine Woge dunklen Haars umspülte ihr Gesicht, das aus weit geöffneten Augen bestand und ihrer spitzen Nase, mit der sie auf Joachim einzuhacken schien – ein zorniger, bebender Vogel. «Du ... ausgerechnet du, Achim. Du warst immer verblendet. Hitlerjunge Wuttke. Stammführer oder was du warst. Held von Stalingrad. Ich weiß, du hast dein Bein verloren ... andere werden klug davon. Warum du nicht?»

«Tante Miechen ...»

Vater Schivelbein sagte: «Es nützt nichts. Hin ist hin. Wenn ihr Platz braucht? Wir können gerne jemand unterbringen. Wat, Gerda?»

Gerda nickte.

Charlie kam mit den Kaffeebohnen. «Trinkt erst mal ne Tasse Kaffee. Legt die Mäntel ab. Ist schön warm hier in der Küche. Alles Weitere findet sich.»

Tante Miechen schluchzte. Streckte die Hand aus nach dem Taschentuch, das sie Ingrid überlassen hatte. «Nur Trümmer. Brennende Balken. Ihr hättet das sehen sollen. Wie das Haus zusammenstürzte. Die ganze Straßenzeile. Trümmer. Und die Menschen.»

Sie legte den Arm um Ingrids Schulter. «Wenn das dein Papa wüßte. Unser Arthur.»

«Mama!»

«Das schöne Klavier. Alles weg.»

Eine Scheibe des Küchenfensters war ersetzt durch eine Röntgenaufnahme, die den Halswirbel-Abschnitt des Patienten zeigte. Rechts, in unmittelbarer Nähe eines Wirbels, steckte ein Geschoß. Ingrids Blick war gebannt. Sie deutete auf das Röntgenbild. «Die Schicht kann man abwaschen», sagte sie, «mit Benzin. Dann sind die Filme durchsichtig. Wie früher Fensterscheiben.»

14

Jagen 97

Der Morgen des Fluchttages dämmert heran. Charlie träumt, daß er sich einen gerade geträumten Traum nicht merken kann. Er muß aufstehen, mit einem Kind, das sich in der

Wohnung befindet, spazierengehen. Dämmerung. Der Weg
zwischen den Lauben über die Stammbahn. Ein Sandweg.
Auf dem Übergang bei Bude siebzehn vier Posten, olivgrüne
Kampfanzüge, Maschinenpistolen. Amerikaner? Sie tragen
übergroße, seltsam geformte dunkelgraue Helme, wie wul-
stige Schüsseln. In der Dunkelheit klettert das Kind aus dem
Sportwägelchen, in dem Charlie es geschoben hat, läuft fort.
Für Minuten verwandelt sich das Kind in einen kleinen
Hund, der ins Dunkle springt. Charlie hat Angst, den Hund
zu verlieren, doch bleibt er dank seines hellen Fells sichtbar.
Der Hund kommt zurück, ist plötzlich wieder Kind, klettert
in den Wagen. Ein blaues Pantöffelchen mit Goldborte verlieren sie, Charlie findet es jedoch gleich wieder. Er weiß, es
ist müßig, das zweite Pantöffelchen zu suchen, sie haben es
nicht dabei. Auf dem Rückweg hört er, wie die Wachsolda-
ten mit den wulstigen Helmen sich darüber unterhalten, ob
es vorteilhaft sei, ihre Autos abzuschaffen und Fahrräder zu
kaufen. Charlie überlegt: Wenn Amerikaner so denken,
wird es in ein paar Jahren keine Autos mehr geben. Zu
Hause angekommen, sieht Charlie, immer noch träumend,
Irma in großer Toilette. Er wußte nicht, daß sie vorhatte, diesen Abend auszugehen, und ist traurig darüber. Irma trägt
ein weißes, spitzenbesetztes Kleid mit halblangem Rock. Es
ist Charlie klar, daß sie es von einem anderen Mann bekommen hat. Irmas Gesicht ist auffällig geschminkt, wirkt blaß,
klein und glücklich, der Mund ist purpurrot gemalt. Sie bür-
stet ihr Haar. Charlie sieht, daß eine weiße Strähne sich
durch das Blond zieht, bemerkt am Scheitel eine Stelle, die
sich lichtet. Er ist betroffen darüber, zugleich jedoch dank-
bar, die Beschädigung zu erkennen, von der er annimmt,
daß sie Irma in seine Arme zurückführen wird. Sie wirft ein
Tuch um, geht. Er bemerkt, daß sie helle, glänzende
Strümpfe trägt; ihre Beine wirken unnatürlich, zugleich ele-
gant, wie an einer Frau für eine Sektreklame.

Am Griff des Kinderwagens bleibt Irmas Umhängetasche zurück. Die Fluchttasche. Charlie sieht die Clips metaller Schreibgeräte.

Allmählich wühlt er sich aus den Wogen des Traums, bleibt wach liegen, starr, die Augen zur Decke gerichtet, die in dem kleinen Zimmer hinter der Küche, das er bewohnt, fast heil geblieben ist. Durch den Röntgenfilm im Fenster über dem Kopfende des Bettes fällt Licht. Er will nachdenken über den Traum, doch nebenan in der Küche rumort seine Mutter, heizt die Kochmaschine an, Wasser läuft in den Kaffeekessel. Des Polyphem-Vaters schlurfende Schritte, Charlie weiß, er wird sich auf den Kohlenkasten setzen, mit seinem Hintern sein verstecktes Buch bebrüten, angeekelt den «Völkischen Beobachter» entfalten. Es ist die einzige Zeitung, die pünktlich kommt. Widerwillig hat Willi Schivelbein sich entschlossen, sie zu abonnieren. Er liest als erstes den Wehrmachtsbericht. Heute, am Fluchttag, wird nichts Sensationelles darin stehen. Die Unklammerung Berlins macht Fortschritte. Ob sie herauskamen aus der Stadt? Vielleicht war es zu spät?

Am Kaffeetisch, über die Wachstuchdecke mit ihren braun gewordenen Bruchfalten hinweg sagt Willi: «Wir haben uns überlegt, ob Ingrid mit euch gehen soll. Doch glaube ich, sie ist zu klein. Wie sollen wir das überdies den Wuttkes erklären? Joachim geht hoch. Tante Miechen – ick weeß nicht.»

Gerda: «Wär schön, wenn das Kind rauskäme.»

Charlie sagte: «Wir werden zu zweit Schwierigkeiten genug haben. Manchmal denke ich, es hat keinen Zweck. Es ist zu spät.»

«Nee, Charlie. Det is der richtige Augenblick. Jetzt pennen se. Allet voll von Versprengten. Mit paar Verrückte mußte immer rechnen. Aber ooch mit solche, wat euch helfen. Seid ja noch Kinder.»

Charlie dachte an seinen Traum. Blinzelte irritiert mit den Augen. Sein Vater bezog es auf seine Bemerkung:

«War nich so jemeent», lenkte er ein. «Ick meine nur wejent Durchkommen. Ältere schnappense jleich.»

Wuttkes hatten eine Nacht in Bedrängnis verbracht. Tante Miechen, die sich weigerte, die Wohnung zu verlassen, Schivelbeins Angebot, im Wohnzimmer ein Notbett aufzuschlagen, abgelehnt hatte, war, unter einer Decke zusammengerollt, auf dem Sofa eingeschlummert, umgeben von ihrem Fluchtgepäck. Zweimal hatten die Sirenen geheult, doch erfuhren sie aus dem Drahtfunk, daß diesmal die Feindmaschinen – «die Terrorbomber», wie Joachim sagte – nicht die Reichshauptstadt als Ziel wählten. Sie blieben in der Wohnung. Ingrid schlief zusammen mit Irma in deren Bett.

Irma kam herüber.

«Es ist Zeit.»

«Habt ihr alles beisammen?»

«Ja.»

«Ihr müßt den Weg zum Großen Fenster nehmen, den ihr immer mit den Rädern gefahren seid. Zum Baden. Den kleinen Weg. Ich zeigs euch noch einmal auf der Karte. Charlie, wo sind die Landkarten?»

«In Irmis Tasche.»

«Die Grunewald-Karte. Gerda, räum doch das Geschirr weg. Irma, haste schon Kaffee jetrunken?»

«Habt ihr noch ne Tasse? Gerne.»

Während Willi Schivelbein sich über die Karte beugte, den Weg erklärte, starrte Charlie hinüber zu Irmi. Woher der Traum? Er versuchte, sich an das goldene Haar ihres Schoßes zu erinnern, das er meinte, gesehen zu haben. Doch schob sich in den Vordergrund sogleich der Traum-Anblick ihres Scheitels, das sich lichtende Haar, die graue Strähne.

«Ich kenne den Weg genau. Wir müssen beim Bahnhof Schlachtensee unter der S-Bahn durch.»

«Jetzt geht, Kinder. Bei Dunkelheit müßt ihr an der Havel sein. Im Bootshaus am Großen Fenster liegt Achims Paddelboot. Wie ihr reinkommt, müßt ihr sehen. Er wird es euch verzeihen, daß ihr das Boot genommen habt. Vorläufig erfährt er sowieso nichts.»

Irma: «Ich möchte ihm sagen, daß wir gehen.»

«Hältste det für richtich?»

«Ich kann so nicht gehen. Charlie! Laß uns das zusammen durchstehen.»

Sie gingen hinüber.

Joachim humpelte auf seinen Krücken durch die Wohnung, im Makohemd, Hosenträger nachschleifend. Die Erkennungsmarke pendelte.

«Joachim, wir hauen ab.»

Joachim blieb stehen. Sie sahen, wie sein Gesicht sich rötete. Dann brüllte er: «Feige Schweine! Meine Schwester. Du bist schuld, Charlie. Kommunistenbrut. Der Führer wird euch ... Aufhängen werden sie euch. Obwohl du meine Schwester bist ... Defätisten, alle miteinander! Schweine! Verräter!»

Er brüllte immer lauter, Schaum stand vor seinem Mund. Tante Miechen wälzte sich von ihrem Lager. Joachim hob eine Krücke, schlug nach Irma, die im Flur zurückwich, Charlie trat vor sie, durch die Tür sah er in Irmas Zimmer Ingrid stehen, nackt wie eine Glühbirne, den Rücken ihnen zugewendet. Während er Joachim in den Arm fiel, registrierte er Ingrids fleischigen Hintern, ihre gelblich-weiße Haut, sie blickte auf die Szene, über eine Schulter, erstarrt. Tante Miechen klammerte sich an Joachim, ihre Vogelschnabelnase hackte auf ihn ein unter schwarzem Haargewöll: «Nicht!» schrie sie, «nicht!»

«Schweine», brüllte Joachim. «Geht, geht», schrie Tante

Miechen, trommelte mit ihren Krallenfäusten auf Joachim ein. Irma, bereits bei der Tür, rief gellend: «Du bist mein Bruder?»

Sie zog Charlie zur Tür. Joachim schüttelte sich, ein Bär, in dessen Fell sich die Hunde verbissen haben, Tante Miechen fiel von ihm ab wie eine trockene Blüte vom Strauch, weit holte er aus mit der Krücke, um Charlie zu treffen, doch der wich aus.

Joachim stürzte, fiel auf den Treppenabsatz.

Während Charlie und Irmi hinunterliefen, polterten Joachims Krücken hinterher: «Schweine», rief er, «Schweine, Schweine, Schweine . . .»

Als sie unten die Haustür öffneten, hörten sie in die eingetretene Stille hinein Ingrids Stimme:

«Mama!»

Sie nahmen ihre Rucksäcke. Als sie durch den Torwegtunnel des Vorderhauses gingen, sahen sie Charlies Eltern vor dem Eingang des Hinterhauses stehen, bewegungslos, die Arme vor der Brust verschränkt. Geschrumpft. In ihre eigenen Körper zurückgezogen, als frören sie.

Irma liefen Tränen über die Wangen.

Drüben, auf dem gegenüberliegenden Trottoir der Mittelstraße, schnaufte der Briefträger, hintenübergelehnt, die schwere Ledertasche vor dem Bauch. Vorschriftsmäßig mit Dienstmütze, blauer Jacke. Gelbes Posthorn auf den Ärmel gestickt. Immer noch kommt Post. Feldpostbriefe. Nachrichten von Verwandten auf der Flucht. Sind jetzt in . . . machen nach . . .

Der Briefträger ist alt. Unter seiner Mütze schaut weißes Haar vor. Sie haben ihn aus der Pensionierung geholt, in Ermangelung jüngerer Zustellkräfte. Die sind an der Front. Es ist ein vertrauenswürdiger Briefträger. Charlie fühlt sich versucht, hinüberzulaufen, wie so oft in vergangenen Zeiten, ihn zu fragen: «Ist Post da?»

Er unterdrückt diese Regung. Tut gut daran. Der Briefträger hat Charlies Einberufungsbescheid in der Ledertasche. Just an diesem Tag. Arbeitsdienst-Felddivision. So was gibt es. Sie drücken den Jungs, außer den Spaten, Karabiner in die Hand. Beutegewehre. Besseres ist nicht da. Die überlangen dänischen Karabiner zum Beispiel. Und zwanzig Schuß Munition.

Mehr Munition ist auch nicht da.

Würde Charlie dem Einberufungsbescheid folgen, könnte er feststellen, welche Instanzen im Chaos des Zusammenbruchs voll funktionsfähig geblieben waren. Sie würden ihn in die schmucke Arbeitsdienst-Uniform kleiden, ihm den «Arsch mit Griff», die gefalzte Mütze der Arbeitsmänner auf seinen Haarwust setzen, die blankgeputzten Ähren mit dem Hakenkreuz, das auf der Spitze steht, vorne über dem Mützenschirm. Sie würden in diesen letzten Wochen Charlie jeden Donnerstag zur Schulung befehlen – auch der RAD verfügt über eine Art politische Führungsoffiziere –, Thema: Das Dritte Reich und die NSDAP – der Arbeitsmann zweifelte nicht am Endsieg.

Charlie wußte es nicht, erfuhr es nicht, der Briefträger betrat ein Haus gegenüber.

Auch Irma hatte hinüberlaufen wollen, ihn fragen: Ein Feldpostbrief? Vom Vater?

Wie hätte sie aber dem Briefträger erklären sollen, weshalb sie einen Rucksack trug?

Ihr Zögern, Charlies Zögern drückte sich darin aus, daß sie, auf ihrem Weg, einen Bogen schlugen, ihr Kurs eine Ausbuchtung auswies in Richtung des Mannes von der Post. Willi Schivelbeins Aufgabe war es, den Bescheid abzuwimmeln, auf postalische Umwege zu leiten. Er mußte sich was einfallen lassen.

Nirgends, schien es Charlie, werden Straßenbäume so groß wie in Berlin. Noch standen sie schwarz gegen den Himmel, an dem die Sonne ein letztes, winterlich-graues Wolkenfeld nach Norden jagte, zur Freude Irmas, ihre Kniestrumpf-Mode fand sie berechtigt, im Rucksack blieb die scheußliche, aus einer bräunlich-grauen Wolldecke genähte Überfall-Hose.

Die Bäume ankerten mit ihren Wurzeln fest in dem schmalen Erdstreifen zwischen Kleinpflaster und Bordkante, wuchteten sie hoch, so daß der Bordstein eine Zickzacklinie bildete. In Rinde eingeschnitten, sah Charlie Herzen, von Pfeilen durchbohrt, Buchstaben. Solchen Baumfrevel hatte er selbst vollbracht, gelegentlich, wenn sein Knabenherz entflammte für eins der Mädchen aus der Nachbarschaft.

«Irma» stand in keiner Rinde, nicht einmal ein I wäre zu finden gewesen. Diese Liebe war neu. Und, soweit er das beurteilen konnte aus seinem Erfahrungsschatz, richtig. Er sah Irma auf der Leiter stehen, im letzten Sommer, andere Mädchen halfen ihr, Lisa, das Kind vom Kahn war dabei, sie ernteten Lindenblüten. Für Tee. Lindenblütentee galt als Heilmittel gegen allerlei Leiden. Zudem gab es keinen richtigen, echten Tee mehr. Nur die Ostfriesen, hieß es, bekamen eine regelmäßige Teezuteilung, weil Tee für sie eine Art Nationalgetränk sei.

Während sie am Güterbahnhof entlanggingen, neben sich geschwärzte Bretterzäune der Kohlenhandlungen, überließ Charlie sich seinen Gedanken. Nichts Weltbewegendes. Doch, nach den Abschieden, dem herzlichen bei Schivelbeins, dem dramatischen bei Wuttkes, tat es ihm gut, sein Hirn zu lüften.

Er dachte an die Kumpels von der Flak. Karlchen Lodder, Empe Schickenreuter, Otto Habicht mit seiner Pfänderspiel-Braut – wo waren sie geblieben? Er hatte nichts von ihnen gehört. Keine Berufsschulpflicht, kein Dienst in der Batterie führte sie mehr zusammen. Verschollen, einstweilen, vielleicht für immer, selbst, wenn sie heil davonkamen. Berlin war zu groß. Was drei Ecken weiter geschah, drang an niemandes Ohr.

Lisa, das Kind vom Kahn.

«Hast du was von Lisa gehört?»

«Wieso denkst du an sie?»

«Weil ihr hier Lindenblüten gepflückt habt. Im Sommer.»

«Lisa ist nach Teltow. Zu ihrer Tante. Sie haben einen Bauernhof. Und kleine Kinder. Sie hilft. Offiziell. Vom Arbeitsamt genehmigt. Lebensmittelkarte zwei.»

Charlie schüttelte den Kopf. Glück für Lisa. Vielleicht hätte er, hätte Irma ... hatten sie sich ungeschickt angestellt? Hineinreden lassen? Jetzt waren sie angewiesen auf geheime Wege, Schlupfwinkel, Helfer, die sie in Gefahr brachten.

Nach Wannsee, zum Grunewald, fuhr ein Autobus. Immer noch. Er wurde kontrolliert. Nicht immer, aber gelegentlich. Der Bus brauchte fünfunddreißig Minuten. Sie würden einen Tag unterwegs sein. Und erst am Havelufer stehen. Der Bus verkehrte bis zur Wannseebrücke. Dreißig Meter, und man war drüben.

Wenn man hinüberkam.

Die S-Bahn fuhr bis Potsdam. Praktisch. Wenn sie einen nicht aus dem Zug holten. Oder an der Bahnhofsperre vereinnahmten! Irmi hätte es wagen können. Vielleicht. Aber auch Mädchen waren nicht sicher. Sie kontrollierten die Arbeitsamt-Stempel. Steckten alles, was nach weiblichen Arbeitskräften aussah, in Schanzkolonnen. Festung Berlin. Frauen mit Kopftüchern hoben Gräben aus, Pak-Stellungen.

Nichts schien sicherer als die schmalen Pfade durch die Wälder. Wenn die Amis kamen? Wenn ihre Flucht überflüssig war?

Charlie vertraute seinem Vater. Die Amis im Mittelabschnitt würden haltmachen an der Elbe.

Sie fanden, auf einem Gutshof vor der Stadt, Ställe und Unterkunftsräume verlassen. Ein Pferdelazarett war hier untergebracht gewesen. Sie sahen in einem Stall eine lebensgroße Demonstrationstafel hängen, wie im Biologieunterricht in der Schule: Ein aufgeschnittenes Pferd. Muskeln, innere Organe. Die Leber braun, das Herz blaugrau gefärbt. Lunge rosa. Die Därme bläulich. Das Pferd schien sie anzuschauen aus seinem in rote Muskelstränge eingebetteten Auge. Ein natürliches Auge, schien es den beiden.

Niemand auf dem Hof. Sie gingen an den Gebäuden entlang. Leere Ställe. Die Türen der Boxen für die Pferde offen. Zaumzeug, Sättel: Alles fort.

Am ehemaligen Gutshaus ein Schild, Bierreklame: Berliner Kindl. Das Kindl mit Blondschopf schaute aus einem Bierkrug. Grinste. Einzelne Gebäude, Fachwerk, gelbe Ziegel, Pappdächer zwischen Akazien. Leer, leer. Grünes Moos überzog die Baumstämme auf der Wetterseite.

Sie überquerten die Chaussee, zwischen grauen Militärfahrzeugen, die aus der Stadt hinaus, in die Stadt rasten – unbekannt, zu welchem Ziel.

Es waren nicht mehr allzu viele. Sie warteten ab, bis sie sicher waren, nicht in eine Streife zu laufen.

Auf der anderen Straßenseite ein zertrümmertes Haus. KZler, in gestreiften Anzügen wie Pyjamas, räumten Trümmer beiseite. Ein Polizist mit Tschako, den Karabiner auf dem Rücken, bewachte sie. «Sind es wirklich welche aus dem KZ?» flüsterte Irma. Charlie wußte es nicht besser als Irma. Nie zuvor hatten sie KZler gesehen.

Sie vermieden die große Straße, auf der die Autobusse verkehrten. Suchten einsame Wege. Villen links und rechts, manche ausgebrannt, zerbombt. Geschwärzte Fensterhöhlen. Andere notdürftig geflickt, Pappdächer. Dazwischen immer wieder, rotglänzend, neue Ziegel. Geschlossene Rollläden. Holzverschalte Fenster mit winzigen Drahtglas-Öffnungen. Sandsäcke vor Kellerfenstern. In den Gärten Erdbuckel von Splittergräben. Immer wieder: Menschen, die Karren schoben und Räder, ohne Luft in den mürben Reifen, Gepäckstücke auf dem Träger, dem Lenker. Alte Leute. Sie sahen nicht auf, wenn Charlie und Irma vorbeigingen. In großen Abständen S-Bahnzüge. Kurzzüge. Zwei Wagen.

Ins Pflaster der Bürgersteige eingelassen wiederholen sich vor den Wanderern Metalldeckel, sie leuchten rot von Rost nach dem langen Winter. Über einem ist ein Zelt aufgebaut mit der Aufschrift «Reichspost». Zwei Männer in blauen Monturen arbeiten in der Grube, sie sehen es, weil die vordere Zeltwand hochgeklappt ist, der Schein einer Lötlampe die beiden Männer beleuchtet. Der Deckel der Grube liegt auf dem Gehsteig, umgedreht, besetzt mit Rostzotten, Rostschiefern.

Die Männer blicken nicht auf von ihrer Arbeit, als Irma und Charlie vorbeigehen. Zwei Mädchen kommen ihnen entgegen, die Gesichter verhüllt mit Kopftüchern, ihre Mäntel reichen ihnen bis fast zu den Knöcheln. Sie schauen auf Irmas nackte Knie.

Alltäglich. Dies ist das Wort, das Charlie durch den Kopf geht. Die Baustelle mit dem Postzelt, die vermummten Mädchen, Villen zwischen Winterbäumen – erst wenn er genau hinsieht, erkennt er Schäden, Spuren von Ausbesserungsarbeiten –, alles wirkt alltäglich. Nichts deutet darauf hin, daß jemand Vorbereitungen trifft angesichts der näherrückenden Ostfront, sich auf die Flucht begibt wie Irma und er. Wie, wenn sie einfach in den Zug stiegen, eine Fahrkarte lösten? Bis Wittenberge zum Beispiel? Aufgesessen waren sie möglicherweise   romantischen   Pfadfindervorstellungen,

Räuber und Gendarm schickten sich an, durch den Grunewald zu schleichen. Der möglicherweise gar nicht mitspielte? Einfach Grunewald war wie eh und je, von der Aprilsonne durchleuchtet, daß seine Kiefernstämme golden funkelten? Dunkelgrüne Kronen vor kremigem Himmelblau? Borke zum Abblättern mit den Händen, ein Fuchsbau am Weg, Sandfurchen, Wurzeln, winterfeuchtes Gras, das wie Haar am Boden klebte.

«Irma?»

Sie blieb stehen.

«Denkst du, es ist richtig, abzuhauen?»

Irma zog eine Augenbraue hoch, klemmte die Daumen unter die Rucksackriemen.

«Das fragst du? Du warst es, der gesagt hat, ich soll mitkommen, weil dein Vater denkt, die Amis lassen Berlin den Russen. Wer sagt uns, ob er recht behält? Ich bin deinetwegen hier, Charlie. Nur deinetwegen. Und ich gehe mit dir, wohin du gehst. Klingt kitschig, wie? Ist aber Tatsache. Ich kann nicht entscheiden, was richtig ist. Vielleicht stellen wir uns blöd an, und alle anderen haben recht. Vielleicht ist fünfhundert Meter weiter ein ganzer Stadtteil dabei, zu türmen? Was weiß jemand? Wer weiß, ob die Amis nicht schlimmer sind als die Russen? Charlie, ich werde dir sagen, vor wem ich davonlaufe. Vor mir selbst. Ich behaupte, vor meinem Bruder. Vor Joachim. Sofort komme ich mir wie ein Schwein vor.»

Sie malte mit einem Fuß unsichtbare Achten auf das Pflaster.

«Ich will weg von Achim, weil ich weiß, daß er Dummheiten macht in letzter Minute. Vielleicht hat Joachim recht, mehr recht als alle anderen, und Deutschland gewinnt den Krieg? In letzter Minute?

Schau mich nicht so an, ich weiß, es sieht nicht danach aus. Doch kann es sein. Charlie! Es kann doch sein?»

145

Charlie legte seine Ohren an.

«Wenn nicht, wird Joachim was Blödes anstellen, wenn ich da bin, wird er meinetwegen durchdrehen. Die kleine Schwester bschützen. Ich konnte nicht riechen, daß Tante Miechen mit Ingrid anmarschiert. Vielleicht ist es nicht dasselbe, weil Ingrid ein Kind ist. Ich meine, richtig. Ganz und gar. Zwölf eben.

Jedenfalls hat Achim nicht die Verantwortung für sie und Tante Miechen wie für mich. Ich bin erst mal weg vom Fenster, das ist die Hauptsache.»

Sie sah ihn an, immer noch mit ihrer einen hochgezogenen Augenbraue.

Charlie versuchte, seine Enttäuschung zu verbergen. War dies dieselbe Irma, die ihn mit in ihr Bett genommen hatte? Zwar: seinetwegen, hatte sie gesagt, immerhin gesagt. Doch worauf lief es hinaus? Daß sie mit ihm türmte, um ihrem Bruder, dem verrückten Einzelkämpfer, dem Panzerfaustfuchtler, eine Situation zu ersparen, von der sie annahm, daß er sie nicht meistern würde. Er stellte sich vor: Russen – oder meinetwegen Amerikaner oder Engländer oder Franzosen oder Badoglio-Italiener, wußte der Teufel, wer alles inzwischen zu Deutschlands Feinden zählte: Feinde jedenfalls – brachen die Tür auf zu Wuttkes Wohnung. Vielleicht die Soldaten mit ihren Wulsthelmen, von denen er geträumt hatte.

Er ging weiter. Irma folgte.

Sie brachen die Tür auf, gierig, sich auf alles zu stürzen, was weiblich war und einigermaßen im richtigen Alter, das Recht der Sieger. Frau, komm, riefen die Russen. Flüchtlinge hatten es berichtet. Joachim Wuttke steht da, der Held von Stalingrad, seine Null-Acht in der einen Hand, die andere braucht er, um sich auf eine Krücke zu stützen, nur über meine Leiche, brüllt er, egal, ob sie das verstehen oder nicht, die Sieger. Im Hintergrund Irmi, blond, schön. Noch mehr im Hintergrund Ingrid, jedoch außer Konkurrenz, trotz ihres fleischigen Hinterns. Zu klein.

Nur über meine Leiche.

Die Sieger müssen denken, sie sehen nicht recht. Ein deutscher Soldat steht vor ihnen, auf einem Bein. Hält ihnen die Pistole entgegen. Nicht lange fackeln! Einer zieht die Vorhaut seiner Maschinenpistole zurück, so muß es wirken, eine Geschoßgarbe prasselt in Joachims Körper. Keine Zeit wird ihm gelassen, den Drücker der Null-Acht durchzuziehen, seinen Feind mit in den Tod zu nehmen. Achim stürzt nieder. Das schaurige Geräusch der Krücke, die auf den Fußboden im Korridor aufschlägt. Über ihn hinweg stürzen die Sieger ins Zimmer. Einer greift nach Irma. Sie macht eine Bewegung. Er bekommt bloß den Blusenärmel zu fassen. Stoff reißt. Irmas nackte Schulter . . .

«Wieso wackelst du mit den Ohren?»

Ruckartig legte Charlie die Horchlöffel an. Wohin verstiegen, verirrten sich seine Gedanken? Verstiegen war besser, entschied er, es erinnerte an Stiegenhaus. An Hinterhof und Mietskaserne.

Sie hatten die Brücke überquert, niemand hatte sie aufgehalten. Aus dem Wald kamen Holzsammler, zogen vollbeladene Wägelchen, schräg im Schultergurt liegend eine alte Frau – war sie alt? Lag es an ihrer gekrümmten Haltung, ihrem Mantel, daß sie ihnen alt vorkam? Für Irma und Charlie waren Menschen über dreißig uralt. Noch ältere Menschen trugen selbstgestrickte Socken und Kleider, die sie angefertigt hatten, längst bevor Charlie und Irma auf der Welt waren.

Kleider, die sie den Motten vorenthielten, indem sie Kampferkugeln in die Taschen füllten. Kleider, wie sie Onkel Sowieso und Tante Irgendwer auf vergilbten Fotos trugen.

Die Räder des überladenen Handwagens knarrten. Die Frau ging vorbei, den Blick zu Boden gerichtet. Der Gurt spannte sich über ihrer Brust.

«Als ich klein war», erzälte Irma, «hatte mein Opa so einen Handwagen. Er setzte Achim und mich hinein und zog uns.»

Charlie nickte.

Sie mußten sich nach rechts wenden, um den Weg zu erreichen, der zur Havel führte.

Sonnenstrahlen fielen schräg durch die Kronen der Fichten, die sich über ihnen wölbten.

Noch eine halbe Stunde. Dann, an einem Baum das Schild: Jagen 97. Sie mußten jetzt Richtung Westen gehen, auf dem Weg, der durch die Schonung führte. So viele Male waren sie ihn mit den Rädern gefahren, zum Baden.

15

Das Bootshaus

Grün stand die Mauer der Schonung. Pilze mußte es hier geben im Herbst. Irmi dachte das gleiche: «Auf allen vieren sind wir herumgekrochen beim Pfifferlingsammeln.»

«Hier?»

«Mit den Rädern sind wir rausgefahren, bis hinter Stahnsdorf, Mutti und ich. Die Bauern haben abgegrast, wo es bequem war. Wir: Rein in die Schonungen. Kennst du das Gefühl – die trockenen Äste, die dich stechen, dir in den Haaren hängenbleiben, die Spinnweben im Gesicht?»

«Aber die Pfifferlinge.»

«Mir läuft das Wasser im Mund zusammen. In Butter gebraten. Das habe ich schon gerne gegessen, als ich klein war. Ich stand auf dem Kohlenkasten, neben dem Herd, und schaute zu, wie Mutti ... die gelben Pfifferlinge, wie sie bräunten.»

«Schade, daß nicht die Zeit ist für Pilze. Überhaupt findet man noch nichts draußen, was man essen kann.»

«Außer den Tannenspitzen.»

«Die neuen Triebe. Hast du probiert?»

«Oft. Wenn du sie sorgfältig kaust, schmeckt es wie Apfelsinen.»

Charlie lachte. «Du meinst, du hast eine genaue Erinnerung? An Apfelsinen? Wann hast du deine letzte Apfelsine gegessen?»

«Warte mal. Weihnachten. Ich glaube, vorige Weihnachten. Joachim hat welche aus dem Lazarett mitgebracht. Habe ich dir keine abgegeben?»

«Nö.»

«Du Armer. Hast in der Batterie gehockt, bei deinen Geschützen. Und von mir geträumt. Und keine Apfelsine bekommen.»

«Ja.»

«Wirklich von mir geträumt? Hast du nicht über Weiber geredet, mit den Landsern? Mit den anderen Lehrlingen? Schlechthin über Weiber? Rothaarige? Oder was immer ihr Männer mögt?»

«Nö.»

«Kannste mir nicht erzählen. Einmal waren wir an der Ostsee, mit der Mädelschar, Pfingstlager. In der Nähe war ein Arbeitsdienstlager. Die hatten nichts anderes im Sinn als uns in die Bluse zu schielen.»

«Was?»

Irmi errötete. «Ich meine ...»

Charlie dachte, daß er gerade dies außerordentlich gerne

tat bei Irmi, er sah sich deshalb nicht als ihr möglicher Vergewaltiger. Nun gab es Arbeitsdienst-Männer, die auch dahin schielten. Er, Charlie, hatte das für seine Erfindung, für seine Sehnsucht-Blickrichtung gehalten.

In der Schule hatten sie Goethes Gedicht gelernt, entstanden, als Goethe zu Friederike Brion ritt von Straßburg nach Sesenheim: Es schlug mein Herz, geschwind zu Pferde . . . So sah Charlie sich.

«Sie wollten mit uns tanzen.»

Sie ging jetzt dicht neben Charlie. Schmiegte sich an ihn, soweit die überstehenden Lasten ihrer Rucksäcke es erlaubten. «Du Armer. Keine Apfelsinen.» Sie blieb stehen. «Ich muß mal.»

«Hier?»

«Wo sonst? Siehst du nen Gasthof mit Klo? Nimm mir mal den Rucksack ab.»

Sie hockte sich ins Unterholz. Zwischen braunen jungen Fichtenstämmen sah Charlie ihren Hintern leuchten, oben waagerecht begrenzt vom heraufgestreiften BDM-Rock, unten vom weißen Höschen, das um ihre Beine baumelte. Er scheute sich zuerst, hinzusehen, doch stille Wut auf die Arbeitsmänner zwang ihn, den Kopf zu drehen.

Sie merkte es. Kam aus der Schonung. Blitzte ihn an mit ihren großen Augen, daß Charlie einen Augenblick lang dachte, sie müsse mit Onkel Johann Heinrich Schliephake verwandt sein.

«Hast du genug gesehen?»

Charlie beeilte sich, Irma den Rucksack aufzuschnallen. So mußte er ihr nicht ins Gesicht schauen. «Nüscht. Wat denn jesehn», murmelte er. «War da wat zu sehen?»

Sie gingen weiter. Schießpulvergeruch, vermischt mit dem Duft von Harz, den zerfetzte Bäume verströmten. Ein Bombentrichter. Die Stämmchen der jungen Fichten zerrissen. Im Trichter das Kopfende eines Metallbetts. Fetzen von fliegerblauer Uniform. Abseits lag ein Stück vom Leitwerk der Bombe mit verbogenen Blechen.

Der Weg wurde breiter. Wagenspuren. Tiefe Rillen, in denen Wasser stand. Eine Spur zweigte ab, nach rechts, ins Undurchdringliche des Gehölzes.

«Bleib stehen.» Charlie bückte sich. Abdrucke von schweren Reifen. Geländereifen. Die Spuren kamen aus der Richtung, in der sie gingen.

Ein Stück Schonung, quer über den Spuren, unterschied sich von der Umgebung. Das Grün der Kiefernnadeln war heller, vergilbte Spitzen.

«Was siehst du?»

«Sieh dir die Spuren an. Sie führen hier hinein, in die Schonung, obwohl Bäume dastehen.»

«Laß die Spuren. Komm weiter.»

«Die Bäume. Siehst du den Unterschied?»

«Nein. Komm . . .»

«Sie sind anders gefärbt. Die Nadeln, meine . . .»

Eine Stimme hinter ihnen:

«Halt! Keine Bewegung!»

Charlie blieb erstarrt stehen, in halbgebückter Haltung. Irma war unfähig, die kleinste Bewegung auszuführen.

«Umdrehn.»

Sie blickten in den Lauf einer Maschinenpistole, die ein Unteroffizier in Flakuniform auf sie richtete.

«Ist das hier 'n Kinderausflug?»

Charlie sagte, daß sie ausgebombt seien, zu ihrer Mutter wollten . . . er redete, redete. Was ihm in den Sinn kam.

«Deshalb müßt ihr durch den Grunewald schleichen? Papiere!» Charlie zog seinen Flakhelfer-Entlassungsausweis. Der Unteroffizier trat näher, ohne die Maschinenpistole zu senken, schnappte sich das Papier.

Er ließ sich Zeit, den Schrieb zu studieren. «Dürftig», sagte er. «Mitkommen.»

Er deutete auf die verfärbten Kiefern. Jetzt sah Charlie, daß sich an ihrem rechten Rand, wo sie in die wirklichen Bäume der Schonung überzugehen schienen, ein schmaler Durchschlupf befand.

Sie folgten der Aufforderung des Unteroffiziers. Nach einer Weile öffnete sich der schmale Pfad zu einer Lichtung, die überschattet war von den Kronen hoher Kiefern. Ein ideales Versteck, weder von oben noch von der Seite einsehbar. Auf der Lichtung standen Tarnzelte, um einen offenen Splittergraben, der im Zickzack verlief. Über den hellen Sand des Aushubs waren Tarnnetze gebreitet. Am Rand, zum Teil in die Kusseln hineingeschoben, parkten Fahrzeuge. Zwei Lastwagen, ein graugrün angepinselter Opel. Und die Lafette mit den überdimensionierten Reifen, deren Spuren Charlie aufgefallen waren. Auf dem Tieflader stand ein mächtiges Gerät, das von einer Plane verhüllt war.

An einem Tisch, roh aus Brettern zusammengefügt, saß ein Leutnant. Neben ihm hockten, in Mänteln, Kragen hochgeschlagen, Blitzmädchen. Sie drehten ihre Köpfe den Ankommenden zu. Charlie bemerkte, daß die Mädchen Knobelbecher trugen. Unter der Bank steckten ihre hellbestrumpften Beine in den Schäften der Stiefel. Es sah aus, als habe man ihre Waden mit Gewalt in die Lederröhren gestopft.

Der Leutnant ließ sich Meldung machen, es ging lässig zu, weder stand der Unteroffizier stramm, noch stand der Offizier auf.

Er winkte den beiden, näherzukommen.

«Raus mit der Sprache. Was ist los?»

Charlie deutete auf seinen Entlassungsschein, den nunmehr der Offizier in der Hand hielt. «Wir wollen zu unseren Verwandten.«

»In Berlin sind wir ausgebombt», warf Irma ein. Eins der Blitzmädchen lachte.

«Ruhe! – Ihr meint, ihr könnt hier einfach auf den Waldwegen spazierengehen? Geheime Stellungen auskundschaften? Spione werden erschossen!»

Charlie schlug die Hacken zusammen. «Jawohl, Herr Leutnant!»

Alle lachten.

Der Leutnant gab Charlie das Papier zurück. «Später», sagte er. «Nehmt eure Rucksäcke ab. Setzt euch. Mädels, holt den beiden nen Kaffee.»

Sie brachten heißen Muckefuck in Aluminiumbechern. Gaben ihnen Decken. Die Sonne stand tief, es wurde kalt auf der Lichtung. Ein Mädchen sagte zu Irma: «Haste nichts außer dein' BDM-Fummel? Ick kann dir 'n Fliegermantel geben mit Zivilknöpfe. Willste? Kannste ruhich annehmen, wir ham jenuch Zeuch.».

Sie erzählten, daß die Plane über dem Gerät auf der Lafette ein nagelneues Funkmeßgerät verbarg. Sie waren damit in Marsch gesetzt worden, um ihre Abteilung bei Dessau zu verstärken. Schutz der Leuna-Werke. Inzwischen war jedoch die Abteilung im Erdkampf eingesetzt, für das Gerät hatten sie keinen Bedarf mehr. Einen neuen Befehl gab es nicht. Die Bedienungsmannschaft hütete sich, vorgesetzte Stellen aufzuscheuchen. Sie hatten das Gerät in die Schonung gefahren und getarnt. Jetzt warteten sie ab. «Irgendein Heldenklau wird uns Pfeffer in den Hintern blasen», meinte der Unteroffizier. «Bis dahin: Abwarten.»

Ein sirrendes Geräusch stieg hinter den Kiefern auf, nahm zu, es klang, als käme eine Nähmaschine näher und näher. «Der Nachmittagssegen», sagte der Leutnant, «russische Rata. Immer dieselbe Maschine. Sie kommt täglich zur gleichen Zeit. Deckung! Alle Mann in den Splittergraben.»

Die Blitzmädchen trampelten in ihren Stiefeln zum Grabeneingang. Zuletzt folgten der Leutnant und der Unteroffizier. Der Leutnant suchte mit seinem Fernglas den Himmel ab. Jetzt schien das Geräusch fast über ihnen zu sein, sie sahen einen Schatten über die blauen Stellen des Himmels zwischen den Kiefernkronen huschen. Dann ein Knall, das Splittern von Holz, Ästen. Noch eine Detonation. Eine dritte.

Sie zogen die Köpfe ein. Die Maschine drehte ab. Das Geräusch entfernte sich. Sie kletterten aus dem Splittergraben. Klopften sich den Sand ab. Die Einschläge hatten weitab gelegen.

Der Unteroffizier sagte: «Möchte wissen, ob der uns speziell auf dem Kieker hat.»

«Wer weiß?» Der Leutnant zündete sich eine Zigarette an. Eine «Aktive», wie Charlie mit Neid feststellte. «Möglich, daß die Amis ihre Luftbilder den Iwans zuspielen. Sie arbeiten inzwischen mit Material, das ein unglaubliches Auflösungsvermögen hat. Gegenstände, die größer als fünfzig Zentimeter sind, werden klar erkennbar.»

«Wenn auf dem Foto 'n Völkischer Beobachter aufm Tisch liegt, können sie die Schlagzeile lesen.»

«Daß wir die Ratas aufm Hals haben. Mit ihrer geringen Reichweite!»

«Daran kann man sehen, wie nahe die Ostfront gerückt ist.»

«Scheiße.»

Irmi sagte: «Wir wollen weiter.» Sie hatte sich den Mantel angezogen, den die Flakhelferin ihr gegeben hatte.

«In Ordnung. Aber kein Wort zu irgend jemand über die Stellung hier, verstanden? Kein Wort!»

«Jawohl, Herr Leutnant.»

Der Leutnant winkte dem Unteroffizier. Er brachte sie zum Weg zurück. «Kein Wort.»

«Alles klar.»

«Hast du deinen Entlassungsschein?»

Charlie klopfte auf die Tasche. «Hier. Danke.»

«Danke», sagte auch Irma.

Sie beeilten sich jetzt. Schräg fielen die Sonnenstrahlen zwischen die Stämme der alten Kiefern, die sich vereinzelt über die Schonung erhoben.

Dann wieder Hochwald. Durchsichtig. Sie liefen jetzt beinahe. Rechts stieg das Gelände an. Es mußte der Havelberg sein. «Sollen wir vorher über die Straße und am Wasser entlang?»

«Vielleicht. Mir wird es unheimlich im Wald.»

«Ist doch gut. Dann ist es anderen auch unheimlich.»

Sie schlugen sich zur Chaussee durch. Ein winziges Licht näherte sich. Das Rattern eines Motorrades. «Runter!»

Das Motorrad fuhr vorbei. Es war bereits so dunkel, daß sie nicht erkennen konnten, wer drauf saß. Wahrscheinlich ein Melder. Oder eine Streife. Vorsicht war auf jeden Fall geboten. «Wir hätten ihn umlümmeln sollen und uns das Motorrad grapschen», flüsterte Charlie.

«Und? Was dann? An der nächsten Kurve ist unsere Lustreise zuende. Wohin wollt ihr? Woher habt ihr das Motorrad? Interessante Fragen.»

«Ich meine bloß.»

«Träume, Charlie! Wo geht es weiter?»

«Hier hinüber. Jetzt muß das Wasser ganz nah sein.»

Sie stolperten über Wurzeln. Plötzlich war der Wald zuende, wie eine Mauer stand das Schilf der Havel vor ihnen. Zwischen Wald und Schilf lief ein schmaler Streifen Sand. Sie wendeten sich wiederum nach rechts. In Abständen führten Schneisen ins Schilf.

«Wenn wir ein Boot finden, nehmen wir es.»

«Unsicher. Mit Joachims Boot kann uns niemand was anhaben. Wenn sie die Nummer haben, unter der es registriert ist, und den Eigentümer suchen, ist es mein Bruder. Verstehst du?»

«Ja. Bin ja nicht blöd. Wie kommen wir ins Bootshaus?»

Irma blieb stehen. Packte Charlies Hand. Führte sie zum Blusenkragen. «Fühl mal.»

Er fühlte Irmas Haut und – eine Schnur.

Sie zog sie heraus. «Der Schlüssel zum Bootshaus. Hab ihn Joachim gemopst.»

«Wenn er das merkt.»

«Wieso soll er das merken? Meinste, mit seinem einen Bein geht Joachim paddeln? Das spannt er erst nach Kriegsende.»

Sie gingen jetzt langsamer. Am Himmel, über dem Wald, der Widerschein von Bränden, gegenüber, jenseits der Havel, spiegelte letztes Abendrot.

Indianerland, menschenleer, nicht einmal das ferne Grummeln des Krieges drang hierher zwischen Schilf und Wald. Hänsel und Gretel, Adam und Eva? Hänsel und Gretel vorbereitet für den Sündenfall, Adam und Eva auf der Suche nach einem Pfefferkuchenhaus – wahrhaft süße Sünde.

Doch fiel ihnen solches nicht ein, rein und unberührt schritt eine deutsche Jungfrau durch den Wald, gefolgt von einem ebenso reinen deutschen Jüngling – von der einen Abweichung einmal abgesehen unterm Plümo in der Wuttkeschen Wohnung. Charlie May schritt am Ufer des Sees, Old Shatterhand, Beschützer von Winnetous Schwester.

Sechzehn und siebzehn.

Damals waren es Kinder.

Über dem Schilf dunkle Umrisse eines Lastkahns, vertäut am Ufer der Bucht, als Sportlerheim dienend und als Schuppen für die Boote Berliner Paddler. Sie versteckten die Rucksäcke, schlichen näher: «Wenn jemand an Bord ist?»

Sie warteten. Eine Viertelstunde. Zwanzig Minuten. Nichts bewegte sich.

Charlie: «Gib mir den Schlüssel.»

Sie machte das Band los. Charlies Silhouette wurde verschluckt vom Schwarz der Bordwand.

Fünf Minuten.

Dann tauchte er neben ihr auf, so plötzlich, daß sie erschrak. «Niemand auf dem Schiff. Der Schlüssel war überflüssig.»

«Überflüssig?»

«Die Bordwand ist aufgerissen. Von einer Bombe.»

«Joachims Boot?»

«Ist beschädigt. Aber es wird schwimmen, so viel ich gesehen habe.»

Sie nahmen die Rucksäcke, kletterten an Bord. Eine Stiege hinab. «Vorsicht. Bleib nicht hängen mit dem Mantel.»

Ein Teil des Decks fehlte, deshalb lag die Treppe frei. Sie tasteten sich nach unten. «Hier.»

«Das ist nicht Joachims Boot.» Durch das Loch in der Bordwand fiel mattes Licht herein, rötlich, Widerschein des brennenden Himmels.

«Es muß es sein.»

«Ich war öfter mit ihm paddeln als du. Es ist das Boot da oben.»

«Weißt du die Nummer?»

«Nein. Warte. Er hat einen blauen Beutel mit Badesachen. Die lagen immer im Boot.»

Sie suchten. Irma behielt recht. Sie hoben das Boot von der Stellage. Auch dieses Paddelboot wies Beschädigungen von der Bombe auf.

«Hoffentlich hat es kein Leck.»

«Wir haben genug Auswahl.»

«Charlie, du weißt, wieso es Joachims Boot sein muß.»

«Probieren wir es aus.»

Sie ließen das Boot zu Wasser, gleich durch das Loch in der Bordwand.

«Es schwimmt.»

«Gib mir die Rucksäcke. Die Paddel?»

«Im Boot.»

Sie legten ab. Setzten vorsichtig die Paddel ein. Nahmen Kurs auf den dunklen Streifen, der das gegenüberliegende Ufer anzeigte. Charlie wußte, daß sie flußaufwärts halten mußten, auf Breitehorn zu. Flußabwärts lag die Halbinsel Schwanenwerder, auf der Goebbels und andere Parteigrößen Villen besaßen. Schwanenwerder war scharf bewacht. Sie mußten soweit nördlich halten, daß die Posten dort sie nicht bemerkten.

Vielleicht war dies die dümmste Idee ihres Fluchtplans, mußte Charlie denken. Sie hätten es doch bei den Brücken probieren sollen. Über die Wannseebad-Brücke waren sie schließlich auch gekommen. Ohne Kontrolle. Wenn sie mit dem Boot geschnappt wurden?

Charlie legte sich Ausreden zurecht. Vermutete, daß Irma dasselbe tat. Was stimmte. Sie saß vor ihm, ein schwarzer Schatten über dem Bootsrumpf. Tauchte gleichmäßig ihr Paddel ein. Zog mit kräftigem Ruck durch. Obwohl sie sich bemühte, das Paddel langsam herauszunehmen, phosphoreszierte das Wasser. Charlie sah zur Seite, auf sein Paddel. Dasselbe. Gar nicht indianermäßig. Sie hätten, wie es bei Karl May zu lesen stand, die Paddel mit Lappen umwickeln sollen. Jeder Tropfen, der fiel, klang in seinen Ohren wie ein Peitschenknall. Sie würden von drüben bemerkt werden. Wieso sollte es ausgerechnet in Breitehorn keinen Posten geben?

Irma stellte sich vor, daß sich überall am westlichen Ufer Posten aufhielten. Doch sie wagte nicht, Charlie ihre Vermutungen mitzuteilen. Versuchte, sich auf dem Wannseedampfer zu sehen als Kind, mit ihrer Mutter, wie es das Foto im Album gezeigt hatte. Unter dem kümmerlichen Koksvorrat im Druckereikeller lag es, eingewickelt in alte Zeitungen, die drei oder vier Schaufeln Ruß, von Schivelbeins Koks ge-

nannt, die sich im Keller zusammenfegen ließen, darüberge-
streut.

Ein Paddelboot auf nächtlicher Havel, eine Holzkiste, zersplittert das Deck, zwei Menschen darin. Ufer, von denen
tausend Augen sie beobachteten, aus Büschen, Schilf, herab
von sandigen Uferklippen, durch Zweige hindurch. Oder
nichts? Gar nichts? Andere Menschen auf der Flucht, in Verstecken, starr vor Furcht, daß sie entdeckt würden? Hungrig,
verfroren, voller Hoffnung, diese letzten Tage des Infernos
durchzustehen, sich zu retten, dem vielfachen Feind zu ent-
gehen: Militärstreifen, Heldenklaus, Feldgerichte, Erschie-
ßungskommandos, Bombenhagel, Tiefflieger – die naherük-
kende Front. Wohin sich wenden, wenn der Steppenbrand
näherrollt von allen Seiten? Es gab nur das Stück Land zwischen Havel und Elbe mit seinen Wäldern, den unzugängli-
chen Mooren, Schilfverstecken, Feldscheunen. Dorthin! Abwarten, bis die Amerikaner kamen. Mußten sie nicht kommen? Jeden Augenblick? Sahen sie nicht, wie wichtig es war,
Berlin den Iwans vor der Nase wegzuschnappen? Churchill,
Roosevelt – waren die blind?

Tausend Hoffnungen nährten Latrinenparolen: Sonderfrieden mit dem Westen, Waffenstillstand. Mit den Resten
der deutschen Armee gegen die Russen. Ein jeder wälzte
solche Parolen in seinem Hirn, die Rettung verhießen. Soviel Abwandlungen dieser Parolen wie Menschen auf der
Flucht sich verkrochen. Ihre Hoffnung das einzige, woran
sie sich klammern konnten.

Im Osten Divisionen des einstigen deutschen Heeres, zu-
sammengeschrumpfte Armeen, Kompanien, von Feldwe-
beln kommandiert, Hitlerjungen mit Panzerfäusten, Volkssturmmänner, deren einziges Uniformteil eine Armbinde
war, mangelhaft bewaffnet, Panzer ohne Benzin, ohne Ersatzteile, Jagdflieger, denen Feindbomber die Maschinen am
Boden zerstörten.

Ein aberwitziger Fluchtplan wie dieser, ausgeführt von Irma und Charlie, wurzelte in genausoviel und genausowenig Realität wie alles andere, was Menschen unternahmen in diesen Tagen der Auflösung. Glaubhaft wurde, daß Elsa Schliephake sich neuem Glück zuwendete an der Seite des starken OT-Manns Wilhelm Schulze, sie fühlte, daß sie nichts im Stich ließ außer einer Tüte mit Rübensamen, die für Johann Heinrich Schliephake die Zukunft verkörperte. Vor der Baracke spielte Annelie, das Kind, das sie nicht geboren hatte, das ihr zugedacht war. Vom Schicksal? Ein großes Wort. Das Kind war da. Hatte sich Wilhelm Schulze angeschlossen. Also würde es auch ihr Kind werden. Elsas Kind. Wilhelms und Elsas Kind. Johann Heinrich? Ihr schien, als habe ihr Leben mit ihm auf einem anderen Stern stattgefunden, in einem anderen Zeitalter. Erdzeitalter Hasenbrück. So etwas wie Diluvium. Weit, weit entfernt.

Sie ahnt nicht, daß sie, hexenhaft, Johann Heinrich in der anderen Baracke zu Träumen veranlaßt, die sie auch für ihn einzuordnen beginnen in Vergangenheit: Er träumt, Elsa besitze einen Tierschwanz, entblöße, abschreckend, eine rosige Öffnung unter der Schwanzwurzel, Anus und Geschlechtsöffnung zugleich. Allnächtlich träumt Johann Heinrich diesen Traum, wacht auf, will nicht sehen, was sein Unterbewußtsein ihm zeigt: Das Tier Elsa.

16

Rieselfelder

Der Kiel ihres Bootes schurrt auf den Sand. Breitehorn. Rechts von ihnen ein Steg mit vertäuten Booten. Sie springen an Land. Ziehen das Boot hinauf. Laden die Rucksäcke aus. Sie schlüpfen in ein Boot mit blauer Plane. Ziehen die Plane über sich. Wickeln sich in die Decken, in Lisas Mantel. Schlafen, schlafen.

Der Morgen graut, als sie aufwachen. Immer noch scheinen sie allein auf der Welt zu sein. Sie waschen sich mit Havelwasser.

Jenseits der Chaussee führen Dämme über die Rieselfelder. Schnurgerade Dämme. Weithin sind hier Menschen zu erkennen, gegen den silbernen Horizont. Trotzdem hat Charlie diesen Fluchtweg gewählt. Niemand, meint er, würde sich hierher wagen. Sie erklimmen den Damm, der nach Westen führt.

Von links, im rechten Winkel auf sie zu, nähert sich eine Gestalt, gebückt, einen unförmigen Gegenstand auf dem Rücken.

Die Gestalt kommt näher. Ein Mann in Feldgrau, das Schiffchen mit verschmierter Kokarde in den Nacken geschoben. Er trägt eine Stahlflasche. Als er sie erreicht, sehen sie, daß in schwarzen Lettern PROPAN auf der Flasche steht. Der Mann setzt seine Last ab. Wischt sich die Stirn. «Treibgas», sagte er, so, wie andere Leute sich vorstellen, ihren Namen nennen.

Der Mann hat, in der nahen Füllstation, die Flasche erbeutet. «Sie gewinnen Treibgas aus dem Schlamm. Wißt ihr das?»

Sie wußten es nicht. Zwar war ihnen bekannt, daß Autos mit Treibgas fuhren. Aber daß dieses Gas aus dem Schlamm der Rieselfelder stammte?

«Damit komme ich weit nach Westen. Ich habe ein Auto. Dort.» Er wies mit der Hand in Richtung Spandau. «Damit haue ich ab.»

«Und die Kontrollen?»

«Ich besitze Papiere», sagte der Mann. «Marschbefehl. Einwandfrei.»

Charlie wackelte mit dem Haaransatz. «Schiee...
schie ... wollen ...»

«Sag du zu mir, Junge. Wir sind Kameraden. Wo wollt ihr
hin?»

«Nach Westen», sagte Irmi.

Sie sah Charlie an. Sollten sie fragen, ob der Mann sie
mitnahm? Mit seinem Wagen?

Charlie erriet, was sie dachte. Schüttelte kaum wahrnehmbar den Kopf. Zu gefährlich, hieß das. Der Mann nahm
seine Flasche wieder auf. «Viel Glück. Vielleicht sehen wir
uns wieder.»

Der Mann ging weiter in Richtung Norden. Seine Gestalt
wurde kleiner auf dem Damm, bald sah er unter seiner Flasche wie ein buckliger Zwerg aus.

Sie waren inzwischen weiter nach Westen gegangen, sahen ihn eine ganze Weile, diagonal über die silbrig schim-
mernde Fläche der Rieselfelder hinweg, bis er im Morgen-
dunst verschwand.

Die Sonne stieg schnell am Himmel auf, leckte den Reif
von Grashalmen an den Dammböschungen. Die Felder
dampften. Da hob sich der Dunst, sie sahen über die vor ihnen liegenden Dämme hinweg, Hügel tauchten rechts am
Horizont auf. «Judenberg und Karolinenhöhe», sagte Charlie.

Während sie auf dem Damm standen, auf die Karte
schauten, mit ihren Rucksacklasten dem Mann ähnlich, der
die Gasflasche transportiert hatte, hörten sie das typische
Geräusch: Ein anfliegender Bomberpulk. Wo Schutz suchen?

Sie beschlossen, weiterzugehen. Hoch über ihren Köpfen
zogen die Superfortress, Kurs auf die Reichshauptstadt. Tagesangriff. Sie unterschieden die einzelnen Maschinen, sahen die vier Kondensstreifen, die jeder Bomber hinter sich
herschleppte. Nahmen die Kurskorrektur wahr, die der erste

Pulk vornahm, im Anflug auf sein Ziel. Gedämpft hörten sie Flakfeuer, Bombendetonationen. Der zweite Pulk schwenkte ein. Dann ein dritter. Die ersten Maschinen flogen nach Süden ab. Kein deutscher Jäger am Himmel.

Sie fürchteten sich vor Tieffliegern. Doch die blieben aus für diesmal. Sie blickten über das Muster der Dämme wie über ein riesiges Waffeleisen. Sahen dunkel wallend Wolken von Qualm aufsteigen, dort, wo Berlin lag.

«Zu Hause . . .»

«Wir können uns nicht drum kümmern.»

«Wenn wir anrufen . . .»

«Von wo aus? Von einem Postamt? In einem Dorf?»

Irmi stolperte weiter. «Ich habe gedacht . . .»

«Wir können es von Onkel Johann Heinrichs Lager versuchen. Vielleicht klappt die Verbindung noch.»

Sie überquerten die Postdamer Chaussee. Gewannen den nächsten Damm, der schnurgerade in Richtung Seeburg führte. Wiederum: Kein Mensch. Nach allen Himmelsrichtungen erstreckten sich die Dämme, rechtwinklig, scheinbar unendlich. Das Sonnenlicht verwandelte jetzt die Gevierte der Felder in gleißende Spiegel.

Irma zog ihren Mantel aus. Charlie schnallte den Mantel auf seinen Rucksack.

In der Wohnung in der Mittelstraße saßen Willi Schivelbein und seine Frau über den Heimatatlas gebeugt.

«Wo se inzwischen sein werden?»

«Hauptsache, se sind jut über die Havel jekommen.»

«Wenn se nich int Bootshaus rinjekommen sind?»

«Charlie weeß sich zu helfen. Der jibt nich uff.»

«Mann, Willi, du sagst det. Du weeßt doch nischt über unser Kind. Ick weeß ooch nischt. Kann man rinkieken in die jungen Menschen?»

«Det nich. Aber zu helfen weeß er sich. Schade, ick hätte

163

die Landkarte abmalen sollen, die ick ihnen mitjejeben habe. Aus den verdammten Heimatatlas wer ick nich schlau.» Er wischte ein paar Kalkkrümel weg, die von der Decke gefallen waren, genau aufs Döberitzer Feld.

«Hier zum Beispiel, Gerda, da siehste det alte Dorf Döberitz. Det existiert jar nich mehr. Nur auf diesen verdammten Heimatatlas. Allet Hüjel. Manöverjelände. Ick war doch selber da, wie se den Traditionstag jemacht ham von mein' Rejiment.»

«Det hat mir jewundert. Du als Kommunist.»

«Laß doch. Det warn die alten Kameraden. Weeßte, Pommrenke, der wat den Jasthof hat, wo wer mal sind jewesen zu die Verlobung von seine Tochter.»

«In Britz.»

«Ja, in Britz. Kiek mal her. Ick gloobe, aus de Rieselfelder müßten se raus sein.»

«Wenn se gerade beim Angriff auf den Dämmen warn? Wat machense denn?»

Willi Schivelbein lachte. «Runter und Neese in die Scheiße.»

«Da lachste?»

Schivelbein kratzte sich an der Nase. «Zum Weenen is sowieso allet. Kiek hier, Gerda, wenn se det machen wie besprochen, jehnse nördlich an Nauen vorbei. Det is die jefährlichste Ecke meiner Meinung nach. Reichsstraße fünf. Vielleicht is et ruhijer jeworden wejen de Tiefflieger. Die Flüchtlinge leiten se nördlich oder südlich um Berlin rum. Det erhöht die Chancen für die Kinder. Vielleicht finden se nen Treck. Obwohl, det is allet zum Stillstand jekommen.»

«Wieso, wenn die Russen anrücken?»

«Kiek dir deinen Vetter an. Johann Heinrich. Er versteckt sich in det Barackenlager mit Frau und Rüben. Denkt, die Amis kommen.»

«Alle denken det.» Gerda deutete auf den Radioapparat,

der jetzt mit der Steppdecke aus ihrem Bett bedeckt war. «Der Feindsender sagt det ooch. Hast jehört. Haveltal. Nur du glaubst et nich.»

«Ick hoffe, 'n paar andere ooch nich. Det Fell is längst verteilt. Kiek, hier. Wenn se bißchen nördlich jehn, kommse in 'n Brieselang.»

«Willi. Erinnerst du dich? Da warn wir mal mit deiner Tante und deinem Onkel. Sechsunddreißich muß es jewesen sein. Oma hatte jerade ein Jahr die Laube. Die schönen alten Bäume. So jrün.»

«Jetzt ham wa April. Jrün is et da nicht.»

«Vielleicht doch. Kiek, die Sonne. Allet hat Knospen. Haste jesehn, die alte Kastanie vorm Rathaus?»

«Und unsere Linde uffm Hof? Hat die vielleicht Knospen?»

«Nach der mußte dich nich richten, Willi. Der Murkel kommt immer zu spät.»

«Wenn die Kinder bei Johann Heinrich sind, wern se sich melden. Wat meenste?»

«Jewiß. Fraglich is, ob denn die Post noch durchkommt. Außer dem verdammten Völkischen Beobachter.»

«Vielleicht rufen se bei Kerstens an.»

«Wenn Strom da is.»

«Manchmal funktioniert det Telefon ooch, wenn die Elektrizität weg is.»

«Abwarten, Mutter.»

Gerda sah ihn an, wie er über den Atlas gebeugt saß, die Karten studierend.

«Haste Mutter zu mir jesagt? Ach, Willi!»

Sie schnüffelte durch die Nase.

Westlich der Rieselfelder gingen Irma und Charlie in Richtung Seeburg.

Sie wußten nicht, daß der Mann mit der Propangasflasche

inzwischen das Versteck erreicht hatte, in dem er sein Auto gelassen hatte.

Das Auto war nicht mehr da.

Der Mann legte die Gasflasche ins Unterholz und bedeckte sie mit Laub. Dann ging er in Richtung Westen, bis er wieder an die Rieselfelder kam. Er nahm einen Damm, der parallel zu jenem Damm lief, auf dem Charlie und Irma weitergegangen waren.

17

Im Birnenkeller

Der Mann in zerschlissener grauer Uniform, mit verblaßtem Hoheitsadler über der linken Brusttasche, der verschmierten Kokarde am Käppi, schlug ebenfalls den Weg nach Satzkorn ein.

Am Rand eines Wäldchens, das Dorf in Sicht, lagerten Irmi und Charlie. Seit einer Stunde blakte der Spirituskocher, fast aufgebraucht war ihr Vorrat an Brennstoff-Würfeln. Sie saßen auf ihren Rucksäcken, die Karte über die Knie gebreitet. «Ob Döberitz wirklich gefährlich ist?» fragte Irmi.

«Ich weiß nicht. Vielleicht sollten wir es probieren. Wenn wir nördlich ausweichen, an Nauen vorbei, sind das zwanzig Kilometer mehr. Mindestens. Und wir haben die Reichsstraße 5. Ich könnte mir denken, da bewegt sich allerhand. Aus Berlin raus, nach Berlin rein.

Außerdem – schau her – kommen wir wieder dicht an die Vororte. Falkensee. Sind zwar alles Kolonien mit kleinen Häusern, aber wer weiß, welche Hundertprozentigen da lauern.»

»Die Bohnen werden nicht weich.»

«Soll ich Holz sammeln?»

«Lieber nicht. Ein Holzfeuer raucht.»

Nach einer Weile sagte Irma: «Ich gehe ins Dorf. Wir brauchen Brot. Vielleicht bekomme ich Zucker auf die Reisemarken. Und Fett.»

«Versuch es. Ich warte hier.»

«Kümmer dich um die Bohnen. Vielleicht werden sie weich.»

Irma stand auf und entfernte sich in Richtung Dorf. Charlie rührte mit dem Klappbesteck in den Bohnen. Hart. Die Brennspiritus-Methode konnten sie vergessen.

Von der Straße her näherte sich ein Mann in Uniform. Charlie sprang auf. Die Gestalt schien ihm bekannt, doch irgend etwas fehlte. Dann fiel es Charlie ein: Die Propangas-Flasche!

Der Mann kam näher. «Jestatte», sagte er. «Walter. Einfach Walter.»

«Mir sagense Charlie. Wo ist Ihre Flasche? Und Ihr Auto?»

«Sag du, Junge. Janz einfach Walter.» Er schob wieder, das schien seine typische Bewegung zu sein, das Käppi in den Nacken, enthüllte eine Fräse kurzgeschnittener roter Haare. «Det Auto is perdü. Bin ick per pedes los. Kann passieren. Hat eben nen andern Liebhaber jefunden. All die schönen Papiere. Kiek ma.»

Er grub in seiner Brusttasche. Förderte ein Bündel abgegriffener Formulare zutage. «Marschbefehl. Urlaubsschein. Transportpapiere. Kurierpaß. Allet streng nach verbindliche Muster jefertigt.»

Charlie starrte auf die Papiere. Die Transportbescheinigung war brüchig in den Falzen, drohte auseinanderzufallen. «Weit wärn Se nich jekommen damit.»

«Sag du zu mir, Junge. Wat haste ne Ahnung. So jenau

kieken die nich hin. Brauchste wat? Ick habe Stempel mit. Hier.»

Er grub in der anderen Tasche. Zog Stempel heraus. Ein Stempelkissen. «Hiermit fertigt Walter allet selbst an. Kleene Reiseapotheke.» Er grinste. Enthüllte eine Zahnlücke oben rechts. «Haste 'n Wehrpaß? Möchteste 'n Orden haben? Kann ick dir allet reinstempeln.»

Eins der Papiere war auf die Erde gefallen. Charlie bückte sich und hob es auf. Irgend was an dem Dienststempel kam ihm seltsam vor. Er behielt das Papier in der Hand.

«Wat sinnierste?»

«Ich weiß nicht. Der Adler.»

«Wat is mit dem Adler?»

«Kucken se sich . . . kuck dir mal den Adler an. Da stimmt wat nich.»

«Zeig her. Wat soll nich stimmen? Is der schönste Pleitegeier, den ick je uffm Stempel jesehn hab. Handarbeit. Künstlerische Vollendung. Nich Fabrikware Nullacht-fuffzehn.»

Plötzlich wußte Charlie, warum ihm der Adler sonderbar vorkam. «Er kuckt über die linke Schulter», sagte er. «Nicht über die rechte. Der Kopp is verkehrt rum.»

«Spinnste? Gib her.» Walter nahm das Papier. Drehte es in den Händen. Hielt es gegen das Licht. Dann setzte er sich ins Gras und lachte. Lachte, seine Zahnlücke enthüllend, Spuckeperlen sprühten aus seinem Mund. «Du hast recht, Junge! Mann, det isn dicker Hund! Det hat Waltern nich jemerkt. Auweia! Weeßte, wie viele ick anjeschmiert hab mit die Papiere? Det kann ick dir jar nich schildern. Vom Donezbecken bis hier bin ick unterwegs mit meine kleenen Improvisationen. Alle ham se mir anjekiekt mit mein schmuckloset graues Kleid, als wenn se mir stiekum mitnehmen wollten, icke die Papiere raus, wat jrade paßte, schon hamse mir loofen lassen.» Er lachte wieder, meckernd, und die

Spucketröpfchen sprühten. «Keiner hat den Pleitejeier beanstandet. Uff seine Schwingen hab ick die Strafkompanie entlassen, wat schwierig war, ick mußte mir selber verlassen. Wieso? Ick war der einzije Überlebende.» Er sah sich um. «Wat kocht da?»

«Bohnen.»

«Bohnen? Wo isn deine Freundin?»

«In den Ort. Brot holen.»

Der Mann sah Charlie an. «Walter, Walter», sagte er zu sich selbst, «wat erlebste allet auf deine alten Tage.»

«Wieso?»

«Deine Mausi jeht stiekum in de Ortschaft, Brot koofen?»

«Wenn sie welches kriegt.»

«Hat se Marken?»

«Reisemarken.»

«Wat is det fürne Welt. Latschen Kinder durchn Wald mit Reisemarken. Sag mal, für wat seid ihr unterwegs?»

«Wir wollen zu unserem Onkel. Zu meinem Onkel. Der ist am Beetz-See.»

«Bei Brandenburch?»

«Ja. Wir wollten oben rum, an Nauen vorbei. Aber das bedeutet zwanzig Kilometer mehr zum Klotzen. Jetzt überlegen wir, ob wir es riskieren können, an Döberitz vorbei zu gehen. Nach Fahrland rüber.»

«Keene schlechte Idee. Die haben die Hosen volljeschissen bis zum Rand. Wat jetzt noch in Döberitz is, beschäftigt sich mit Bibbern.»

Er stand auf. «Wäre ne Chance.» Er zeigte auf die Bohnen. «Die Dinger hinjejen ham keene Chance. Wat sind det für Pimpf-Allüren mit den Spiritusbrenner. Det kocht man uff rauchloset Feuer.»

«Und wie erzielt man rauchloses Feuer?»

«Erzielt. Ha! Erzielt is jut. Det is unjemein einfach, Charlie. Man latscht drei Jahre quer durch Rußland, bis kurz vor

Moskau und zurück. Denn hat man det raus mit rauchloset Feuer. Und manchet andere auch.»

«Bloß nich, wohin der Hoheitsadler kiekt.»

«Mann, faß mir nich bei meine schwache Stelle. Heute abend schnitzt Walter nen neuen. Mit drehbare Bonje.»

Er stand auf, entfernte sich, nicht weit, bückte sich ein paarmal. Charlie sah, daß er im Nu einen Armvoll trockenes Reisig gefunden hatte. Sie bauten, nach Walters Anleitung, ein rauchloses Feuer. Setzten den Bohnentopf in die Glut. Als Irma zurückkam, waren die Bohnen gar. «Jestatten, Walter», sagte Walter wiederum. Irma schüttelte ihm die Hand. «Irma. Haben wir uns nicht schon gesehen? Sie sind der mit der Gasflasche.»

«Sag du zu mir. Ick kann nich umhin, festzustellen, det die Stahlpulle mir ne gewisse Berühmtheit einjetragen hat. Walter mit der Gasflasche. Warum auch nich. Laß dir von deinem Freund erzählen, wat passiert is. Die Bohnen sind jar. Klappbesteck raus und jefuttert.» Er lud sich selbst ein. Irmi hatte Brot bekommen, einen halben Laib, klitschig, Wasserstreifen, mit Sägemehl abgezogen. Als sie versuchte, es zu schneiden, zerfiel es in Brocken. Sie reichte jedem ein Stück. Schweigend aßen sie.

Sie räumten zusammen. «Walter meint, wir könnten es über Döberitz probieren», sagte er. «Die kleine Chaussee nach Fahrland.» Als er sich aufrichtete, sah er, daß auf der Straße ein Auto hielt. Drei Landser stiegen aus. Er stieß Walter in die Seite. «Wat wolln die?»

«Kettenhunde», sagte Irma.

Zwei von ihnen trugen Metallschilder vor der Brust.

«Aus, dein treuer Vater.» Charlie wackelte mit den Ohren.

Walter klopfte auf seine Brusttasche. «Nich doch. Wir lassen det Adlerchen noch mal zur falschen Seite kieken.»

Die drei Männer blieben vor ihnen stehen. «Habt ihr wat zu fressen?» fragte der eine.

«Jrade allet weg. Tut uns leid. Fünf Minuten zu spät seid ihr.»

«Scheiße. Nischt wie Kohldampf.»

«Wohin macht ihr?» fragte Walter.

Der eine mit Schild um deutete auf ihren dritten Mann, der, ohne Schild der Feldgendarmen, ohne Orden zwischen ihnen stand, ähnlich anzuschaun wie Walter. «Wir bringen ihn in Gewahrsam. Deserteur.»

Der Deserteur grinste unverschämt, fast vergnügt.

«Da stimmt doch wat nich», sagte Walter.

Der Sprecher wurde grob. «Zeigen Se mal Ihre Papiere.»

Walter holte seinen Stapel Dokumente aus der Tasche. «Sucht euch wat aus. Hier.»

«Kurier der Reichskanzlei? Da stimmt doch was nicht.»

Der Deserteur lachte, schlug sich auf die Knie. Der andere Feldgendarm wendete sich ab. Charlie versuchte, seine bisherigen Fähigkeiten zu übertreffen und die Ohren in einem Winkel von hundert Grad abzuklappen. Irma stand mit schief weggeknicktem Oberkörper, ihren Rucksack in der Hand. Walter sagte zum Feldgendarm: «Laß die Hosen runter, Kumpel. Wer von uns ist der echtere?»

«Hörn Sie mal . . .»

«Ick höre sehr jut. Mit beide Ohren. Obwohl wa bei Charkow 'n Rohrkrepierer hatten. Direkt neben meine Bonje. Seitdem bin ick unzurechnungsfähig. Mit entsprechendet Papier kann ick Ihnen ooch dienen. Hier.» Er nestelte ein weiteres brüchiges Schriftstück aus dem Stapel.

«Sach et schon», drängte der Deserteur. Der andere Kettenhund hatte sich wieder umgedreht. «Traue keinem», sagte er.

Walter sah ihn an, schob ausnahmsweise das Käppi, das auf seinem Hinterkopf saß, in die andere Richtung, in die Stirn. «Det hat mir noch keener jesacht», murmelte er. «Vertraut ham se Waltern alle bisher.»

«Tut mir leid, Kumpel. Man kann niemand traun.»

«Ick schlage euch wat vor. Die Kinder ham nen Beutel weiße Bohnen im Rucksack. Wir jeben euch ne Handvoll, wenn ihr uns mitnehmt bis Brandenburch.»

«Wir müssen bis Fahrland.»

«Jut. Bis Fahrland. Jeht det?»

Sie zwängten sich zu sechst in das Auto. Ruckelnd setzte sich der Wagen in Bewegung. Das Schild «Feldgendarmerie» über der vorderen Stoßstange verschaffte ihnen freie Bahn. Niemand hielt sie an. Irma saß, ein bißchen unbequem, auf der Handbremse vorne zwischen den Feldgendarmen. Sie unterhielten sich leise mit ihr. Fragten, ob es stimme, daß Walter ein Kurier der Reichskanzlei sei. «Wir haben ihn eben erst kennengelernt», gab Irma Auskunft. «Das heißt, gestern. Er lief über die Rieselfelder. Mit einer Gasflasche auf dem Rücken.»

«Mit was?»

Irma erklärte es ihnen. Die Feldgendarmen lachten. Sahen einander an, vorbei an Irmis Nase. «Sollen wir es ihr sagen?» fragte der eine. Der andere nickte. «So echt sind wir auch nicht», meinte er.

«Wieso?» Irma war neugierig.

«Halt aber die Klappe, ja? Du hast nichts gehört. Ehrenwort?»

«Ehrenwort.»

Mit gedämpften Stimmen erzählten sie Irma, daß der Deserteur kein Deserteur sei. Vielmehr ihr Kumpel. Sie transportierten ihn angeblich, um selber möglichst weit nach Westen zu kommen. Ihr Ehrgeiz: Mit dem Auto in amerikanische Gefangenschaft zu fahren. «Manchmal muß der Gefangene gefesselt werden. Weil das anstrengend ist, wechseln wir uns in der Rolle ab. Jeder ist mal Gefangener. Reihum.»

«Und das klappt? Damit kommt ihr durch?»

Die beiden lachten. «Mädchen, du ahnst nicht, wie lange das bereits klappt.»

172

«Wat klappt?» rief Walter neugierig vom Rücksitz über die Barriere von Irmas Rucksack hinweg.

«Nüscht, du Jagdscheininhaber», sagte der Fahrer. «Halt schön die Klappe, sonst setzen wir dich aus. Truppenübungsplatz Döberitz. Wär das nichts?»

Walter schwieg beleidigt.

Sie kamen unangefochten nach Fahrland. Die fast oder ganz falschen Feldgendarmen wollten Kraftstoff auftreiben. Walter meinte, er wolle sich neue Papiere anfertigen, bevor er weiter türmte. Mit neuem Stempel. Adlerkopf in der richtigen Drehung.

Fahrland war verstopft von Fahrzeugen, zwei Sturmgeschützen, die ohne Benzin dalagen, Pferdefuhrwerken, mit Tarnfarbe überpinselten Autos. Die Kinder nahmen ihre Rucksäcke auf. «Am besten immer der Havel lang», sagte Walter. Dann wendete er sich den Feldgendarmen zu. Vielleicht redete er ihnen ein, ihn als zweiten Deserteur zu akzeptieren. Entsprechende Papiere würde er, Walter, im Nu anfertigen. Sobald er seinen neuen Stempel fertig hatte.

Als sie gingen, sahen sie, daß Walter zwei Mädchen nachschielte, die mit Kattunkleidern, Wolljacken drüber, in Stökkelschuhen über die Dorfstraße staksten. Ihre Beine, frühlingshaft bleich, wirkten aufreizend zwischen all den Knobelbechern und grauen Hosen.

Walter verpaßte seine Chance. Zwei Panzerfahrer machten sich an die Mädchen, die stehenblieben und lächelten. Ihre angemalten Lippen in bleichen Gesichtern wirkten wie aufgeschnittene exotische Früchte.

Ein Hitlerjunge in dunkelblauer Winteruniform fuhr auf dem Fahrrad vorbei, unter den Halter des Gepäckständers eine Panzerfaust geklemmt. Nach wenigen Minuten kam er denselben Weg zurück, sah nicht auf, als er über den Platz fuhr, hindurch zwischen den Panzersoldaten und den beiden Mädchen. Die Panzerfaust fehlte jetzt.

An der Stelle, wo die Straßen von Satzkorn und Marquardt aufeinanderstießen, standen zwei SS-Männer. Sie studierten die taktischen Zeichen, die an eine Linde genagelt waren: Wegweiser zu Einheiten, Gefechtsständen, Kommandostellen. Der Stamm der Linde war bedeckt mit Schildern.

Fünfzig Meter hinter dem Ort kein Fahrzeug, kein Mensch. Einsam die Straße vor den beiden Wanderern. Sogar die Vögel hatten das Land verlassen. Ungewöhnlich für die Jahreszeit glühte die Sonne. Alleebäume warfen anthrazitfarbene Schatten. In kahler Weißdornhecke blühten Forsythienzweige. Auf dem Sommerweg Spuren von Geländereifen, einzementiert in festgebrannten Sand, daneben herlaufend Abdrucke von Pferdehufen, schmale Spuren eisenbeschlagener Räder.

Ein Bauer, der, spät, Sommersaat eingebracht hatte, er war, erklärte er, erst jetzt an Saatgut gekommen, nahm sie auf seinem Fuhrwerk mit in Richtung Ketzin. «Se löpen hin und se löpen her», sagte der Alte, ab und zu das Pferd mit der Peitsche antippend, mit wenig Erfolg, der Gaul war alt und setzte seine eigene Vorstellung von Tempo durch. «Nu bin ick all siebzig, und sonne Not. Dat hätt sich wer weiß wer utdenkt.» Er äußerte seine Zweifel, ob er das Korn ernten würde, das er an diesem Tag gesät hatte. Erzählte, daß der Ortsbauernführer bei ihm gewesen sei, wegen Volkssturm. «Stürmt ji man alleins, heww ick secht.» Der Mann war abgezogen, hatte «unbelehrbar» gemurmelt.

Ob es Kontrollen gebe, wollte Charlie wissen. «Manchmal ja, manchmal nich», sagte der Bauer. Er rauchte eine Pfeife, die er aus einem Maiskolben geschnitzt hatte. Selbstgezogenen Tabak. Da die Ernte ein halbes Jahr zurücklag, waren auch bei ihm die Stiele dran. Der Rauch stank. Irma beglückwünschte sich, daß sie den Bauern im Freien getroffen hatten.

Sie vertrauten ihm. Erzählten ihm, was sie vorhatten. «Der Russ wird kommen», meinte der Alte. Ihm war es gleich, ein verlorener Krieg, meinte er, sei ein verlorener Krieg. Möglicherweise würden sie ihn enteignen unter den Russen. Doch sei das nicht mehr schlimm, wenn einer siebzig sei. Eine Bank zum Ausruhen, sagte er, werde sich finden. Und die Russen: Sie seien Bauernburschen. Wüßten, wie es auf dem Land zugehe. Man würde sich verständigen. «Allet kömmt allwedder int Lot.»

Sie fuhren durch Paretz. Ob sie nicht lieber zu Fuß weiter sollten, fragten sie ihn, um den Ort herum. Doch er winkte ab. An der Abzweigung zum Schloß stand ein Doppelposten, zwei Mann mit Stahlhelm, Karabiner umgehängt. Ein Stab lag im Schloß einquartiert, erklärte der Bauer. Er grüßte die Posten. Sie grüßten zurück, lässig, Hände am Stahlhelmrand, nicht mit Deutschem Gruß, wie es Vorschrift war. «Hier war ich mal mit der Schule», sagte Irmi. «Zuhause haben wir ein Buch über Königin Luise. Sie war in Paretz. Mit ihrem Mann. Friedrich Wilhelm III.»

«Was du weißt.»

«Jau, jau», sagte der Bauer. «Schön soll sie sind jewesen, die Königin Luise. Mien Grootmodding, de het sei noch seihn. Dat ist all lang her.»

Vor Ketzin bog er ab. «Bün ick all to hus. Un mien Lotte ook, dei ull Schinder.»

Sie sprangen ab. Nahmen ihre Rucksäcke. Der Bauer tippte mit dem Peitschenstil an die Mütze. «Hüh! Ullet Aas. Warst loopen?»

Sie fanden gegen Abend, einsam gelegen, einen Keller. Erde aufgeschüttet hinter einer Hecke, die noch durchsichtig war, sonst hätten sie den Keller übersehen. Eine feste Tür. Sie war unverschlossen. Charlie leuchtete mit einem Streichholz. In dem schwachen Licht glaubte er zuerst, er irre sich. «Birnen», sagte er «Regale mit Birnen.»

«Glühbirnen?»

«Quatsch. Zum Essen. Komm runter. Hier. Siehst du? Wie bei Omi. Torfmull. Und richtige Birnen. Williams Christ oder so was.» Er nahm eine Frucht vom Torfmull. Biß hinein. «Probier.»

«Kann ich mir eine nehmen?»

«Eine? Hier sind Hunderte.»

«Wer hat denn einen Keller voll Birnen? Wenn jemand kommt?»

«Jetzt? Am Abend?»

Sie aßen Birnen. Im Stehen. Die Rucksäcke auf dem Rükken. Der Saft tropfte hinunter.

In einer Ecke lagen Torfmull-Ballen. Sie machten sich drauf ein Lager zurecht. Charlie hatte einen Würfel Trockenspiritus entzündet. «Ich habe Schiß», sagte Irmi. Sie kuschelte sich eng an Charlie. Sie schliefen ein, bevor der Spirituswürfel heruntergebrannt war, ihre Münder klebrig vom Birnensaft.

In der Nacht das vertraute Brummen. Ein anfliegender Bomberverband. Später, deutlich zu unterscheiden, einzelne Maschinen auf dem Rückflug. Plötzlich lautes Heulen, das sie auffahren ließ auf ihrem Lager, dann, unmittelbar hintereinander, zwei Detonationen. Nah. Der Keller schien sich zu heben. Sie blieben ineinander verkrallt sitzen in der Dunkelheit. «Ein paar Verirrte», sagte Charlie. Er stand auf. Tastete sich die Treppe hoch zum Eingang. Sah aus der Tür. Schwarze Nacht. Am Himmel Sterne. Nichts war zu erkennen. Er tastete sich zurück zu ihrem Lager, an den Regalen mit Birnen entlang. Ein Gedicht fiel ihm ein, das er in der Schule gelernt hatte: Herr von Ribbeck auf Ribbeck im Havelland – ein Birnbaum in seinem Garten stand. Ob er es noch zusammenbekam? Er begann es aufzusagen. «Herr von Ribbeck . . .» Irmi drängte sich an ihn. Unterbrach ihn nicht.

Er schaffte es. Als er fertig war, fragte Irma: «Was ist los draußen?»

«Nichts zu sehen. Zu dunkel. Es muß ganz nah gewesen sein.»

Sie verfielen in einen unruhigen Schlaf. Wurden wach, als eine schneidige Stimme ertönte: «Absitzen!»

Licht fiel durch die Spalten der Tür. Charlie sah hinaus. Durch eine Ritze. Teilweise verdeckt durch die Hecke sah er Soldaten. Dann Fahrräder. Er winkte Irma. «Eine Radfahr-Abteilung», flüsterte er. Jetzt sahen sie, wie die Soldaten jenseits der Straße, im Feld, etwas anhoben. Schwer trugen. Verwundete? Ein Offizier, ohne Kopfbedeckung, mit hell schimmernder Glatze, stand bei der Hecke. Geschnörkelte Schulterstücke. Major mindestens. An seiner Hüfte hingen eine helllederne Kartentasche und eine schwarze, auf Hochglanz geputzte Pistolentasche. «Beeilung!» bellte der Offizier. Die Soldaten legten die Gestalten, die sie geschleppt hatten, nieder. Begannen zu schanzen, mit kurzen Feldspaten. Der Offizier: «Wir sind kein Beerdigungsinstitut! In zehn Minuten ist das erledigt!»

«Sie sind tot», flüsterte Irma.

Die Soldaten gruben. Der Offizier ging auf und ab vor der Hecke, die Arme in die Hüften gestützt. «Erkennungsmarken nicht vergessen! Die Hälften abbrechen!»

Sie betteten die Gefallenen in die Grube. Zwei Soldaten bastelten aus Birkenzweigen ein Kreuz. Richteten es auf dem Hügel auf.

«Fertig! Abteilung! Antreten! Helm ab! Für Führer und Volk fielen zwei Kameraden in letzter Stunde vor dem sicheren Endsieg. Wir gedenken ihrer. Unser Führer und oberster Kriegsherr und die deutsche Armee – Sieg – »

«Heil!»

«Sieg – »

«Heil!»

«Sieg – »

«Heil!»

Er nahm die Pistole aus dem Halfter und schoß dreimal in die Luft.

«Helm – auf!»

Die Soldaten nahmen ihre Fahrräder. Saßen auf. Radelten in Richtung Ketzin. An ihrer Spitze der Oberst, als einziger ohne Kopfbedeckung.

Charlie stieß die Kellertür auf. Sie traten ins Freie. Sahen die Glatze des Offiziers leuchten, weit hinten auf der Straße. Sie gingen auf das Soldatengrab zu. Hinter dem Grab klafften zwei Bombentrichter. Splitter hatten die Soldaten getötet.

Am Grund der Trichter sammelte sich Wasser.

«Um Haaresbreite», stammelte Charlie. Er sagte nicht «Haareschbreite». Für einen Augenblick war ihm sein Sprachfehler abhanden gekommen.

Sie stiegen in den einen Trichter hinab und wuschen sich. Das Wasser war moorig braun und kühl. Dann holten sie ihre Rucksäcke. Sie nahmen Birnen mit, soviel sie tragen konnten. Charlie schloß sorgfältig die Tür zum Keller.

18

Die Hügelgräber

Telegrafendrähte begleiteten die Straße, der Frühlingswind spielte seine eintönige Melodie, ließ sie erklingen. In gleichen Abständen saßen Stare auf den Drähten, die ersten Vögel, die sie sahen auf ihrer Wanderung, früh zurückgekehrt aus dem Süden. Morgens, bevor die Sonne silbernen Rauhreif von Gras und Zweigen streifte, saßen sie aufgeplustert, Tintenklecksen auf Notenlinien gleich. Sie wirkten besonders schwarz, weil ihr Gefieder gegen die grellweißen Porzellan-Isolatoren an den Masten abstach.

Schwarze Vögel. Krähen hätten jetzt auf den frisch eingesäten Feldern picken müssen, den Landmann um einen Teil seiner Arbeit bringen. Auffliegen hätten sie sollen, in Schwärmen, die Lage abschätzend aus sicherer Position auf höchsten Zweigen der Bäume am Feldrain. Scheue Vögel, die aufstoben, wenn nur jemand eine Bewegung machte, als lege er ein Gewehr an.

Die Krähen waren davongeflogen. Leeres Land. Nur die früh zurückgekehrten Stare punkteten Telegrafendrähte.

Krachend brach dünnes Lufteis unter Irmas und Charlies Füßen, wenn sie morgens aufbrachen, durchfroren von Nächten in Scheunen und Schuppen, die sie teilten mit anderen Wanderern, in Feldgrau, Fliegerblau, Räuberzivil; in abgewetzten Mänteln, grünlich schillernden Joppen mit ruppigen Pelzkragen, Kopftüchern, schwarzen Babuschka-Umschlagtüchern. Knobelbecher trampelten über Straßen, Filzstiefel, Schuhe, mit Autoreifen-Stücken besohlt. Turnschuhe, Gutsinspektor-Reitstiefel, klaffende Sohlen, festgehalten mit einem Stück Draht, leichtem Feldkabel, Reste von Unternehmungen der Nachrichten-Einheiten, die durchs Land zogen mit Kabelrolle, Steigeisen und Zange, um zu flicken, Verbindungen wiederherzustellen zwischen Stäben und Kommandos, die durch Feindeinwirkung unterbrochen waren. Telegrafendrähte spleißten Männer der Reichspost zusammen, in blauer Arbeitskluft hingen sie an karbolineumgetränkten Holzmasten, wenn das Summen der Drähte verstummte.

Trotzdem: Angesichts all der Menschen, die unterwegs

179

waren, Befehlen folgend oder ihrem Instinkt, sich zu retten in letzter Stunde, – die Suppe in diesem Topf, in dem ein großer Unbekannter rührte, schien zu erstarren. Als durchquerten sie nassen Lehmboden, der an ihren Schuhen kleben blieb, wurden die Schritte der Flüchtlinge und der Soldaten schwerer, sie marschierten langsamer. Befehle brauchten doppelte Zeit, bis sie ausgeführt wurden. Eine gigantische Falle, die zuschnappte, Hoffnung galt den Amerikanern, Deutsche gab es in Amerika, jeder wußte das, ausgewandert vor einer Generation, vor zwei, drei? Fast wäre Deutsch Nationalsprache geworden in den Vereinigten Staaten. «Die können uns doch nicht verkaufen?»

Im Lager der Sieger sahen sie es anders. Nicht von Verkaufen war die Rede, sondern von Bezahlen. Für verbrannte Erde zwischen Warschau und Moskau, zwischen Leningrad und Baku.

Die Falle schnappte zu. Bewegung erstarrte. Charlie fühlte es fast körperlich, doch er wagte nicht, mit Irmi darüber zu sprechen, aus Furcht, er könne sich durch seine Sprachbehinderung nicht verständlich machen, aus Furcht auch, Falsches zu sagen, seine Gedanken mißverständlich zu formulieren – was wußte er über Irma? Vielleicht hoffte sie, auch sie, immer noch, daß die Wende eintrete, das Wunder geschehe – eins der versprochenen Wunder, alle sprachen davon, doch es wirkte wie Bläschen, die aus einem Sumpfloch aufstiegen.

Wie in den Facetten eines Fliegenauges setzten sich in Charlies Fantasie Einzelbilder zusammen zu einem Panorama, das zu beurteilen er sich unfähig fühlte. Die Radfahr-Abteilung, auf lackglänzenden Maschinen, geführt von dem schneidigen Offizier mit seiner leuchtenden Glatze. Hurtiges Heldenbegräbnis am Straßenrand. Blitzmädchen und schweres Gerät, verborgen in der Grunewald-Schonung. Einsamer Wanderer mit Propangas-Flasche auf dem Rücken. Otti Krauses kalkweißes Haupt mit dunkelrot starrer Blutspur. Blaue Äderchen unter Irmas durchsichtiger Haut. Joachim Wuttke, krückenschwingend, seine Erkennungsmarke, die auf vergilbtem Makohemd pendelte. Rot und schwarz spiegelnd die Havel, von keiner Welle gekräuselt, in die ihre Paddel eintauchten im gleichmäßigen Takt. Tante Miechen und Ingrid in Mänteln, zugeknöpft bis an die Kinne, als panzerten sie sich gegen Vernichtung. Dazwischen, wie von Magnesiumlicht, das ein Fotograf zischend abbrannte, erleuchtet: Momente der Kindheit. Seine rote Feuerwehr im Sandkasten, Straßen, mit kleinen Händen festgeklopft. Tunnel und Höhlen. Ein Terrier, der in den Sandkasten sprang, Bauwerke vernichtete, ein Loch wühlte mit seinen Pfoten, mit sandgesprenkelter Nase auftauchte. Ein Dampfer der Teltower Stern- und Kreisschiffahrt, havelabwärts schwimmend, Charlie in Wadenstrümpfen, die Eltern müde auf Bänken sitzend, Beine in den Bug des Schiffes gestreckt. Das Schiff nahm Kurs auf Werder, zur Kirschenernte. Schwer beladen mit Körben würden sie zurückkehren, bereit die Einmachgläser, aus dem Kessel ragte ein Thermometer. Ein Mann, der ihnen ein Gedicht verkaufte, für fünfzig Pfennig, Vater hatte das Blatt erstanden, er hatte es aufbewahrt, jahrelang, zwischen vergilbten Fotos, Zeitungsausschnitten, Quittungen der Berliner Morgenpost mit Beschreibung der wichtigsten Sternbilder, zwischen Bierfilzen, abgerissenen Eintrittskarten, Theaterprogrammen und Film-Illustrierten.

Hier, unter den summenden Telegrafendrähten, auf der Straße am Havelluch, merkte Charlie erstaunt, daß er auch dies Gedicht, vom Fünfzig-Pfennig-Zettel, auswendig konnte. Er probierte:

In Werder aß ich tausend Kirschen
mit Annegret und Berndt.
Vater rülpste glückbesoffen,
und sein Hosenstall stand offen.
Mutter hatte sich entfernt.

Ach, Annegret, dein weißes Kleid!
Vom Kernespucken hatt' es Flecken.
Mit grünem Laub versuchte ich
die Flecken zu bedecken.

In Werder aß ich tausend Erdbeern
mit Annegret und Berndt.
Hinter Körbe, schwer von Früchten
wollte Annegrete flüchten.
Hatte sie denn nichts gelernt?

Ach, Annegret, dein weißes Kleid!
Berndt warf dich mitten in die Beeren,
du weißt, daß Mädchen nichts verwehren
zu Werder in der Erdbeerzeit.

Wieso war gerade dies Gedicht in seinem Gedächtnis hän-
gengeblieben? Charlie hatte Lust, es Irma aufzusagen. Fand
sogleich, daß der Text Anspielungen enthielt, die Irma miß-
verstehen könne: Du weißt, daß Mädchen nichts verwehren.
Und die S-Laute! Lieber nicht, entschied er. Versuchte noch
einmal, stumm, ob es wirklich saß: An jede Zeile erinnerte
er sich!

Vielleicht gab es noch eine Strophe, wenn ja, hatte er sie
vergessen. Aber diese vier Strophen: Die saßen!

Er versuchte sich vorzustellen, wie der Mann ausgesehen
hatte, der ihnen damals das Gedicht verkaufte. Doch er fand
das Gesicht des Werderschen Poeten nicht mehr. Vergessen.
Ausgelöscht. Abhanden gekommen, wie so vieles. Würden
sie, später, die Bilder aus diesen Tagen vergessen?

Sie sahen links, auf den Hügel, die Windmühle liegen zwischen Hünengräbern, Charlie hatte die Wegmarke auf seiner Karte gekennzeichnet, nahm an, daß es sich um Gräber handelte aus der Bronzezeit, wie das Grab des Königs Heinz bei Seddien.

Neugier siegte. «Laß uns hingehen», sagte er.

Irma warnte ihn, gewiß steckten Soldaten in der Mühle, Unannehmlichkeiten würden kaum ausbleiben. Zudem habe sie Bauchweh. Die Birnen.

Charlie, neben dem Sortieren seiner Fantasiebilder, horchte längst in sich hinein, nicht um weitere Gedichte zu erjagen – es grummelte in seinem Bauch. Herr von Ribbeck auf Ribbeck im Havelland hatte vergessen, dem Dichter Theodor Fontane mitzuteilen, was nach überreichem Genuß seiner Birnen geschah.

Charlie sagte:

«Sicher ist oben ein Klo.»

Diese Bemerkung wandelte Irmas Sinn. Sie lief hügelan, auf ihrem Rücken wippte der Rucksack, die Schöße ihres Blitzmädchenmantels flogen. Charlie folgte auf klobigen Holzsohlen.

Flügellahm, verlassen stand die Mühle da, das Dach zerschossen von Tieffliegern. Den Eingang blockierte ein ausgebrannter Kübelwagen, nur die Stahldrahteinlagen waren von seinen Reifen übrig, frischer Rost überzog das Blech. Sie fanden kein Häuschen mit Herz in der Tür, doch eine Grube, die Soldaten ausgehoben hatten, darüber einen Balken. Irma warf den Rucksack ab, schlüpfte aus ihrem Mantel, hob den Rock, näherte sich rückwärts der Grube, einen Blick zu guter Letzt auf Charlie werfend, der sagte: Willst du dich nicht wenigstens umdrehen? Doch zugleich hieß: Mir ist es egal, letzten Endes, jetzt und in dieser Sekunde ist alles andere egal, als dem Grummeln im Bauch nachzugeben, Herrn von Ribbecks Birnen ...

«Isch- scheisch mir in die Hosen», stöhnte Charlie. Irmi, die, Hosen herunter, auf dem Donnerbalken saß, rief: »Komm her, Dussel! Neben mich!»

Sie blickten weit übers Havelluch, über Schilf und Wasser und Moor, und hinter ihnen war nichts als Land und Acker und – die Straße.

Auf dieser Straße kam eben die Radfahrabteilung zurück, in der Sonne blitzten Speichen, an der Spitze der Offizier mit Glatze und schnörkeligen Schulterstücken. Er wendete den Kopf nach rechts, seine Soldaten wendeten die Köpfe nach rechts, als befolgten sie eines seiner schneidigen Kommandos, denn oben auf dem Hügel neben der Windmühle war ein Doppelmond aufgegangen, ein Zwillings-Vollmond; weiß und makellos und von keiner Wolke und keinem Strauch verhüllt strahlten Irmis und Charlies Hintern weit übers Land, während die Folgeprodukte saftiger Williams-Christ-Birnen in die Grube klackerten.

In Unordnung geriet die Kolonne schneidiger Radler, Lenker wackelten, unbeabsichtigt kam es zu Tuchfühlung Nebeneinanderfahrender, statt in die Pedale zu treten ließ der und jener seine Machine im Freilauf rollen. Schon bildete sich ein Abstand zwischen Offizier und Mannschaften, ein unerhörter Vorfall, nicht dagewesen unter diesem Führer, dem Disziplin über alles ging, der seine Männer gedrillt hatte in jeder freien Minute, vorbereitet für den Einsatz im Endkampf – und nun das?

Er wendete sich um im Sattel, schneidend kam sein Kommando: «Aufschließen!»

Die Männer der Radfahrkolonne wendeten den Blick zur Straße, auf den Rücken ihres Führers, unter Uniformtuch spielten Muskeln.

Sekundenschnell ordnete sich die Kolonne, raste dahin auf der schmalen Straße durchs Luch unter sengender vorsommerlicher Sonne.

Zwei magere schwarzweiße Kühe standen hinter Stacheldraht und sahen den Soldaten nach.

Charlie fragte: «Haste Papier?»

«Nee.»

Sie bückten sich, jeder nach seiner Seite, und rupften Gras.

Die nächste Ortschaft umgingen sie, wählten einen Pfad zwischen Wiesen und Bach. Der Boden federte unter ihren Schritten. Bis zum Bach hinunter erstreckte sich ein Gasthofgarten, Tische und Bänke unter kahlen Obstbäumen ließen Gedanken an sommerliche Zeit aufkommen, hier könn'n Familien Kaffee kochen. Ein Hauch von kräftig grünem Moos überzog jetzt die Tische. An einem der Bäume ein Schild: Heiße Bockwurst. Charlie blieb stehen, abrupt, so daß Irmi, die hinter ihm gegangen war, auf ihn prallte, ihn fast zu Fall brachte. «Da!» Charlie deutete auf die Inschrift.

Über dem Hinweis abgebildet war, dreißig Zentimeter lang, eine Wurst, braun, frisch gemalt, wie natürlich. Eine braune pralle Bockwurst. Sogar ein Tupfer Mostrich saß auf der Spitze, ebenfalls vollkommen natürlich dargestellt.

«Wann», fragte Charlie, «hast du das letzte Mal eine Bockwurst gesehen?» Er sagte gesehen, nicht gegessen, für unmöglich hielt er, daß Irmi sich daran erinnern konnte. Aber gesehen! Wenigstens gesehen?

«Warte. Im Krieg. Wir waren im KLV-Lager als Betreuerinnen, bei Deutsch-Krone. Ein Fleischermeister aus dem Ort stiftete Bockwürste. Du! Das ist erst anderthalb Jahre her! Bevor ich nach Berlin zurückkam.»

«Richtige Bockwürste? Du meinst, er hat Bockwürste ... für alle?»

«Ja. Sie waren nicht so groß wie im Frieden. Schrumplig. Aber sie schmeckten. Wie früher an der Joachimstaler Straße bei Wurstmaxe.»

«Der mit dem dampfenden silbernen Ding vorm Bauch.»

«Oder bei Aschinger. Leipziger Platz. Warste da mal?»

«Klar.»

«Zu Hause gabs nie welche. Ist kein Essen, hat meine Mutter gesagt. Dabei ist so ne Wurst was Tolles. Mit Kartoffelsalat. Der Kartoffelsalat muß schmecken, als wäre er mit heißem Wasser überbrüht.»

«Und muß einen Tag gestanden haben.»

«Über Nacht.»

«Über Nacht. Meine Omi hat tollen Kartoffelsalat gemacht. Wenn Laubenfest war, gabs Würstchen mit Salat. Und Obstwein. Sie dachte, die Kinder trinken Saft. Heimlich haben wir den Obstwein geschluckt. Johannisbeerwein. Und Stachelbeerwein. Im Keller im Garten, der jetzt ihr Splittergraben ist, standen Tonkrüge. Sie stehen sicher noch da. In den Krügen gluckerte es. Da gor der Wein drin.»

«Haste noch Brot?»

«Einen Kanten.»

«Weißte was? Wir setzen uns hin. Auf die Bank. Unter dem Schild mit der Wurst. Und vespern.»

«Du spinnst.»

«Wieso? Wann finden wir wieder Bänke und Tische?»

Irma zog Charlie unter den Baum mit dem Bild. Wühlte in seinem Rucksack. Packte den wäßrigen Brotkanten aus. «Die Wurst kannste dir dazudenken.»

«Und du den Senf.»

Vor ihnen führte ein Weg mit ausgefahrenen Wagengleisen aus dem Luch auf den Gasthofgarten zu. Sie sahen, daß ein Fuhrwerk sich näherte, weit entfernt noch, doch konnten sie erkennen, daß sich über dem Pferdekopf die Gestalt einer Frau abzeichnete, die auf dem Wagen saß und das Fuhrwerk lenkte.

19

Die Frau des Kommandanten

Das Panjepferd trottete auf den Gasthof-Garten zu und auf die beiden, die unter dem Schild mit der gemalten Bockwurst saßen. Als zöge eine Filmkamera das Gesicht der Frau heran, vergrößerte es sich zwischen den Ohren des Pferdes, wobei gleichzeitig die Umgebung des Motivs verschwand, nach außen neben die Ohren des Panjepferdes wanderte.

Die Frau sah, daß die beiden unter dem kahlen Ostbaum erstarrten, ihr Brot beiseite legten, sich anschickten, aufzustehen, den Platz zu verlassen. «Hüh», rief sie dem Pferdchen zu, kitzelte seine Seiten mit der Peitschenschnur. «Beeil dich. Einmal im Leben.»

Das Pferdchen spitzte die Ohren, nickte ein paarmal hintereinander schnell mit dem Kopf. Seine Art, Eifer vorzutäuschen. Es ging deshalb kein bißchen schneller.

Die Kinder standen jetzt am Rand des Gartens, schnallten einander ihre Rucksäcke auf. «Halt», rief die Frau auf dem Pferdewagen.

Die beiden erstarrten in ihrer Bewegung. Näher rollte das Gefährt. Hinter der Frau auf dem Bock glitzerte und blitzte es. Sie bog ein auf den schmalen Pfad, zog die Zügel an. Willig blieb das Pferd stehen. Charlie und Irmi blickten auf die Ladung. Ein Sarg. Ein polierter Sarg, mit silbernen Beschlägen. An die Seite gestopft ein Heuballen und ein Pappkoffer.

Die Frau sprang ab. Warf dem Pferd die Zügel über die Kruppe. In ihren Reithosen stand sie vor den beiden. «Laßt euch nicht stören», sagte sie. Dann streckte sie die Hand aus. «Gwendolina von Schwierow-Priebenow», sagte sie.

Irmi war perplex. Sie nahm die Hand. Schüttelte sie.

Machte einen Knicks. «Irma Wuttke», sagte sie. «Angenehm.»

Frau von Schwierow-Priebenow räusperte sich. Wiederholte die Zeremonie bei Charlie.

«Schwwwichelbein», sagte Charlie.

Die Frau ließ es dabei bewenden. Sie deutete auf die Rucksäcke und auf den Wagen.

Charlie und Irmi verstanden. Von hier an zogen sie miteinander weiter in Richtung Westen. Vorne die Frau, die das Pferd meistens führte. Hinter dem Wagen Charlie und Irmi. Sie zogen vorbei an lagernden Soldaten und Flüchtlingen, vollbeladen ihre Karren und Pferdewagen. Kolonnen machten ihnen Platz. Militärfahrzeuge wichen aus.

Blutrot, als riesiger Ball, versank an den Abenden die Sonne. Nebel stieg auf vom Luch. Viele sahen sie ziehen, die drei Gestalten, das Fuhrwerk mit dem Sarg drauf, als Schattenrisse, wenn der Abend niederfiel, ihre Füße wateten in Nebelstreifen, bevor sie einen Platz suchten zur Rast in der Nacht.

Kein Bauer verwehrte dem Pferd das Gras, das es rupfte auf den Weiden, unter der brennend heißen Sonne sproß es grün und saftig, wie im Mai.

Manchmal weidete das Pferd zwischen mageren Kühen. Sie machten Platz. Wie die Menschen, wenn das Fuhrwerk an ihnen vorbeirollte mit seiner Ladung.

Gwendolinas Koffer platzte zuweilen auf, wenn das Pferd ihren Wagen durch Gräben zog, angefeuert von Zurufen der Frau. Der Kofferinhalt fiel heraus. Charlie übernahm die Aufgabe, Verstreutes einzusammeln, den Koffer zu verschnüren.

Der Koffer barg jene Requisiten, die nötig waren, um Gwendolina von Schwierow-Priebenows Geschichte zu enthüllen. Eine lange Geschichte, erzählt an Lagerfeuern, Wiesenrändern, während sie warteten, daß ihr Pferd sich satt fraß; in Scheunen und Ställen, Notquartieren, die freundliche Menschen ihnen einräumten.

Es bedurfte eines Hulpers wie bei der Grabendurchquerung während des Tiefflieger-Angriffs, und der Koffer klappte auf.

Ein Bild des Kommandaten fiel heraus, des Mannes, dessen sterbliche Reste in dem Sarg lagen. Majors-Uniform, Eisernes Kreuz erster und zweiter Klasse, – «später bekam er das Ritterkreuz», erläuterte seine Witwe.

Ein anderes Bild, gerahmt, zeigte Schloß Schwierow-Priebenow, den Familiensitz, zu dem, erfuhren Irma und Charlie, ein Gutsbetrieb gehört hatte. Waldungen, Äcker, Wiesen. «So weit das Auge reicht», sagte die Frau, die Witwe des Herrn von Schwierow-Priebenow, der in seinem Prunksarg nach Westen reiste.

So weit das Auge reicht. Charlie dachte an den Hinterhof in der Mittelstraße, an die bresthafte Linde, unfähig, sich jene Ländereien vorzustellen, von denen die Frau des Kommandanten sprach. Verloren war Schwierow-Priebenow, den auf Deutschlands Reichshauptstadt vordringenden Truppen der Ersten Bjelorussischen Front in die Hände gefallen. Besetzt von Kämpfern der Roten Armee. Verwüstet wahrscheinlich Schloß und Gutshof, wenig Hochachtung zeigten Stalins Soldaten gegenüber deutschem Besitz – wenn nicht schon vorher alles niedergebrannt war von der Nachhut der deutschen Armee, die sich zurückzog hinter die Oder, einem Führerbefehl folgte und verbrannte Erde hinterließ: Nichts sollte dem Feind bleiben, keine Fabrik, kein Haus, keine Brücke, kein Kraftwerk. Kein einziges Bündel Stroh. Wie eine Lawine rollte die Wand aus Flammen und dunklem Rauch übers Land, von Osten nach Westen.

Den Winterroggen allerdings hatten sie nicht verbrennen können. Gut im Halm mußte er jetzt stehen, nach regenreichem März und ersten sonnigen, heißen Apriltagen. Vielleicht waren Panzer über die Felder gerollt, hatten Artilleristen ihre Geschütze eingegraben, Zwanzig-Zentimeter-Haubitzen, Stalinorgeln. Das Korn würde trotzdem wachsen. Würde Mensch und Tier im kommenden Herbst und Winter ernähren.

Das Sommergetreide, sagte die Frau, hatten sie nicht mehr in die Erde gebracht.

Bis in die Gegend von Küstrin war die Frau geflüchtet mit ihrem Treck, einem Kutschwagen und zwei Erntewagen, auf denen die französischen Kriegsgefangenen saßen, verläßlich auch in diesen Tagen der Not.

Sie hatte sie verloren, irgendwo in der weiten Oder-Ebene, die beiden Fuhrwerke, und schließlich auch die Kutsche, mit den besten Pferden, die beim Abmarsch des Trecks noch auf dem Gut standen.

«Unser Kreisleiter», berichtete die Frau, «wollte verhindern, daß der Treck abfuhr. Ich habe ihm eins mit der Peitsche übergezogen. Mit dieser Peitsche.»

Sie schwang das Instrument mit dem gelben Stiel, als wolle sie dem Kreisleiter in Abwesenheit einen weiteren Hieb versetzen. Sie spitzte die Lippen und rollte die Augen, so daß man viel Weiß sah, wie bei einem durchgehenden Pferd.

Das Wägelchen, auf dem nun der Sarg mit dem Kommandanten stand, hatte Gwendolina bei einem verlassenen Treck gefunden. Wo die Leute geblieben waren, wußte sie nicht. «Manche gingen zurück auf ihre Höfe. Viele kamen auf der Straße um. Es war Januar. Bitterkalt.»

Im Schneetreiben hatte das Panjepferd gestanden. Einst, auf siegreichem Vormarsch von Deutschen erbeutet, war es vielleicht bis zum Don, zum Dnjepr gezockelt. Dann wieder zurück.

Das Panjepferd ging mit hängendem Kopf. Schon an jenem Tag, als die Frau es gefunden hatte, war es mit hängendem Kopf gegangen. Manchmal, wenn Einschläge schwerer Kaliber in der Nähe lagen, wenn Tiefflieger schossen, hob und senkte das Pferdchen die Flanken, als habe es Fieber.

Doch das ging schnell vorbei. Es legte sich ins Geschirr und zog den Wagen.

Mit dem Pappkoffer als einziger Habe traf die Frau bei ihrem Mann ein, dem Kommandanten. Der Koffer enthielt weitere Fotos, Familienbilder. Charlie und Irma hatten sie betrachtet, sich angehört, wie die Frau erklärte: «Dies ist mein Bruder mit seiner Frau. Dies ist mein Schwager. Er ist Oberleutnant bei der Luftwaffe. Jagdflieger.»

Sie erwähnte die Zahl der Abschüsse. Charlie und Irma vergaßen die Zahl.

Gesichter, die keiner mehr kennt.

Außer ihr, der Frau.

Sie ist auf einer der Fotografien zu sehen, in hellem Kleid, das Charlie Baumkuchenkleid nennt, worüber die Frau lachen muß. Es ist ein Kleid mit Rüschen, die rundherum reichen, soweit man erkennen kann. Die Frau als Mädchen sitzt auf einer Schaukel, sie hat einen Arm erhoben, er schlingt sich um das Seil, oder das Seil schlingt sich um den Arm, die Hand bleibt frei und hält eine Rose. In Irmas Fantasie ist sogleich der Garten ringsherum gegenwärtig. Eine Jasminhecke, die den Kinderspielplatz vom übrigen Garten abschirmt. Das Rosenbeet, ein Rondell beim Haus, dem Gutshaus, dem Schloß. Zwischen den Rosen liegen Muscheln. Kinder halten sie an die Ohren. Es rauscht wie die Wellen des Meeres. Nach dem Regen sind die Muscheln schmutzig, Sand dringt den Kindern in die Ohren, wenn sie die Muscheln an die Köpfe drücken.

Die Frau als Mädchen lacht in Richtung des Fotoapparats, unten ist mit Tinte schräg in die Ecke geschrieben:

Putti.

Mag sein, daß die Frau als Mächen Putti genannt wurde. Die Kinder fragen sie nicht.

Diese Fotografie ist auf Pappe aufgezogen. Am unteren Rand befinden sich, eingeprägt, dunkler als die graubraune Pappe, Name und Adresse eines Fotografen aus Stettin. «Ein Atelierbild», sagte die Frau des Kommandanten. «Ich erinnere mich, es gab dort einen künstlichen Schwan. Und ein Karussellpferd. Der Fotograf sagte, Eltern wünschten sich manchmal Fotos von ihren Kindern auf dem Karussellpferd. Manche Kinder weinten, wenn sie sich auf das Pferd setzen sollten.»

Papiere befanden sich im Koffer, Familien-Stammbuch, Urkunden, Grundbuch-Auszüge, gerichtliche Bescheinigungen, die bewiesen, daß es sich bei der Frau um die rechtmäßige Besitzerin von Schwierow-Priebenow handelte, erbberechtigt, was sie durch eine Abschrift des Testaments des Kommandanten jederzeit glaubhaft machen konnte.

Das Original lag bei irgendeinem Amtsgericht, in irgendeiner Kreisstadt im Osten. Vielleicht war es verbrannt, vielleicht hatte der Ostwind es verweht, weit übers flache Land. Vielleicht hatte sich ein russischer Soldat einen Fidibus draus gedreht, um seine Machorka-Papyrossa anzuzünden.

Doch sie besaß die Abschrift. «Vielleicht können wir eines Tages zurück», sagte sie, «ich und der Kommandant.»

Sie deutete mit dem Peitschenstiel auf den Sarg.

Wollte sie später seine Leiche exhumieren lassen, sie zurücküberführen in die Heimat? Charlie stellte sich vor, wie Totengräber den Kommandanten ausgruben, zerfallen der Sarg, Gebeine in Uniformfetzen, rostig das Ritterkreuz.

Alles war möglich.

Von hier, jetzt, diesem Augenblick.

Charlie legte den Arm um Irmis Schulter. Ihre fest um den Kopf gezurrten Zöpfe rochen nach Heu und Sommer.

Der Kommandant, hatten die Kinder von der Frau erfahren, verwaltete zuletzt ein Depot. Das Ritterkreuz hatten sie ihm in den ersten Wochen des Rußlandfeldzuges verliehen, für hervorragenden Angriffsgeist beim Vormarsch auf Rostow. Der Druckposten später war eine zusätzliche Belohnung.

Als die Frau zu Beginn der Flucht bei ihrem Mann eintraf, zeigte er ihr den Befehl:

Das Depot sollte angezündet werden, damit es nicht den Russen in die Hände fiel.

Der Kommandant verzögerte die Ausführung dieses Befehls und verteilte Lebensmittel an Bevölkerung und zurückweichende Soldaten. «Sie schleppten raus, was sie tragen konnten. Im Depot waren Erbsen gelagert und weiße Bohnen. Säcke platzen auf. Sie stiegen über Berge von Hülsenfrüchten. Zertrampelten alles. Schnaps tranken sie aus der Flasche. Ihr könnt euch nicht vorstellen... Schlimm.»

Sie sagte oft «schlimm», wenn sie ihre Geschichten erzählte. «Die Menschen im Schneesturm – schlimm.» – «Das Pferd verendete am Wegrand. Schlimm.» – «Die Mutter suchte ihr Kind. Schlimm.»

Der Kommandant, Herr auf Schwierow-Priebenow, Ritterkreuzträger, versuchte, Ordnung zu schaffen. Proviantmeister und Trainsoldaten griffen zu ihren Waffen.

Charlie, von seinem Vater her, kannte den Spottvers:

Der Train, der Train,
der trägt den Säbel nur zum Schein.
Und zieht er ihn einmal in Nöten
so steht darauf: Du sollst nicht töten!

Die Männer des Kommandanten setzten sich nicht durch. Der Divisionskommandeur hörte von dem Vorfall. «Befehlsverweigerung!» entschied er.

Sein Eins A meinte: «Verdienter Mann, dieser Albrecht von Schwierow-Priebenow. Held von Rostow. Ritterkreuzträger. Alter preußischer Adel.»

«Mir Wurscht», brüllte der Divisionskommandeur. «Mir außerordentlich scheißegal, Major! Am zwanzigsten Juli haben sie gesehen, wohin wir kommen mit dem alten preußischen Adel. Schaffen Sie mir den Mann her!»

Der Eins A nahm die Hacken zusammen. «Jawohl, Herr General!»

Albrecht von Schwierow-Priebenow, der seine Pflicht erfüllt hatte für Führer und Reich bis zu diesem Augenblick, nahm zur Kenntnis, daß der Divisionskommandeur ihn zu sich befahl. Der General war bekannt als scharfer Hund. Als einer, der den Endsieg immer noch für wahrscheinlich hielt. Inhaber des goldenen Parteiabzeichens, hieß es, obwohl der General es nicht an seiner Feldbluse trug.

Unten wartete der Fahrer im schweren Gummimantel auf dem Beiwagen-Krad, das den Kommandanten zur Division bringen sollte. Albrecht von Schwierow-Priebenow ging in sein Büro. Schloß die Tür hinter sich ab.

Der Kommandant blickte auf das Bild, das in feinem Silberrahmen auf seinem Schreibtisch stand. Es zeigte seine Frau als Mädchen, auf einer Gartenschaukel. Jemand, wahrscheinlich die Abgebildete, hatte mit Tinte quer über das Foto geschrieben:

Putti für ihren A.

A. sollte Albrecht heißen.

Das Papp-Passepartout des Stettiner Fotografen fehlte bei diesem Abzug. Er steckte im Rahmen, hinter der Glasscheibe.

Der Fahrer wurde erst stutzig, als eine halbe Stunde vergangen war. In seinem Kradmantel stapfte er die Betontreppe hinauf zum Büro des Kommandanten.

Er klopfte. Nichts.

Er versuchte die Türklinke. Abgeschlossen.

Er warf sich gegen die Tür. Sie gab nach. Fiel ins Innere des Büros.

Der Kradfahrer stieg über die Tür hinweg.

In seinem Schreibtischsessel saß zusammengesunken der Kommandant. Die Null-Acht lag neben ihm auf dem Fußboden. Im Kopf des Kommandanten klaffte ein Loch.

Das Blut war an Backe und Kinn hinuntergeflossen, in den Kragen. Hatte den Kragen durchweicht. Auf der blutigen Uniform klebte das Ritterkreuz.

So hatte es die Frau erzählt. Bruchstückhaft, an vielen Abenden, seit Irma und Charlie sie getroffen hatten.

Sie hatte einen Sarg besorgt, kein leichtes Unterfangen in jenen Tagen. Ein Tischler fand sich, der einen Sarg im Lager stehen hatte. Schwere Eiche, poliert. Silberbeschläge. In diesen Sarg wurde der Kommandant gebettet.

Als der Tischler erfuhr, daß die Frau den Sarg mit der Leiche darin über eine größere Entfernung transportieren wollte, verkittete und verleimte er die Fugen zwischen Unterteil und Deckel. «Gegen den Geruch», sagte er. Die Frau hatte genickt.

Der Tischler half der Frau, den Sarg auf das Wägelchen zu laden. Sie spannte das Panjepferd vor. Willig ließ es sich vom Hof lenken. Sie fuhren nach Westen.

Als die Frau eine Stunde auf der Landstraße unterwegs war, sah sie, zurückblickend, das Depot in Flammen aufgehen.

Verbrannte Erde.

Der Divisionskommandeur?

«Ich weiß nicht», sagte die Frau. Im Tagesbefehl soll gestanden haben: Gefallen für Führer und Volk.»

Das übliche «In treuer Pflichterfüllung» hatte sich der Divisionskommandeur erspart.

20

Ein einsames Dorf

«Am besten gibst du mir die Meßtischblätter», hatte die Frau des Kommandanten zu Charlie gesagt. Es hatte wie ein Befehl geklungen. Charlie hatte ihr die Karten überreicht, sofort, ohne zu zögern, ohne nachzudenken, ob er mit dieser Geste einen Anspruch aufgab, Irmas und seine Unabhängigkeit aufs Spiel setzte während der weiteren Flucht.

Die Frau des Kommandanten führte jetzt. Sie hatten sich geeinigt, daß ihr nächstes Zwischenziel der Beetz-See sei, das OT-Lager, wo Johann Heinrich und seine Frau – dies entsprechend dem augenblicklichen Informationsstand – sie erwarteten. Die Frau des Kommandanten hatte genickt. Mit der Zunge geschnalzt, dem Pferdchen die Peitschenschnur leicht zu fühlen gegeben.

Obwohl er seine Karten abgegeben hatte, spürte Charlie, daß sie immer wieder die Marschroute verließen. An vielen Anzeichen merkte er das: Die Richtung, aus der die Sonne schien. Moosbegrünung an Baumstämmen. Die Richtung, in der sich Birken und Obstbäume am Straßenrand neigten, von Nordweststürmen gebogen.

Einmal sprach er, als sie allein waren, mit Irmi darüber. «Wohin will sie eigentlich? Vielleicht erzählt sie uns eine Geschichte? Meinst du wirklich, sie will den Sarg mit dem Kommandanten in den Westen transportieren? Über die

Elbe? Wie will sie den Sarg rüberbringen? Meinst du, der schwimmt?»

Irmi stellte sich vor ihn. Legte ihm die Arme um den Nakken. Ganz nah vor ihren Augen sah sie sein Gesicht. Stellte fest, daß einzelne Barthaare an seinem Kinn sprossen. Lange dunkle Haare.

«Ich weiß so wenig wie du», sagte sie. «Aber ich spüre, daß sie es ernst meint. Was für eine schreckliche Geschichte. Und daß sie immer schlimm sagt, wenn sie diese gräßlichen Erlebnisse erzählt. Ich glaube, sie hat ihren Mann sehr geliebt. Sie spürt, daß wir uns gern haben. Deshalb nimmt sie uns mit. Denk nur, was sie uns erspart hat. Immer, wenn sie einen ihrer sonderbaren Umwege eingeschlagen hat, fand sich was zu essen. Oder Hafer für das Pferd. Oder ein Dach über dem Kopf. Wasser zum Waschen. Sie kennt viele Leute. Oder beruft sich auf Menschen, die diese Leute kennen, wo wir hinkommen. Meinst du, jemand anders als sie kann einem märkischen Bauern zwölf Eier aus der Nase ziehen? Einen Ballen Heu? Den Speck, von dem wir seit vier Tagen leben? Brennholz? Seife? Schau sie dir an, die anderen Flüchtlinge, wie sie dran sind. Wenn sie auch schon Wochen auf dem Hof sind, bekommen sie deshalb noch lange nichts. Ich kenn mich aus mit den Bauern. Auf Kinderlandverschickung ... und das waren nicht einmal Märker. Die sind vom zähesten Schlag, sage ich dir. Kannste mir glauben. Jedoch, Gwendolina kommt, mit ihrem Sarg auf dem Fuhrwerk, im Schlepp uns zwei, und alles springt. Ich glaube auch, daß sie es ernst meint mit dem Kommandanten. Mit dem Sarg. Sie weiß, daß sie von den Russen nicht allzu viel erwarten darf. Wie dein Vater denkt sie, daß die Amerikaner an der Elbe haltmachen. Davon sind wir doch ausgegangen, nicht? Das war doch der Grund, daß wir abgehauen sind. Du, die will den Amis den Sarg vor die Füße stellen!»

197

Sie rieb ihre Nase an Charlies.

Charlie plinkerte mit den Augen. «Ich verstehe nicht ... mein Vater ... er glaubt an den Bolschewismus. Weißt du, daß er im Kohlenkasten das Kommunistische Manifest von Marx und Engels versteckt hält? Er sagt, wenn Haussuchung ist, setzt er sich drauf. Auf den Kohlenkasten. Er bebrütet das Kommunistische Manifest. Wie eine Glucke ihre Hühnereier.»

«Ich verstehe nicht. Behauptest du, er hat ein verbotenes Buch im Haus? Im Kohlenkasten versteckt?»

Charlie machte sich los. Kratzte sich den Kopf, was grotesk wirkte, denn er benutzte beide Hände, kratzte sich von hinten nach vorne. «Besser, du weißt es nicht», brummte er. «Ich wollte sagen: Er hält was von den Russen. Sieht sie als Befreier. Wenn sie da sind, schenkt er ihnen glatt seine Druckerei.»

«Soweit sie noch vorhanden ist.»

«Ich meine nur. Trotzdem schickt er mich weg. Schickt er uns weg. Wieso?»

Immer noch stand Irma dicht vor ihm. «Weil sie die Sieger sind», sagte sie. «Und allmählich glaube sogar ich, daß sich daran nichts ändern wird. Armer Joachim.»

«Vielleicht staucht deine Tante ihn zurecht.»

«Tante Miechen? Niemals. Niemand staucht Joachim zurecht. Er war schon als Kind so. Kaum begann der Rummel mit dem Führer, malte er Hakenkreuze in seine Schulhefte. Zu Anfang trauten sich manche Lehrer, ihm auf die Finger zu klopfen. Das hat Joachim nicht gestört. Der malte weiter seine Hakenkreuze. Nachher bekamen sie Schiß, die Steißtrommler. Dachten, Joachim verpfeift sie. Aber das macht Joachim nicht. Der nicht. Ein Denunziant ist er nicht. Siehste schon daran, daß er euch in Teufels Küche hätte bringen können. Feindsender und so. Staunste? Das weiß jeder von euch. Im Vorderhaus und im Hinterhaus. Sind alles anständige Leute. Verpfiffen wird nicht. Tante Miechen hilft gar nichts, sage ich dir. Die scheißt sich in den Frack vor Angst, wenn die Russen wirklich kommen sollten. Oder wer immer. Die hat vor den Amis genauso Schiß. Außerdem denkt sie an ihr blödes Klavier, das verbrannt ist. Immer haben wir gesagt, Tante Miechen, die tickt nich richtig. Klavier! Niemand konnte Klavier spielen. Niemand hat je Klavier gespielt. Die arme Ingrid. Mußte Stunden nehmen. Czerny-Etüden. An Elise. Ein Hammer!»

«Vielleicht habense Spaß gehabt dran.»

Irmi atmete tief aus. «Meinste? Jedenfalls, in punkto Joachim ist sie keine Hilfe. Tante Miechen nicht.»

Am nächsten Tag, wie als Bestätigung für Charlies Verdacht, schlug die Frau des Kommandanten wiederum eine andere Richtung ein. Durch einen Wald hindurch führte ein Feldweg nach Norden. Nach mehr als zwei Stunden sahen sie auf einer Lichtung zwei Gehöfte liegen, eins links, eins rechts vom Weg. Sie bogen in den Hof des linken Gehöfts ein. Nichts rührte sich. Die Frau schien das auch nicht zu erwarten. Mit einer Kopfbewegung bedeutete sie Charlie, das Scheunentor zu öffnen. Sie fuhr den Wagen hinein. Spannte aus. Irma nahm dem Pferd das Geschirr ab. Hängte ihm den Hafersack vors Maul.

«Niemand lebt hier mehr», sagte Gwendolina. Sie folgten ihr ins Haus. Die Küche sah aus, als sei sie eben erst verlassen. Auf dem Wachstuch des Tisches lag ein Brotkanten neben einem Messer. Der Brotkanten war steinhart. Sie wagten nicht, die Frau zu fragen, woher sie wußte, daß sie hier, mitten im Wald, die einsamen, verlassenen Höfe finden würde. Allmählich schrieben sie ihr Hexen-Eigenschaften zu.

Im Keller fanden sie Kartoffeln. Sie entfernten die langen Keime. Gwendolina entfachte ein Feuer im Herd. Bedeutete Irma, die Stube einzuheizen, in der zwei Betten standen. Unberührt. Anscheinend frisch überzogen. «Trinkt kein Wasser», sagte sie. «Der Brunnen ist nicht einwandfrei.»

«Kann das Pferd das Wasser saufen?»

«Nein. Nehmt Wasser aus der Regentonne. Für uns können wir es abkochen.»

Wiederum fragten sie nicht weiter. Als alle versorgt waren, sagte die Frau:

«Wir müssen Albrecht kühlen. Den Kommandanten. Hinter der Scheune gibt es einen Eiskeller. Wir stellen den Sarg hinein. Morgen ist er kalt. Dann fahren wir weiter. Dem Pferd schadet es auch nicht, wenn es mal länger ausruht.»

Sie sah die Blicke der Kinder. Lachte. «Schlimm?»

Charlie wand sich. «Ich habe nie gehört, daß man . . . Und wie kommt ein Eiskeller hierher?»

«Früher besaßen viele Höfe einen. Im Winter hackten die Bauern das Eis, am See oder am Fluß, die Havel friert jeden Winter zu, da gibt es Eis genug. Sie schaffen es in den Keller, der ist dick mit Erde bedeckt, ihr werdet es sehen. In diesen Kellern hält sich das Eis bis zum nächsten Winter. Die Bauern benutzen es, um ihre Vorräte kühl zu halten. So müssen sie nicht dauernd nach Schlachtungen Pökelfleisch essen.»

«Und der Sarg?»

«Leuchtet euch das nicht ein? Die Sonne ist viel zu heiß für April. Sie prallt direkt auf den Sarg. Ich möchte nicht wissen. . .»

Sie ließ den Satz unvollendet.

«Kommt.»

Sie trugen den Sarg mit dem Kommandanten zur Scheune hinaus. Er war sehr schwer. Hinter der Scheune, versteckt im Gebüsch, fanden sie den Einstieg zum Keller. Bäume wuchsen bereits auf der Erdaufschüttung. Es mußte ein sehr alter Keller sein. Charlie stieß die Tür auf. Kälte schlug ihm entgegen. Er zündete ein zusammengedrehtes Stück Papier an.

Im Schein der Flamme sahen sie, daß der Keller zur Hälfte mit Eis gefüllt war. Unregelmäßige, augenscheinlich mit der Säge geschnittene Stangen. Sie backten zusammen, waren zu einem einzigen großen Block gefroren, der den Keller ausfüllte. Sie schoben den Sarg auf das Eis. Schlossen die Tür wieder.

«Morgen früh schau, ob du ein paar Eier findest», sagte die Frau, wobei sie offenließ, an wen sie sich wendete. «Es muß ein paar verwilderte Hühner geben. Ich nehme an, sie legen in die Scheune. Und führt das Pferd nicht auf die Wiese. Das Gras ist viel zu naß in der Frühe. Übrigens – es schadet nichts, wenn du eins von den Hühnern erwischst. Wir kochen es und nehmen es mit. Als Proviant. Kartoffeln auch. Für das Pferd suche ich selber Futter.»

Sie schliefen zu dritt in den beiden Betten in der geheizten Stube. Federbetten über sich gehäuft wie Schneegebirge, die klammen Bettücher schienen nach wenigen Minuten zu dampfen. Irma rückte zu Charlie hinüber von der Besucherritze, die Gwendolina zugestopft hatte mit fülligem Unterbett, er merkte, wie Irma begann, sich aus ihrem Unterzeug zu befreien, half ihr, spürte ihre Hände am Bund seiner Turnhose. Hintereinander warfen sie Wäschestück für Wäschestück auf den Fußboden vor dem Bett. Hielten einander in den Armen, schweißnaß, wagten kaum eine Bewegung, Gwendolinas wegen. Unendlich langsam öffnete er sie, stützte sich auf einen Ellbogen, spürte ihren Schoß, sie schüttelte den Kopf, entzog sich ihm, doch sie barg seine Erregtheit in ihrer Hand, und heißes Feuer strömte aus ihm. Er fühlte, wie seine Gedanken fortgetragen wurden, sich von ihm lösten; während er Irma so nah war, schob sich vor seine Augen das Bild des Sarges draußen, auf dem grünweißen Eis im Keller, er sah den Kommandanten, aufgedunsen, wie er schrumpfte in der Kälte, die durch das Holz des polierten Schreins drang, er hörte die Atemzüge der Frau, sie schienen ihm laut, wie wenn ein Blasebalg betätigt wurde, des Schmiedes Esse, glühende Kohle. Seine Nase grub er in Irmas Nacken, sog den Geruch ein, den sie ausströmte, schlaff und starr zugleich fühlte er, wie der Schlaf sich auf ihn senkte, den Geschmack von Metall spürte er auf seiner Zunge, die schwer und trocken im Munde lag, doch er fühlte sich unfähig aufzustehen, in die Küche zu tappen, wo die Kanne mit lauwarmem Malzkaffee stand, auf der Ecke des erkaltenden Herdes.

Er wachte auf, als ein Lichtstrahl vom Fenster her sein Gesicht traf, brauchte Sekundenbruchteile, um sich zurechtzufinden, tastete nach Irma. Sie war nicht da. Er richtete sich auf. Aus der Küche hörte er Plätschern. Irma kauerte über einer Waschschüssel, wusch sich mit dem bräunlichen Regenwasser aus der Tonne, der Herd verströmte Wärme, aus einem Wasserkessel auf dem Feuer stieg Dampf. Irma lächelte ihn an, von unten herauf, veränderte ihre Stellung nicht. Er sah ihr zu, und sie duldete es. Winzig erschien sie ihm, wie sie da über der weißen Emailleschüssel mit dem blauen Rand hockte, alles an ihr erschien ihm kleiner, als er in Erinnerung hatte, Brüste eines zwölfjährigen Mädchens.

«Wo ist Gwendolina?»

«Beim Pferd.» Sie stand auf. Bedeutete ihm, ihr das Handtuch zu reichen, das über der Lehne des Küchenstuhls hing. «Sie ist bestimmt schon eine Stunde auf. Willst du dich waschen? Heißes Wasser ist genug da.»

Sie erinnerten sich an Gwendolinas Anweisungen. Suchten Eier in der Scheune. Das Pferd stand an einen Pfosten angebunden und steckte die Nase in trockene Luzerne. Von der Frau keine Spur. Ein Huhn flatterte vom Balken. Charlie griff es, ohne zu überlegen. In diesem Augenblick kam die Frau. In der Hand trug sie ein Beil. Sie nahm Charlie das Huhn aus der Hand. Schlug ihm mit dem Beil den Kopf ab. Das Huhn zappelte noch eine Weile. «Rupfen, sengen, kochen», sagte sie. Streckte Irma das Huhn hin. Aus dem Hals tropfte Blut.

Bratkartoffeln. Rühreier. Im Topf auf dem Herd kochte das Huhn. Eine Gestalt kam über den Hof auf das Haus zu, eigentlich eine gewaltige unförmige Lederjoppe, abgeschabt, mit Flicken besetzt, aus der unten dürre, nach außen gekrümmte Beine ragten und oben ein Kopf, der in einem zu großen Kocks versank.

Die Gestalt betrat die Küche.

«Paniske», sagte die Frau. «Wo kommst du her?»

«Ich habe Rauch aus dem Schornstein kommen sehen.» Die Gestalt nahm den steifen Hut ab, der in allen Farben glänzte, grünspanig. Der Kopf eines Mannes kam zum Vorschein, gleichmäßig bedeckt von graumelierten Borsten, Bart und Haupthaar gingen ineinander über. Wenn er sprach, entblößte er einen einzigen, riesigen weißen Zahn in der sonst leeren Mundhöhle.

«Bratkartoffeln?» Er wartete eine Aufforderung nicht ab. Nahm einen Teller aus dem Küchenschrank. Besteck aus der Schublade. Setzte sich mit an den Tisch.

«Ich habe ihn mit. Im Sarg», sagte die Frau. «Gut, daß du kommst, Paniske.»

«Den Herrn? Du hast den Herrn im Sarg?»

«Ja. Wir haben ihn in den Eiskeller gestellt.»

«Soll er da bleiben?»

«Wir nehmen ihn mit. In den Westen.»

«In den Westen. So, der Herr ist nicht mehr.» Paniske stocherte in seinen Bratkartoffeln. «Mögen die Waldgeister seiner Seele gnädig sein.»

«Paniske, du bist ein Heide.»

«Die Leute sagen es. Wer weiß? Ich habe die Geister gesehen. Behaart, über und über. Niemand kann sie aus den Wäldern vertreiben. In hohlen Baumstämmen leben sie. Wo der Blitz alte Eichen fällt, ziehen sie hin. Ihr seht es. Wo der

Ruß abgeschabt ist, den der flammende Blitz hinterlassen hat. Da wohnen sie.»

Der Mann rückte hin und her auf dem Stuhl, in seiner starren Lederjacke. «Wen sie lieben, den holen sie. Nun haben sie den Herrn geholt. Laß ihn hier, Frau. Laß ihn bei den Waldgeistern. Der Herr hat sie gekannt. Als er ein Junge war, ist er mit mir durch die Wälder gestreift. Klein war er. Die Farne waren Bäume für ihn. Der Schierling ein Hochwald. Er hat gewußt, welche Kräuter dem Menschen guttun. Tee haben wir gekocht aus Schafgarbe. Wenn das Käuzchen dreimal ruft, muß einer sterben. Ich habe es gehört. Vor vielen Wochen. Du sagst mir nichts Neues. Ich wußte, daß der Herr tot ist.» Er sah Gwendolina an mit seinen tränenden, fast farblosen Augen. «Weshalb läßt du ihn nicht ruhen?»

«Ich muß ihn mitnehmen. Ich habe ihn geliebt. Heimat ist er für mich, Paniske.»

«Heimat? – Heimat ist überall, wo man gut ist zum Menschen. Herrin, du bist jung. Du mußt lernen.»

«Ich weiß wenig. Du hast recht. Darum muß ich ihn mitnehmen.»

Paniske zuckte mit den Schultern. «Wenn es so ist.»

Charlie und Irma hatten dem Gespräch gelauscht, Geheimnissen auf der Spur, von denen sie wußten, sie würden sich nicht enthüllen. Was verband diesen Waldschrat und Gwendolina? Hatte er wirklich die Wälder durchstreift mit Albrecht von Schwierow-Priebenow, vor vielen Jahren, als «der Herr» Kind war? War Paniske so alt? Was hatte es auf sich mit diesen beiden Höfen, die im Wald lagen, verlassen, nicht entdeckt von den Horden der Flüchtlinge, die Quartier suchten allenthalben, ein Dach über dem Kopf? Existierten sie nur in ihrer Fantasie, diese Höfe? Eingerichtet mit allem, was der Mensch brauchte, als wären sie erwartet worden?

Charlie legte die Gabel weg. Schüttelte den Kopf. Die Frau sah zu ihm hinüber. «Du wunderst dich?»

«Ja.»

«Es gibt keine Erklärung. Jedenfalls keine, die du begreifen würdest.»

Wiederum sah sie Charlie an, mit einem Blick, als werde sie zum ersten Mal seiner Gegenwart gewahr.

«Du nicht. Ich begreife es selber nicht. Niemand begreift es.»

«Was heißt begreifen?» murmelte der Mann.

Der Sarg war auf dem Eis festgefroren. Paniske holte eine Eisenstange. Krachend, als breche er auseinander, löste sich der Schrein. Sie trugen ihn zum Wagen. Ihre Hände blieben an den kalten Griffen kleben. Das Holz beschlug in der Wärme, es sah aus, als sei frischer Tau auf den Sarg gefallen. Das Pferd hob seinen Kopf aus der Luzerne und schaute zu ihnen herüber.

21

Beetz-See

Joachim Wuttke humpelte in der Wohnung hin und her. Seine Krücken ächzten. Statt des ordengeschmückten Uniformrocks trug er jetzt eine graue Wolljacke. «So setz dich endlich», mahnte Tante Miechen, «du machst mich nervös.» Ingrid schaute über ihre Häkelnadel. Achim blieb stehen. «Nervös oder nicht. Diese Scheißbiene. So was verwinde ich nicht.»

«Mäßige dich. Schließlich ist sie deine Schwester.»

«Gewesen, Tante Miechen. Gewesen. Haut ab mit dem Kerl. Mit der Bolschewistenbrut. Lernt man so was beim BDM?»

«Achim. So kannst du nicht reden. Ich erkenne dich nicht wieder. Schivelbeins haben dir nur Gutes getan.»

«Ich pfeif drauf. Ich pfeif auf ihre guten Taten. Was soll aus Deutschland werden?»

Den Zusammenhang zwischen Hinterhof und Vaterland hatte er für Tante Miechens Auffassungsgabe ein bißchen schnell hergestellt. Dann begriff sie.

«Du meinst . . .»

«Ja. Wenn nun jeder . . .»

«Jeder nicht, mein Junge. Jeder nicht. Das sehe ich an dir. Leider.»

«Leider? Gehörst du auch zu diesen . . . diesen.»

«Achim, sieh doch ein, daß euer Spiel aus ist. Dein Große-Jungen-Spiel. Aus. Zuende. Kaputt unser Deutschland. Wie das Klavier.»

Ingrid sagte leise: «Mama.»

«Ja, so ist es. Ich wünsche in meiner Gegenwart nicht, daß du über deine Schwester herziehst, verstehst du?»

Joachim Wuttke setzte sich. Verschanzte sich hinter dem Völkischen Beobachter. «Alles Defätisten», murmelte er.

In der anderen Wohnung saßen Schivelbeins über den Heimatatlas gebeugt. «Sie müßten jetzt bei Karl Heinrich sein», sagte Gerda.

Ihr Mann meinte: «Der Weg ist weit. Vielleicht können sie nur bei Nacht gehen.»

«Hast du den Wehrmachtsbericht gesehen? Es wird Zeit, daß sie rauskommen. Aus BBC werde ich nicht mehr schlau. Ich glaube, die lügen jetzt genauso wie unsre. Aber wenn ich fünf und fünf zusammenzähle . . .»

«Was ist dann?»

«Ich glaube, du hast recht.»

«So isset. Ick hab nischt dajejen, wenn die Russen uns befreien. Bloß, mit die Kinder – det isn Risiko.»

«Meinst du, sie melden sich?»

«Ick weeß nich. Manchmal jeht det Telefon wieder. Post is nu ooch aus. Seit zwee Tage nischt jekommen. Villeicht jebense wem ne Nachricht mit.»

«Fährt denn noch jemand nach Berlin? In den Hexenkessel?«

«Wenn et befohlen wird. Und die Armee Wenck soll et ooch jeben. Hoffentlich nur in die Köppe von die Jroßkotzerten. Is jenuch kapputt. Horch.»

Dröhnen von Abschüssen.

«Ob det schon russische Artillerie is? Vielleicht lassen uns denn die Bomber in Ruhe.»

Doch war wiederum das Grummeln in der Luft und Getöse und Krachen von Einschlägen, die Balken der Kellerversteifung, unter denen sie ausharrten, bogen sich, Sirenen gingen nicht mehr, oder sie hörten sie nicht, sie hatten sich längst angewöhnt, erst in den Keller zu gehen, wenn die Flak schoß.

Oben, in der leeren Wohnung, rieselte wieder Kalk von der Decke, nunmehr aus den Ritzen zwischen der Holzverschalung, und die Röntgenfilme, durchsichtig gewaschen nach Ingrids Rezept, wölbten sich nach innen. Und wieder dieses Sausen, sekundenlang, ihnen kam es wie Minuten vor – und der Einschlag.

Als sie aus dem Keller kamen, sagte jemand: «Der Bahnhof. Es hat den Bahnhof getroffen.»

Stunden später eine Stimme auf dem Hof:

«Die S-Bahn fährt wieder.»

So besessen besserten sie ihre S-Bahn aus, die Berliner, daß die Volkssturmmänner sagten: «Bald fahren wir mit der S-Bahn an die Front.»

Ein sowjetischer Panzerkeil stieß bereits auf Oranienburg vor.

Vor dem Torhaus der zerbombten Brennabor-Werke in Brandenburg schrie der Führer der Fahrrad-Staffel, seine chrom- und lackblitzende Maschine zwischen den Beinen, den kriegsversehrten Pförtner an: «Mann, Sie werden doch Fahrradteile haben!» Der Mann, in Hemdsärmeln, Dienstmütze auf dem Kopf, ließ sich durch den Glatzkopf nicht aus seinem Phlegma reißen. «Hammwer nich, kriegen wir ooch nich wieder rin», sagte er. Der Glatzenmann brüllte: «Sabotage!»

Der Portier watschelte auf ihn zu, blieb dicht vor ihm stehen.

«Herr Major! Wie Sie bin ick der Meinung: Brennabor-Fahrräder – imma tipptopp! Bloß: et jibt se nich mehr.»

Er drehte sich um und ließ den Major mit seiner Radfahr-Eskadron stehen. Der Glatzenmajor rüttelte wütend an seinem Fahrradlenker. «Aufgesessen», schrie er.

Die Staffel verschwand in sausender Fahrt zwischen den Trümmern der Stadt Brandenburg. Ganze dreizehn Mann hörten noch auf das Kommando des Majors.

Vor dem Tor des OT-Lagers am Beetz-See stand Wilhelm Schulze und sah den Ankömmlingen entgegen: Ein Pferdefuhrwerk, hochbeladen mit Säcken und Ballen, auf dem Kutschbock eine Frau, die einmal bessere Zeiten gesehen zu haben schien, hinter dem Fuhrwerk zwei Jugendliche. «Schlechte Haltung», brummte Wilhelm Schulze. Neben ihm seine neue Freundin, Elsa Schliephake, sah zu ihm auf. «Was meinst du, Wilhelmchen?» Sie gebrauchte diese Verkleinerungsform, unterbewußt den Wunsch damit ausdrückend, sie möge an ihn heranreichen. In jeder Hinsicht.

Wilhelm Schulze deutete auf die Ankömmlinge. Stumm.

Das Fuhrwerk hatte jetzt das Tor erreicht. Sie sahen, daß unter den Säcken und Luzerneballen ein Sarg hervorragte. «Mein Gott», sagte Elsa.

In diesem Augenblick flog eine Gestalt auf sie zu, der Junge, der hinter dem Wagen getrottet war.

«Charlie», schrie Elsa. Sie breitete die Arme aus. «Mönsch, Charlie! Ihr habt et jeschafft!»

Während Charlie sich in die Arme seiner Tante begab, ein Vorfall, den Wilhelm Schulze mit kühlem Seitenblick registrierte, war die Frau des Kommandanten vom Bock gesprungen.

Schulze deutete auf den Sarg. «Wat soll 'n det? Damit komm Se hier nich rin!»

Die Frau sah ihn stumm an. Lange. Schließlich wich Schulze ihrem Blick aus. Die Frau schnalzte mit der Zunge. Das Pferdchen zog an. Der Wagen rollte an Wilhelm Schulze vorbei, ins Lager.

Irma gesellte sich zu Charlie und seiner Tante. Worte hin und her, dies sei Irma. Ja, die Frau gehöre zu ihnen. Sie seien mit ihr unterwegs. In dem Sarg? Ihr Mann. Wirklich, ihr Mann? Ein Ritterkreuzträger. Mit dem ziehe sie durch die Lande? Mit der Leiche? Und Charlie immer hinterher? Hatten sie denn niemand anders gefunden? Nein. Wieso? Charlie sah nichts Ungewöhnliches darin, hinter dem Sarg herzulaufen. Es sei sogar ein Vorteil. Niemand hielte sie an. Alle machten Platz. Die Frau triebe Essen auf, Quartier. Dann die Frage: «Wo ist Onkel Johann Heinrich?»

Tante Elsa wand sich. «Ja, sieh mal, Junge, es ist nämlich so. Er ist da drüben. In seiner Baracke.»

«In seiner?»

«Ja, sieh mal, Junge, er ist nämlich . . . Ich liebe jetzt den Mann hier.» Wilhelm Schulze war neben sie getreten. «Dies ist Wilhelm. Und das ist mein Neffe Charlie. Und seine Freundin. Wie war dein Name? Irma. Angenehm. Onkel Johann Heinrich ist in seiner Baracke. Mit der Samentüte. Sein Rübensamen. Wir waren berühmt dafür in Hasenbrück. Weißt ja. Hast uns ja besucht in den Ferien. Onkel Johann

Heinrich wird sich freuen. Geht mal rüber. Dann kommt zu mir. Ich mach 'n Kaffe. Was ist mit der Frau?»

«Die Frau kann hier nicht bleiben», grollte Wilhelm Schulze.

Elsa: »Wilhelmchen, sie gehört zu den Kindern. Ist mit ihnen zusammen jeflüchtet.»

«Der Sarg.»

«Vielleicht begräbt sie hier ihren Mann. Man muß mit ihr reden.»

«Kannst du ja machen. Von Frau zu Frau. Jedenfalls: Der Sarch kommt mir hier nich rin!»

«Wilhelmchen, nu sei doch nicht so. Siehste, er ist schon drin. Ist schon im Lager.»

«Und wo soll der Sarch hin?»

«In die Vorratsbaracke.»

«Der verstinkt alles. Wackle nicht mit den Ohren, Junge.»

Er hatte, mit zunehmendem Erstaunen, den Blick auf Charlie gerichtet, der eine neue Variante ausprobierte: Ob es gelang, ein Ohr angelegt zu lassen und das andere vorzuklappen. Er fand in wenigen Augenblicken heraus, daß dies unmöglich war, entweder klappten beide Ohren vor, oder beide blieben angelegt. Eine interessante Entdeckung. Theoretisch müßte es möglich sein, ein Ohr . . .

Die Experimente hatten zur Folge, daß seine Ohren heftig wedelten. Dazu stand er mit dem Rücken zur Sonne, so daß sie Schulze rot glühend erschienen.

Auf was hatte er, Wilhelm Schulze, sich eingelassen? Anscheinend kam der gesamte Schivelbein-Anhang ins Lager. Einen Sprachfehler schien der Junge auch zu haben. Und die Mieze, die er in seinem Kielwasser schleppte. War ganz hübsch. Aber in dem Alter! Wer ließ ein Mädchen mit ohrenwackelnden Hallodris durch die Wälder türmen?

So nicht, entschied Wilhelm. Er ging der Frau mit dem Panjewagen nach.

Doch er kam zu spät. Gwendolina saß wieder auf dem Kutschbock, neben ihr Annelie.

Annelie deutete auf den Sarg. «Issn da drin?» fragte sie. «Mein Mann», sagte Gwendolina. Annelie: «Laßn raus.» Gwendolina: «Er ist tot.» Annelie: «Richtig mausetot? Das tut mir leid. Bist du traurig? Wir wollen ihn begraben.»

«Später», sagte Gwendolina. «Später, Kind.»

Andere Flüchtlinge hatten ihr den Weg gewiesen zum leerstehenden Saal des Restaurant-Gebäudes, das am Rand des Barackenkomplexes lag. Eine Flügeltür führte vom Saal in den Garten. Die Flüchtlinge meinten, sie könne sich einrichten in dem Saal. Sogar das Pferdchen habe Platz, falls schlechtes Wetter komme. Im April könne man nie wissen.

Sie wollten Stroh besorgen.

Den Sarg erwähnten sie nicht. Sie nahmen an, der Sarg würde hier beigesetzt. Ahnten nicht, daß die Frau beschlossen hatte, mit dem Sarg in den Wirtshaus-Saal zu ziehen.

Annelie meinte, das Panjepferd könne besser neben ihrem Pony stehen. «Willst du es sehen? Onkel Schulze hat es mir geschenkt. Alle Kinder kümmern sich drum. Um dein Pferd auch, wetten?»

Zwischen den Kiefern schritt Johann Heinrich, den Oberkörper aufgerichtet, als habe er den sprichwörtlichen Ladestock verschluckt. Seine Augen blitzten. «Onkel Johann Heinrich», schrie Annelie, «wir haben einen Sarg.»

Johann Heinrich ließ sich nicht aus der Ruhe bringen. Mit knapper Verbeugung zu Gwendolina hin – er drehte dabei den Oberkörper, während seine unteren Extremitäten weiter Kurs geradeaus hielten – schritt er an ihnen vorbei, als sei ein Fuhrwerk mit einem polierten Eichensarg darauf eine alltägliche Erscheinung in diesem Lager. Er richtete seinen stahlblauen Blick so lange auf Schulze, bis dieser sich abwendete. Schritt weiter, seine Antennen hatten ihm längst gemeldet, das Charlie eingetroffen war. Er sah Charlie bei

Elsa stehen, in der Nähe des Lagertors. Ein Mädchen daneben. Ach so. Die Berlinerin von nebenan. Hatte er kennengelernt in der Mittelstraße. Sie war also mitgekommen. Wie hieß sie gleich? Irma. Irma Wuttke. Die Schwester von dem Wahnsinnigen. Dem Einzelkämpfer. Mit dem amputierten Bein.

Ja.

«Charlie», sagte er. Sah, stählern, blitzblau, durch Elsa hindurch. «Denn kommt mal mit.»

Charlie sah seine Tante an. Fragender Blick. Sie gab ihm einen Schubs.

Johann Heinrich goß Kartoffelschnaps in drei Gläser.

Ja.

Seid ja groß genug.

Prost.

«Es ist so», sagte Johann Heinrich. «Elsa und ich, wir haben uns getrennt. Vorübergehend. Ja. Deine Tante ist zu dem Menschen gezogen. Diesem Schulze oder wie er heißt. Der Mann hat hier das Sagen. Arbeitsdienst und Organisation Todt sind abgerückt. Sie haben ihn hiergelassen. Als Lagerverwalter. Hat hier das Sagen.»

Er hatte sein Glas mit einem Zug geleert. Goß sich noch einen ein.

Ja.

So ist das, mien Jung.

«Ihr könnt hier schlafen. Platz genug. In dieser Baracke ist niemand sonst. Wir haben zwar eine Menge Flüchtlinge, aber das Lager ist nicht überfüllt. Nein. Überfüllt nicht. Gerade so.»

Er fuhr sich über das Kinn. «Die Kleine. Ihr habt sie gesehen? Annelie. Ist uns zugelaufen. Keine Eltern. Abhandengekommen auf dem Treck. Armes Kind. Hat sich an uns angeschlossen. An Elsa. Ja. Seid nett zu der Kleinen. Na, muß ich nicht extra sagen. Ist wohl mehr bei Elsa, die Kleine.

Schulze hat ihr ein Pony geschenkt. Glatter Fall von Bestechung. Jawohl, Bestechung. So sehe ich es. Egal. Nettes Kind. Man muß sich kümmern. Ihr bleibt doch hier? Wir warten auf die Amerikaner.»

Charlie sagte: «Mein Vater bezweifelt, daß die Amerikaner kommen. Er meint, die Russen . . .»

«Das haben wir doch alles besprochen bei euch. Als ich euch besucht habe. Inzwischen sind wir sicher, daß die Amerikaner die Mark besetzen.»

«Die Russen sind schon im Norden von Berlin», sagte Irma.

Wegwischende Handbewegung von Johann Heinrich. Blitzblauer Blick unter der markanten, bis Schädelmitte reichenden Stirn. «Possen. Die Amerikaner sind in zwei Tagen hier, wenn der richtige Augenblick gekommen ist. Schnelle Sherman-Panzer. Kein Problem. Sie müssen nur den Russen bißchen was lassen. Alliierte. Ich glaube, der Westen macht einen Sonderfrieden mit uns. In der Schweiz sollen sie bereits verhandeln. Deutsche Generalstäbler. Die werden unsere Heimat nicht an die Russen verkaufen.» Er klopfte an seine Brust. «Hier an meinem Herzen berg ich, was die Heimaterde mir . . .»

«Ich weiß, dein Rübensamen.» Im gleichen Augenblick bereute Charlie seine Ungeduld.

Onkel Johann Heinrich fuhr fort: «Ja, mein Junge. Der Rübensamen aus Hasenbrück. Aus unserem Hasenbrück.» Er runzelte das untere Drittel seiner gewaltigen Stirn. «Meinem Hasenbrück. Ja.»

Er goß ihre Gläser voll. «Prost. Ruht euch aus. Wir besprechen das Weitere.» Anschließend sah er Charlie streng an. «Übrigens steht eine Armee Wenck bereit, Berlin zu entsetzen. Mit Billigung der westlichen Alliierten.»

Über Johann Heinrichs Kopf hing an der Barackenwand ein Buntdruck mit einem Gedicht in Sütterlin-Schrift. Die

Schrift war groß genug, daß Charlie während Johann Heinrichs Vortrag das Gedicht über den Tisch und seinen Onkel hinweg gelesen hatte. Sich zugleich gefragt hatte, wie es wohl hierher, an diese Wand geraten war. Doch nicht vom Onkel aufgehängt? Vielleicht geduldet, nicht entfernt aus Nachlässigkeit, Gleichgültigkeit gegenüber Wanddekorationen im Baracken-Notquartier. Das Gedicht war überschrieben: Ruf zur Winterhilfe. Es lautete:

> Der Eiswind hat vom Tisch der Welt
> die letzten Krumen fortgefegt.
> Dem Brunnenmund, dem Sommerzelt
> sind weiße Siegel angelegt.
>
> Schon schwingt das Jahr gelassen aus
> und mündet in die bange Nacht.
> Der Frost geht knirschend um das Haus
> als Vorhut einer dunklen Macht.
>
> Wir stehen gegen sie zu Feld.
> Ein Volk trat an zum Opfergang.
> Ins Dunkel weich die Flocke fällt.
> Nun bringt das Licht! Die Nacht währt lang.
>
> Mit fremder Stimme klagt der Wind.
> Nun sorgt, daß keins von Not versehrt,
> daß allen Müttern, jedem Kind
> die sichre Helle wiederkehrt.

Ein schönes Gedicht. Ein erbauliches Gedicht. Charlie dachte daran, wie sie die Sammelbüchsen geschwungen hatten, WHW-Abzeichen verkauft. Irmi, die Schlange vor Kerstens Laden. Er sah noch einmal, wie sie Skier gesammelt hatten für die Soldaten an der Ostfront, die, unzulänglich ausgerüstet, dem strengen Winter trotzten. General Winter, hatte der Feindsender gesagt. General Winter – der Verbündete von Deutschlands Feinden.

Johann Heinrichs knarrene Gutsbesitzer-Stimme. Sonderfrieden, deutsche Generalstäbler, hörte Charlie. Der Sinn der Worte drang nur mühsam zu ihm. Auf das Pappdach der Baracke prallte die Aprilsonne. Doch Charlie sah Schnee. Weiße Felder, so weit das Auge reichte. Eiszapfen, die von der Dachrinne hingen. Soldaten mit Kopfschützern, die mit den Armen schlugen, um sich zu wärmen.

Er schüttelte die Gedanken ab. Hörte, wie Johann Heinrich sagte:

«Mit Billigung der westlichen Alliierten.»

Durchs Fenster sahen sie, wie zwei Gruppen sich von dem Panjewagen entfernten. Annelie und die Lagerkinder führten das Pferdchen nach der einen Seite. In entgegengesetzter Richtung trugen Männer den Sarg weg. Gwendolina schritt dem zweiten Zug voran. Neugierige folgten. Es sah aus wie eine Beerdigung.

Wilhelm Schulze stand neben dem Fuhrwerk. Er sah nicht links und nicht rechts.

22

Maikäfer, flieg!

In der Kinderschar bewegten sich drei Blondschöpfe, ein Mädchen und zwei Jungen, deren Einheitskleidung auffiel. Die Kittel der Jungen, aus Mehlsäcken geschneidert wie das Kleid des Mädchens, fielen dadurch ins Auge, daß vorne und hinten ein blauer Streifen senkrecht in der Mitte verlief, auf dem weiß deutlich der Schriftzug zu lesen war:

Sarows Mühlen.

Es handelte sich um Frau Sarows Kinder, Baracke elf. Der Vater stand im Feld, «als Reserve-Offizier», wie Frau Sarow niemals vergaß zu betonen. Sie und die Kinder, Jutta, Fritz und Franz – letztere Zwillinge, die einander derart ähnlich sahen, daß nur die Mutter sie unterscheiden konnte; sogar der Vater hatte Schwierigkeiten, wenn er auf Urlaub kam – waren aus Hinterpommern geflüchtet, wo Sarows Mühlen bis vor kurzem Stolz und Reichtum der Familie ausgemacht hatten. Frau Sarow zeigte ein Foto herum in Postkartengröße, auf dem ihr Haus abgebildet war, eine fast schloßartige Villa mit Turm an einer Seite, Klassizismus und gewisse, frivol wirkende Nachahmungen von Details des Schlößchens auf der Pfaueninsel – es gab an der Villa einen Eisensteg, der vom Turm zum Dach hinunterführte. Fast unmittelbar an die Freitreppe stieß ein Teich, besetzt mit einem Schwan, der in der Verkleinerung an Majestät verlor, und Gänsen und Enten. Frau Sarow, blond wie ihre Kinder und häufig mit Lockenwicklern auf dem Kopf im Lager zu sehen, hatte das Foto derart oft hergezeigt, daß es an den Ecken brüchig zu werden begann. Vom Mühlenbetrieb besaß sie kein Foto, vorstellbar wären Windmühlen dort oben an der pommerschen Küste, wo ständig der Wind bläst. Doch wußten alle, die Frau Sarows Mär von Reichtum und Verschwendung lauschten, daß die Epoche der Windmühlen passé war. Bei Sarows Mühlen wird es sich um einen Betrieb gehandelt haben ähnlich jenen Dampfmühlen, die seit der Jahrhundertwende allenthalben Landschaft, Stadt und Dorf verschandelten, hohe Ziegelbauten von Mehlstaub grau überpudert, gekrönt von einem Blechschornstein, auf der Mauer unter dem Staub die Inschrift schwach lesbar: Sarows Mühlen. Meterhohe, einst schwarze Buchstaben. Vielleicht: Sarows Dampfmühlen? Doch wohl nicht. Es war anzunehmen, daß die Inschrift auf den Säcken jene Buchstaben an der

Mauer von Sarows Mühle – verkleinert, aber gleich in der Typografie – wiederholten.

Den Kindern schien ihre Sackkleidung zu behagen. Sie waren fast immer zu dritt unterwegs, die langaufgeschossene Jutta, sommersprossig, mehr noch als ihre Brüder, und diese, vierschrötig wirkend in ihren Mehlsäcken, Rundschädel kurzgeschoren, mit Absteh-Ohren.

Irma und Charlie befanden sich noch keine Stunde im Lager, als sie von den Sarow-Kindern vereinnahmt wurden, in deren Baracke geschleppt, die Mutter veranlaßt, das Villenfoto zu zeigen. «Alles hin», sagte Frau Sarow, doch sie sagte es fast fröhlich, dem Anlaß nicht entsprechend.

Irma fühlte sich verpflichtet, ein «schlimm» einzuwerfen, sie war in dem Augenblick froh, über Gwendolinas Hauptbegriff für die Bezeichnung von allerlei Kriegsfolgen zu verfügen. Frau Sarow lachte. Vergrub ihr Foto wieder in einer Handtasche von der Größe eines Kavalleriepacksattels.

Die Sarow-Kinder fragten: »Ihr seid verwandt mit der Rübe? Und dem Blitzeblau?»

Es stellte sich heraus, daß sie mit der Rübe Charlies Tante Elsa meinten, während der blauäugige Johann Heinrich treffend den Spitznamen Blitzeblau trug. Charlie wackelte zustimmend mit den Ohren, was die Zwillinge in eine Art andächtige Stimmung versetzte.

Irma stellte richtig:

«Ich nicht.»

«Du siehst aber aus wie Onkel Blitzeblau», beharrte Jutta. «Komm, ich zeig dir, was ich gemalt habe.»

Sie zog eine Zeichnung hervor, auf der, fast in Strichmännchen-Manier, eine Frau zu sehen war mit Dutt, Brille und langem dunklen Rock, aus dem unten weiß der Unterrock hervorschaute. «Emma Kuck», sagte sie. Streckte den Bauch vor, wickelte ihre Beine eins ums andere wie ein Gummimensch, faltete die Hände hinter dem Rücken.

«Emma Kuck!»

«Kind, du sollst doch nicht», rügte die Mutter. Sie fügte hinzu: «Emma war unsere Haushälterin. Die Kinder nannten sie Emma Kuck.»

Die Zwillinge schrien durcheinander, hielten dabei ihre Blicke auf Charlie geheftet, dem sie das Ohrenwackeln abschauen wollten, erklärten, sie hätten der Haushälterin nachgeschrien: «Emma Kuck, es blitzt.»

«Wenn der Unterrock vorschaute», fügte Jutta hinzu. «Wie auf meinem Bild.»

Die Kinder führten Irma und Charlie zum Stall, da trafen sie Annelie, die ihr Pony bürstete, eine Horde anderer Kinder, kurzgeschoren die meisten Jungen, die Mädchen mit Zöpfen.

«Ich weiß dir ein Gedicht», sagte Franz:

> «Zwei Knaben machten Hokuspokus,
> Der eine setzt' sich auf den Lokus.
> Der andre machts' noch bunter:
> Er setzt sich drunter.»

Charlie, nicht verlegen, brachte den Kindern Aktuelles bei:

«Was zum Abzählen.

> Oberleutnant Klose
> hat was in der Hose
> Katzenschitte, Pferdemist –
> weil du's bist!»

«Ooch!»

«Mein Vater ist Hauptmann», sagte Jutta. «Ich weiß auch einen.

Eins, zwei drei, vier,
Uff jeht die Tür.
Mit Krach und Radau
brüllt ne alte Frau:
Haste nicht meen Mann jesehn?
Mit offner Büx vorüberjehn?
Hinten hängt det Hemde raus.
Eene meene Maus –
Du mußt raus!»

Annelie, Striegel in der Hand, schaute unter dem Kopf ihres Ponys auf die Kinder. Sie zog Irma am Rock. «Es heißt Moritz», flüsterte sie.

Die Kinderschar zog die beiden zu einer Baracke hinüber, die abseits neben dem Gasthof-Gebäude lag. «Die Vorratsbaracke», raunten sie. Verschwörer. «Mann, was da alles drin ist!» – «Wilhelm Schulze darf nicht wissen, daß wir da drin spielen.»

Hinten an der Barackenwand waren ein paar Planken lose, um die Schrauben, die dazu dienten, die Planken an den Pfosten zu befestigen, klafften Löcher. Sie hoben die Planken an und schlüpften hinein. Einer hinter dem anderen. Zum Schluß Annelie. Sie winkte Charlie und Irma: «Kommt.»

In der Baracke herrschte Halbdunkel, die Läden waren geschlossen, wenig Licht fiel durch Ritzen. Sie brauchten einen Augenblick, bis sich ihre Augen an das Zwielicht gewöhnten. Dann sahen sie Wilhelm Schulzes Schätze: Regale, gefüllt mit Kartons. Einheitsseife. Waschmittel. Erbswurst. In der Ecke nagelneue Schippen. Zwanzig, dreißig? Zwei Benzinfässer. Charlie klopfte dagegen. Voll. Wolldecken. Karierte Bettbezüge.

«Was macht er damit?»

«Nichts. Er gibt uns nichts.»

«Nichts? Für wen hebt er es auf?»

Achselzucken. «Manchmal stehlen wir was. Aber nur nachts. Am Tage spielen wir hier bloß.»

«Was spielt ihr?»

«Verstecken. Spielt ihr mit?»

«Wenn er euch erwischt?»

«Wir hören ihn. Und hauen ab. Wir sind leise.»

Sie spielten Verstecken. Nach einer Weile sagte Fränzchen Sarow:

«Charlie, du bist groß. Lang mal da rauf. Da stehen Kisten, an die kommen wir nicht ran.»

«Nicht doch», warnte Irma.

«Nicht oder doch? Charlie. Bitte.»

Er holte einen Karton runter. Die Zwillinge rissen den Deckel auf. «Mönsch. Lampions. Stocklaternen.»

«Zeig mal.»

«Laß mich auch mal. Kuck mal. Ein Mond mit Gesicht.»

«Hier. Hänsel und Gretel. Als Scherenschnitt.»

«Das muß fein aussehen bei der Nacht, mit brennender Kerze drin.»

«Wir nehmen die Kiste mit.»

«Nicht jetzt. Wir holen sie in der Nacht.»

«Kinder, laßt das», warnte Charlie. «Ick hebe den Karton wieder ruff. Schulze wird wild.»

«Denn wird er eben wild. Wir wollen Laternenfest machen.»

«Wir haben keine Kerzen.»

«Die gießen wir uns. Aus Wachsresten. Überall hamse Wachsreste. Ick weeß, wie man det macht. Mit ne Papprolle, und als Docht hängt man ne Strippe rin.»

«Verdunklung. Es ist Verdunklung.»

«Denn machen wirs eben am Tag.»

Charlie verstaute trotzdem die Kiste. Versprach, den Kindern zu helfen. Die Kiste wollten sie zusammen holen, sobald es dunkel sein würde.

«Ehrenwort?»
«Ehrenwort.»
Sie krabbelten ins Freie.

Überall im Lager steckten Mütter am nächsten Tag ihre Köpfe zusammen. Geb ich dir den Mond, will ich von dir zwei Stocklaternen. Mutti, hast du Kerzen? Frau Wolter, wir brauchen Strippen für Dochte.

Wilhelm Schulze stand in der Tür seiner Baracke, lauschte angenehmen Geräuschen, die aus der Küche drangen, «die Rübe» spülte ab, eine Arbeit, die er so lange selbst erledigt hatte, unwillig, mürrisch. Drinnen waltet die züchtige Hausfrau, dachte er, übriggebliebenes Schulwissen, seine Moral reichte nicht so weit, daß er an dem Wort züchtig Anstoß genommen hätte. Gegenüber Johann Heinrich fühlte er wenig Reue. Wem die Frau wegläuft, der ist ein Trottel, basta. Verdient es nicht besser. Wohin war sie gelaufen? Zu ihm, Wilhelm Schulze. Noch Fragen?

Er wurde allerdings aus diesen frohen Gedanken gerissen, weil vor ihm der Mond über den Hof ging, untenherum verkleidet als Mehlsack aus Sarows Mühlen, doch oben – zweifellos – der Mond!

Juttchen Sarow: Den Kopf im entfalteten Mond-Lampion.

Woher zum Donnerwetternochmal hatte die Göre...

«Elsa, komm mal raus!»

Elsa folgte, stellte sich neben ihren Fels in der Brandung, wischte ihre Hände an der Schürze ab. Eine gestreifte Schürze. Unverwüstliches Material. Dürfte schon in zweiter oder dritter Generation dienen. Ausgeblichenes Streifenmuster. Blau mit Schwarz. Solche Schürzen würde es nie wieder geben.

Wilhelm ging anderes durch den Kopf, weshalb er den Schädel in Richtung Mond ruckte und fragte: «Weißt du, wo dat Aas den Lampjong herhat?»

«Nö.» Ahnungslos. «Wirklich nich.»

So weit gingen Wilhelms Vorschläge für eine gemeinsame Zukunft nicht, daß er Elsa seine Vorräte gezeigt hätte. Er wußte, daß sie fragen würde: Für wen hebste das auf? Sie würde kein Verständnis dafür zeigen, daß er im Sinn hatte, Lager und Vorräte ordnungsgemäß zu übergeben, den zurückkehrenden Vorgesetzten im Fall des Endsieges, wenn nicht, den Siegern. Deutscher Ordnungssinn. Alles da. Hier die Liste. Please, the list. Er hatte die Wörter auf englisch gelernt. Sie würden ihn vielleicht in seiner Stellung belassen, die Amis. OT war keine Nazi-Organisation. In Schulzes Augen nicht.

Lampions sind nicht kriegswichtig. Ein Posten Lampions war Wilhelm Schulze auf seiner Liste nicht besonders aufgefallen. Jetzt jedoch erinnerte er sich: Deiwelnicheins! Die Bande hat doch nicht etwa...

Er schob Elsa beiseite, eilte in sein Zimmer. Im Schrank der Schlüssel. Hinüber zur Vorratsbaracke.

Gwendolina stand vor der Saaltür, die Hände in die Seiten gestemmt, lächelte, als sie den Lagerverwalter zur Vorratsbaracke stürzen sah.

Fünf Minuten später stellte er Frau Sarow zur Rede. «Woher hat Ihre Tochter...»

Frau Sarow ließ ihn nicht ausreden. «Herr Schulze, Sie können mich mal», schrie sie. «Aus! Schluß! Unsere Geduld ist zuende! Die Kinder machen ein Laternenfest. Sie haben richtig gehört. Die Papierlaternen stammen aus ihrer verdammten Baracke. Aus der Baracke, in der Sie Vorräte horten, die uns, den Flüchtlingen, zustehen.»

«Frau Sarow! Hören Sie!»

«Ich höre nicht. Schon gar nicht auf Sie, Sie...»

Während sie auf ihn einschrie, hatte sie ihn rückwärts zur Tür getrieben. Er stolperte hinaus. Sah sich umringt von anderen Frauen. Von allen Richtungen liefen sie auf die Sarow-Baracke zu. Stimmen: Brecht die Baracke auf! Schluß mit Schulzes Hamsterlager! Sie standen um ihn herum, warfen die Arme hoch. Zerfranste Ärmel, die zurückrutschten und bleiche, magere Arme enthüllten. Den äußeren Ring bildeten die Kinder, manche mit Laternen aus dem Beutegut. Sie drückten ihn hinüber in Richtung seines Schatz-Verstecks. Entwanden ihm den Schlüssel. «Hinein!»

«Öffnet die Fenster!»

Die ersten reichten hinaus, was ihnen in die Hände fiel. Seifenkartons, Erbswurst. Hülsenfrüchte. Tee, Kaffee. Mehl. Talg. «Hierher! Nehmt, euch was ihr braucht! Genießt den Krieg. Der Frieden wird fürchterlich.»

Schrilles Gelächter, schaufelnde Hände, Kreischen, Frauen, Kinder, die Lasten wegschleppten. Jetzt auch die wenigen Männer, die im Lager lebten. Mit Schubkarren kamen sie, mit Fahrrädern. Luden auf. Verschwanden mit Beute in ihren Behausungen. Vier Menschen beteiligten sich nicht am Beutezug.

Wilhelm stand zwischen den Plünderern, sie rissen ihn fast um. Er streckte die Hände aus.

Neben ihm Elsa, immer mit der Schürze, sie sah zu ihm auf. Sie begriff nichts.

Johann Heinrich war aus seiner Baracke getreten, überschaute die Szene mit gletscherfirnblauem Blick.

Vor der Saaltür unverändert die Frau des Kommandanten, Hände auf die Hüften gestützt. Sie lachte. Machte nur Platz, wenn Charlie und Irma Erbeutetes zu ihr hinüberbrachten.

Die Sonne stand noch niedrig am Himmel über dem jenseitigen Ufer des Sees, als eine Schar weißgekleideter Kinder im Gänsemarsch durch das Lager-Areal zog, bewaffnet mit Stocklaternen und Lampions. «Laterne, Laterne, Sonne, Mond und Sterne . . .» Es war die Stunde, in der die Tiefflieger Pause machten. Die Stunde, bevor Aufklärer und Bomber neue Unruhe und manchmal Tod und Verderben über die Flüchtlinge brachten.

«Laterne, Laterne.» Sie zogen unter den Fichten dahin und sangen. Als nächstes Lied:

«Maikäfer, flieg! Dein Vater ist im Krieg.»

«Dein Vater ist in Pommerland. Pommerland ist abgebrannt.»

Frau Sarow weinte, als sie die Worte aus den Mündern der vielen weißgekleideten Kinder hörte. Sie goß Kakao, den sie aus ergatterten Vorräten bereitet hatte, in Tassen. Andere Mütter schnitten Kartoffelkuchen auf. «Habe ich Kranzkuchen jebacken wie bei uns daheijm», sagte eine Ostpreußin.

Die Kinder kamen zurück. Setzten sich an die Tische unter den Bäumen. Aßen und tranken. Hielten dabei ihre Laternen senkrecht, damit sie nicht Feuer fingen.

«Laterne, Laterne.»

Es wurde immer dunkler. Kuchenschlacht. Hier und da noch ein Lampion, noch eine Laterne. Trotz aller Vorsicht. Die Kinder bekleckerten ihre weißen Kleider mit Kakao.

Im schwindenden Licht des Tages sahen die Kakaoflecken aus wie Blut.

Nun hatte auch Schulze sich ausgesöhnt mit der Tatsache, daß sein Hamsterlager geplündert, Gehortetes verschleppt worden war in alle Windrichtungen. Er kam, um die letzten Stocklaternen zu löschen, zeigte seinen Willen zur Versöhnung, indem er ein Schifferklavier anbrachte und zu improvisieren begann. Während die Nacht sich endgültig herabsenkte zwischen schwärzer werdenden Fichtenstämmen und der See im Hintergrund erlosch, spielte Wilhelm Schulze:

«Kein schöner Land in dieser Zeit.»

Alle nahmen die Melodie auf, erst zaghaft, dann immer mutiger, und schließlich klang es brausend:

«Kein schöner Land in dieser Zeit – als wie das unsre weit und breit.»

Ihre Gesichter, zu den Kronen der alten Bäume erhoben, die ihre Wipfel im Abendwind wiegten, schimmerten hell in der Dunkelheit, wie die weißen Kleider der Mädchen, die bleichen Hemdbrüste und Kittel der Jungen.

Charlie sah – und es wunderte ihn, wie nie zuvor ihn etwas gewundert hatte –, daß einige die Arme erhoben hatten zum Deutschen Gruß, während sie sangen. Er sah, daß auch Irma ihren Arm hochgestreckt hatte, ahnte das Nest aus Haaren unter ihrem Arm, wenn er entblößt vom kurzen Ärmel war. Er dachte an ihre Plümo-Nächte, und er wußte: Er liebte Irma.

23

Betongeigen

Blau zog einer jener Morgen herauf, an denen man sich wünscht, dabeizusein, wenn Segel gehißt werden, an die Reling gelehnt, während Großsegel und Fock sich knallend entfalten, der Wind am Schiff zu zerren beginnt, das eben noch schwerfällig und mit dem Wasser fremd dalag, nun aber dem Ruder gehorcht, bis es dahinzufliegen scheint.

Charlie hatte diese Bilder noch vor Augen, als er, zwischen Traum und Tag, aus Johann Heinrichs Barackentür sah, wie Gwendolina das Pferd aus dem Stall führte.

Die Saaltüren standen offen, Charlie erblickte den Sarg

mit dem Kommandanten unter Bergen karierter Tücher. Nach dem Kinderfest hatte er der Frau geholfen, die Tücher mit eiskaltem Wasser zu benetzen, um Albrecht von Schwierow-Priebenow frischzuhalten – jedenfalls bildeten sie sich das ein. Wie es innen im Sarg aussah, wußte niemand, des Tischlers Vorsorge, den Deckel fest zu verleimen, bewährte sich:

Albrecht von Schwierow-Priebenow stank nicht.

Vielleicht verweste er nicht wie andere Tote, mumifizierte bereits?

Es galt Abschied zu nehmen, Elsa und Johann Heinrich verbündeten sich in dem Versuch, die Kinder zu überzeugen, daß sie hier im OT-Lager die Amerikaner erwarten sollten; als nichts half, trennte Johann Heinrich sich von der Hälfte seines Rübensamens.

«Ich lege ihn dir ans Herz», sagte er und bohrte seinen gletscherfirnblauen Blick in Charlies Augen. «Ja. Ans Herz. Du bist vielleicht – wir wollen es nicht hoffen – der einzige, der den Samen weiterträgt, die Rübe aus Hasenbrück, damit sie nicht vergehe. Auch in Zukunft. Ja.»

Er umarmte Charlie, mit eckigen Bewegungen, weit ausholenden Armen. Stellte sich dabei auf die Zehenspitzen, so daß Charlie sich versucht fühlte, einen verwandtschaftlichen Kuß auf Johann Heinrichs Vorderglatze zu heften.

Er unterließ es aber lieber. Es war nicht üblich in ihren Kreisen.

Wilhelm Schulze half Gwendolina. Als die anderen hinzukamen, den Sarg aufnahmen, ihn auf das Wägelchen wuchteten, meinte er, seine Niederlage durch die Plünderer bedenkend: «Ich werde mich erschießen.»

Gwendolina berührte seine Wange mit dem Knauf ihrer Peitsche. «Ach wo denn, Schulze», sagte sie. «Es gibt Schlimmeres.»

Schulze sah mit Bernhardinerblick zu der Frau auf, die

vom Bock herab grüßte, die Zügel anzog. Das Pferd, ausgeruht, legte sich ins Geschirr.

Sie zogen durchs Lagertor in der Reihenfolge, in der sie gekommen waren. Hinter dem Wagen schritten Irma und Charlie. Die Kinder aus dem Lager begleiteten sie eine Weile, Juttchen führte das Pony, auf dem Annelie in ihrem weißen Kleid mit den Kakaoflecken saß. Franz und Fritz, die Zwillinge in ihren Mehlsackkitteln, rannten vor dem Fuhrwerk her, bis sie an die große Straße kamen.

Die Kinder blieben zurück. Winkten lange.

Die Meßtischblätter, von Gwendolina gelegentlich zum Wegstudium auf dem Sarg ausgebreitet, zeigten, daß sie die Hälfte der Entfernung zur Elbe zurückgelegt hatten. Ein roter Strich, mit vielfachen Ausbuchtungen und Zacken, markierte die weitere Route, wobei die Zacken bedeuteten, daß die Frau Geheimpfade und Anlauf-Stützpunkte eingeplant hatte, die sie an möglichen Sperren vorbeiführten und Verproviantierung von Roß und Reisenden gewährleisteten.

Die Frau des Kommandanten hatte nicht gezögert, den nur scheinbar sicheren Hort des Lagers wieder zu verlassen, zeigte sich jedoch gerührt über den Abschied der Kinder: Ihre kleinen Hände. Wie sie winkten. So bewegen sich Blätter an einem Baum im Wind.

Lange kreisten die Gedanken der drei Flüchtlinge um das Lager. Wilhelm Schulze. Ob er den Verlust der Hamsterbaracke verkraften würde? Um seine Autorität würde es in Zukunft schlecht bestellt sein. «Ob Tante Elsa unter den Umständen bei ihm bleibt?» fragte Charlie. Irma meinte, sie wisse es nicht. Vielleicht liebe sie ihn? Charlie verspürte Lust zu Geständnissen, setzte zur Rede an, als von den Wagenrädern eine Sandfontäne hochwirbelte. Staub geriet in seinen Hals, er hustete, bis ihm die Tränen kamen.

Irmi lachte. Schlug ihm auf den Rücken. Geständnisse fanden nicht statt.

Getreu den Lebensprinzipien armer Hinterhof-Bewohner dachte Charlie: Wer weiß, wozu es gut ist.

Gleichzeitig wußte er allerdings, daß dies zu nichts gut war, Schweigen nützte nichts, Reden wäre angebracht gewesen, nach jenem Abend im Lager mit den kakaobefleckten Kindern, den singenden Menschen.

Kein schöner Land. Liebe zur Heimat. Begriffen hatte Charlie nicht, was das bedeutete. Heimat – war es die mickrige Linde vor den Fenstern? War es die Mark Brandenburg, die sandige? Ein Gefühl wie die Wärme unter Plümobergen? Er wußte es nicht.

Gerne hätte er gehört, was Irma und Gwendolina darüber dachten. Doch fehlten ihm die Worte, um seinen Fragen Ausdruck zu geben. Sie hatten nicht gelernt, Fragen zu stellen. Im Gegenteil. Eltern, Hitlerjugendführer hatten sie wissen lassen, daß es nicht ihre Aufgabe sei, Fragen zu stellen. Ihre Aufgabe war es, zu gehorchen! Befehl – ausgeführt.

Zum ersten Mal hatte er sich widersetzt. Sah auch seinen Vater, seine Mutter in neuem Licht. Sie hatten, indem sie ihn wegschickten, den Gehorsam verweigert: Polyphem mit der kreisrunden, geröteten Narbe auf der Stirn. Gerda, die versuchte, heile Socken für ihn zu finden. Die Feindsender abhörte.

Ob es richtig war, daß er sich drückte? Das Volk, sein Volk im Stich ließ? Seine Gedanken waren erfüllt von Begriffen, die offizieller Sprachregelung folgten. Goebbels-Idiom. Reichsministerium für Propaganda. Charlie wußte es nicht anders. Den Don Carlos enthielten sie ihnen in der Schule vor: «Sire, geben Sie Gedankenfreiheit.» Sprengstoff. Ihnen blieb die Existenz dieser Schillerschen Zeile verborgen.

Wie also fragen? Und wen?

Er hob die Füße in seinen klobigen Schuhen mit den

Holzsohlen. Setzte einen vor den anderen. Kilometer um Kilometer. Nach Westen. Richtig? Falsch? Er wußte es nicht, er wußte es nicht!

Heißer brannte die Sonne. Kätzchen an Haselnußbüschen. Hochwald, in dem Schnee zu liegen schien: Der Boden bedeckt mit blühenden Schneeglöckchen. Ein Bauer eggte seinen Acker. Vor der Egge zwei Kühe, eine braune und eine schwarzweiße. Sie gingen schwer, langsam. Ihre Euter schlenkerten hin und her. Am Wegrand ausgebrannte Fahrzeuge. Gräber, Stahlhelme auf roh zusammengefügten Kreuzen. Über ihnen immer wieder, ins Gewölbe des Mittaghimmels geschrieben, die Kondensstreifen von Bomberpulks.

Menschen, Fuhrwerke, die sich auf Straßen und Wegen voranquälten, in alle Himmelsrichtungen, unbekannten Zielen entgegen. Gruppen müder Soldaten, auf dem Weg zum letzten Einsatz. Volkssturmmänner, Hitlerjungen, Frauen beim Schanzen. Sie hielten inne, wenn der Wagen mit dem Sarg drauf vorbeizog. Sahen ihm nach. Beugten sich dann wieder über ihre Schaufeln. Wülste von hellem Sand zogen sich wie Narben über den dunklen Humus. Dann wieder das Gurgeln von Motoren niedrigfliegender Jäger, die Straße und Feld leerfegten, Rattern von Bordwaffen, brennende Fahrzeuge. Vielleicht Tote, Verletzte. Sie sahen nicht hin, wenn sie weiterzogen.

Manchmal, jäh auftauchend, unvermeidbar, eine Streife im Kübelwagen, auf Motorrädern. Auch sie fuhren an den Straßenrand, wenn sie den Sarg auf dem Wagen sahen. Ließen das Gefährt und die drei Menschen passieren. Fragten nicht. Verlangten keine Papiere.

Bis auf ein einziges Mal! Sie hörten den Gesang, bevor sie die Kolonne sahen: «Wildgänse rauschen durch die Nacht.» Hitlerjungen aus einem Wehrertüchtigungslager, in grauen

Overalls. Der Anführer, Scharführerschnur an der Schulter, ließ die Abteilung halten. Trat auf Charlie zu. «Wo kommst du her?»

Charlie deutete nach hinten, vage, Daumen über die Schulter gestreckt.

«Was heißt das? Ausweis!»

Charlie zog seinen Entlassungsschein. Die Hitlerjungen, in Reih und Glied, schauten interessiert. Der Scharführer prüfte den Schein. «Und?»

Charlie schwieg.

«Mitkommen», sagte der Scharführer. Die Jungen in der Kolonne grinsten. Charlie machte einen Schritt vorwärts, sah sich nach Irma um.

Die Frau des Kommandanten war abgestiegen, näherte sich dem Scharführer. Blieb Schulter an Schulter mit ihm stehen. «Weg», sagte sie leise. «Weg.»

Der Scharführer wendete ihr das Gesicht zu. Sah sie an. Lange standen sie so. Die Hitlerjungen hatten zu grinsen aufgehört.

Der Scharführer trat ein paar Schritte zurück. Unverändert sah die Frau des Kommandanten ihm ins Gesicht. Der Scharführer wendete sich ab. «Im Gleichschritt – marsch!» brüllte er.

Die Kolonne setzte sich in Bewegung. Verschwand hinter der nächsten Wegbiegung. «Ein Lied!» hörten sie den Anführer rufen. «Zweite Strophe!» – «Wir sind wie ihr ein graues Heer . . .»

«Walter Flex», sagte die Frau. «Der Text ist von Walter Flex.»

Sie deutete mit dem Peitschenstil nach vorne. «Weiter.»

Gegen Abend kamen sie an eine aufgelassene Ziegelei. In den Gebäuden biwakierten Flüchtlinge. Sie fuhren durch die Gasse zwischen den Schuppen. Menschen traten unter die Türen. Schauten ihnen nach.

Am äußersten Ende befand sich ein Betrieb. Zementsäcke lagerten in einem offenen Schuppen gestapelt. Auf dem Hof Berge von Kies. Mischmaschinen. Noch weiter hinten eine Art verwilderter Garten, in dem Fertigprodukte lagen. Sie konnten nicht erkennen, worum es sich handelte. Ein Mann in dunkelgrauer Joppe mit Hirschhornknöpfen, an den Beinen abgewetzte Reitstiefel ähnlich denen, die Gwendolina trug, trat auf sie zu. Die Stiefel waren hellgrau von Zementstaub. Charlie sah, daß sich vom linken Stiefel die Sohle zu lösen begann.

«Kurt», sagte Gwendolina.

Der so Angesprochene nahm Gwendolinas Hand. «Ich wußte, du würdest kommen», sagte er. «Eines Tages.» Er deutete auf den Sarg.

«Albrecht?»

Die Frau nickte. Sie drehte sich zu Charlie und Irma um. «Meine Begleiter», sagte sie. Der Mann schüttelte ihnen die Hände. Deutete auf eine Tür. «Bringt das Pferd hinein. Ihr könnt dort schlafen.»

Später saßen sie an einem langen, schmalen Tisch, aus ungehobelten Brettern zusammengezimmert, ähnlich dem Tisch in einer Baukantine, und aßen.

«Dein Werk produziert?» fragte Gwendolina.

Der Mann nickte. «Ein Segen, daß wir diese Ausweichstelle hatten. In der Stadt ist alles hin. Totalschaden. Wir machen weiter. Mit drei Arbeitern.»

«Was produziert ihr?»

Der Mann zögerte. Schließlich sagte er:

«Betongeigen.»

«Wie?»

Er lachte verlegen. «Betongeigen. Du hast richtig gehört.»

«Zum Teufel . . . wer will denn Betongeigen haben?»

«Albert Speer.»

Gwendolina lachte. «Würdest du mir das bitte erklären?»

231

Der Mann stand auf, holte ein Papier aus einer Schublade des Schreibtischs, der vor der einstigen Fensteröffnung stand. Streckte es Gwendolina hin. «Lies.»

Sie sah sich das Papier an. Drehte es in den Händen. Schüttelte den Kopf. «Ich verstehe nicht.»

Der Mann, der Kurt hieß, erklärte: «Von Speers Ministerium bekamen wir den Auftrag. Mein Betonwerk sollte diese Geigen gießen. Vorgesehen als Fassadenschmuck für die neue Musikhochschule. Du wirst sehen, daß der Auftrag einen kleinen Fehler enthält. Sie haben vergessen, hinzuschreiben, wieviel Geigen sie brauchen. So produzieren wir Geigen bis auf Widerruf. Der Betrieb ist als kriegswichtig anerkannt. Die Leute und ich sind freigestellt. Zement haben wir bekommen, soviel wir wollten. Nur mit Baustahl hapert es.»

«Baustahl?»

«Wir brauchen ihn zur Armierung der Geigen. Andernfalls brechen sie auseinander. Ich werde . . .»

«Du willst sagen, daß dir keiner auf die Schliche gekommen ist?»

«Nö!»

Sie sahen einander an. Brachen in Gelächter aus. Gwendolina: «Das ist nicht möglich! Sie lassen dich Geigen bauen? Fünf Minuten vor zwölf? Geigen aus Zement? Nicht Bunker, nicht Splittergräben? Geigen?»

Der Mann errötete. «Geigen sind meine Leidenschaft. Wenn ich es mir hätte aussuchen können, wäre ich Geigenbauer geworden. Doch Vaters Betonwerk war da. Und ich, der Erbe, mußte den Betrieb übernehmen. Ich habe geträumt von Geigen. Soll ich dir mal was zeigen?»

Wiederum stand er auf, schloß einen Schrank auf. Ein einfaches Militärspind. Nahm etwas heraus. Einen schwarzen Geigenkasten. Er schob die Teller beiseite. Setzte den Kasten auf den Tisch. Öffnete ihn. Eine Geige kam zum Vorschein, das Holz poliert, so daß es im Schein der Stallaternen funkelte, die auf dem Tisch blakten.

Kurt nahm das Instrument heraus.

«Eine Amati», sagte er. «Daran ist kein Zweifel. Expertisen – alles da. Ich habe damals dem Ministerium den Vorschlag gemacht, den Dekorationsfries anzufertigen, als ich hörte, Speer plante diesen Monsterbau. Die neue Musikhochschule. Mit Genehmigung des Führers. Sie bewilligten den Plan. Ich bekam den Auftrag.» Er grinste. Setzte das Instrument ans Kinn. Griff zum Bogen. Begann, die Saiten zu stimmen. «Es war nicht leicht. Sie stellten sich als Modell – ich fasse das mal zusammen – eine garantiert arische Geige vor.»

«Unmöglich.»

«Doch. Es gab zum Beispiel Geigen von Wurlitzer. Jude. Amerikaner. So was durfte nicht als Vorbild dienen. Ich bot ihnen die Amati an. Mussolini war noch in Amt und Würden. Italienische Geige? Geritzt.»

«Unmöglich.»

«Doch, so ähnlich. Ich dachte, sie hetzten das Rassenamt auf die Geige.» Er strich über die Saiten. «Seitdem bauen wir Geigen. Betongeigen.»

Irma fragte: «Durchschaut das niemand?»

Er setzte die Geige ab. Legte sie in den Kasten zurück. «Bisher nicht. Viel Zeit bleibt ihnen nicht mehr.»

«Komm mit uns», sagte Gwendolina.

Kurt schüttelte den Kopf. «Das würde nicht gut gehen», sagte er. «Solange ich Zementgeigen baue, bin ich sicher.»

Am nächsten Morgen, während die Arbeiter bereits wieder ihre Mischmaschinen anwarfen, führte Kurt sie in den Garten. Verblüfft sahen sie auf die Fertigprodukte.

«Das sind ja Tausende von Betongeigen», rief Charlie.

Kurt lächelte. «Und es werden täglich mehr. Bis der Auftrag erfüllt ist. Oder gestoppt wird. Was weiß ich.» Er stieß eine Geige mit dem Fuß an. «Neueste Produktion. Eisen zur Armierung fehlt. Wir gießen sie so. Sie bröseln. Schaut. Wenn man sie aufhebt, zerfallen sie. Niemand schreibt uns vor, daß die Geigen mit Stahl armiert sein müssen. Wir hüten uns, Stahl anzufordern. Kann nur auf uns aufmerksam machen.»

Von einem anderen Stapel hob er eine Geige auf. «Diese sind armiert. Zerbrechen nicht. Wollt ihr eine?»

«Danke», sagte Irma. «Ich spiele nicht Geige.» Kurt sah Irma an, prüfend, als nehme er sie jetzt erst richtig wahr. «Schade», sagte er. «Ein Mädchen wie du sollte ein Instrument spielen. Ich spiele gerne Geige. Nicht gut. Dazu hat es nicht gereicht. Nein. Aber ein bißchen. Kommen die Russen, geige ich ihnen einen Krakowiak. Wenns die Armerikaner sind – vielleicht Blues? Ich werde mir die Haare schwarz färben und behaupten, ich sei Zigeuner.»

«Schlimm», sagte Gwendolina.

«Oh. Nicht schlimm. Rette sich, wer kann. Im Frieden verkaufe ich die Betongeigen an Kleingartenbesitzer. Sieht dekorativ aus, wenn so eine Geige auf dem Rasen liegt. Oder im Rosenrondell. Oder?» Er lachte wieder. Stieß mit der Spitze seines heilen Stiefels wiederum gegen eins der Beton-Instrumente. «Für die Ewigkeit. Wie der Atlantik-Wall.»

24

Ein General

Er saß, wie jeden Mittag, auf der Terrasse vor dem Gutshaus und sonnte sich. Ließ sich nicht stören, wenn Bomberverbände über ihm ihren Kurs zogen. Das Ritterkreuz mit Eichenlaub und Schwertern hing zum geöffneten Uniformkra-

gen heraus. Auch den obersten Knopf seines luftwaffen-
blauen Hemdes hatte der General geöffnet. Den Vorschlag
seiner Ordonnanz, alle Korbmöbel knallrot zu streichen – er
hatte einige Töpfe Markierungsfarbe gefunden –, hatte der
General akzeptiert. «Schaut halt lustiger aus», sagte er mit
seinem süddeutschen Akzent, als er sich zum ersten Mal auf
den frischglänzenden Möbeln niederließ. «Färbens auch
net?»

«Nein, Herr General!» Die Ordonnanz bemühte sich, die
Hände derart an die Hosennaht zu legen, daß der General
die Reste roter Farbe nicht sah, die an ihren Fingern klebten,
nicht mehr entfernbar, wie es schien, Terpentin, Benzin hatten versagt. Die Ordonnanz hoffte, daß die Stühle nicht die
Uniform des Generals färbten.

Melder kamen und gingen. Fliegerhorst-Betrieb. Routine.
Wettermeldungen, Feindlage. Funksprüche vom AOK.

Offiziere des Kommandos leisteten dem General beim
Sonnenbad Gesellschaft.

«Die R 4 M wärs gewesen», sagte einer. «Ein relativ
schlichtes Ding. Pulverrakete. Eine Me 109 schleppt acht-
undvierzig Stück davon. In Lübeck produzieren sie die
R 4 M weiter. Fabelhaft. Ein so'n winziges Ding reicht, um
einen Bomber zu knacken.»

Der General lockerte mit dem Zeigefinger der linken
Hand das Band seines Ritterkreuzes. «Womit wollen Sie die
hinaufbringen? Ich weiß, rings um den Platz stehen dreißig
Me 109. Einsatzbereit. Bis auf eine Kleinigkeit. Das Benzin.»
Er sah den Major an, der sich, in offener schwarzlederner
Fliegerjacke, auf die Terrassenbrüstung gelegt hatte. Auch
dem Major baumelte ein Ritterkreuz am Hals.

Er durfte sich Lässigkeiten leisten, setzte sich jedoch
trotzdem auf, als der Blick des Generals ihn traf. «Wissens,
Major, wieviel Benzin wir haben? Wenn es dort frische Bröt-
chen gäbe, würde der Kraftstoff gerade ausreichen, um mit

meinem Wagen ins nächste Dorf zum Bäcker zu fahren – und zurück.» Er schnippte mit dem Finger. «Jawohl, so weit reichts. Wollens Ihr Feuerzeug füllen? Morgen kann es zu spät sein.»

Der General stand auf. Ging hin und her, mit kurzen, fast trippelnden Schritten. «Wenn ich denke, wie viele noch auf die Wunderwaffe hoffen. Hier, in unseren Köpfen, ist sie drin. Gehen Sie hinüber, Major, ins große Zelt. Da sitzen sie alle, die Wissenschaftler, die unsere Lenkwaffen entwickelt haben. Was sage ich, alle; nur ein paar. Die meisten haben sich wohl durchgeschlagen nach Süden. Wir mit unseren fünf Litern Benzin – oder sind es nur noch drei? – Ich fürchte, mein Bursche hat sich mit der Differenz die Farbe von den Händen gewaschen. Oder es versucht. Seine Finger leuchteten rot wie eine Landemarkierung. Wo war ich stehengeblieben? Jawohl. Wir sitzen in der Falle. Feindlage? Was durchkommt vom OKH könn' wir uns auf den Lokus hängen. Stimmt alles nicht mehr. Die wissen selber nicht im Führerbunker, wo die Buam stehn.» Er setzte sich wieder. «Kalkulation: Wir haben Schwein, und die Amis einvernehmen uns. Hergeben tuns uns nicht, wanns erfahren, daß wir Peenemünder sind. Fall zwei: Uns schnappt der Iwan. Soweit sollten wir es nicht kommen lassen.» Er blickte auf seine Stiefel. «Lieber per pedes weiter. Major, sind Sie in den letzten drei Jahren mal gelaufen? Weiter als bis zu Ihrer Maschine und zurück?»

«Jawohl, Herr General. Eine Woche durch die Rokitno-Sümpfe. Nachdem ich abgeschossen war.»

«Dann habens Erfahrung. Dann vertraue ich mich Ihnen an. Lassens mir 'n Paar anständige Stiefel hersuchen, gelt?»

Einer der Wissenschaftler in Zivil kam herüber, grüner Lodenmantel, Hut. Trotz der Hitze. Am Aufschlag das Parteiabzeichen. Der General starrte drauf. «Herr Ingenieur?» Der Mann zog seinen Mantel aus. «Erlauben Sie?» Der General wies auf einen der rotleuchtenden Rohrstühle. «Bitte. Was macht Ihre Wunderwaffe?»

«Herr General, das letzte Mal ist sie geflogen, als wir sie Göring vorführten. Wissen Sie, Herr General, was der Reichsmarschall gesagt hat? Er hat gesagt, das sei was für den ersten Reichsparteitag nach dem Krieg.»

Der General lachte. «Was mach ich mit Ihnen? Und den anderen Wissenschaftlern, Ihren Kollegen?»

«Herr General, wenn wir nicht bis zum letzten Augenblick an der Entwicklung der Lenkwaffen für die Me 262 gearbeitet hätten, wären wir jetzt im Allgäu, im tiefen, sonnigen Allgäu. Wie unsere Kollegen.»

«Pech. Na, Sonne habens hier auch. Übrigens soll der Sommer in Sibirien kurz, aber schön sein.»

«Herr General!»

«Schon gut. Wir gehen über die Elbe, wanns sein muß. Ich habe mich entschieden. Wir warten nur noch wenige Tage. Wenn sich der Ami net entschließt, über die Elbe zu gehen, müssen wirs halt tun.»

«Womit?»

«Darüber kann sich mein Stab die Köpfe zerbrechen. Habens wenigstens was zu tun.»

Eine Ordonnanz betrat die Terrasse. «Was ist nun schon wieder?»

«Herr General, eine Dame ist vorgefahren. Mit Sarg.»

«Spinnens? Wie ist die durch die Postenkette gekommen? Sagens, wir brauchen keinen Sarg. Noch nicht.»

«Herr General . . .»

«Was ist? Ab durch die Mitte. Sputens sich.»

«Jawohl, Herr General. Herr General, die Dame sagt, sie kennt Sie.»

«Kennt mich? A Dame, sagens, die mit Sarg reist? Wird doch nicht die Sarah Bernard sein?»

Der Major und der Ingenieur lachten pflichtschuldigst. Der General fuhr sich wieder mit dem Zeigefinger seiner linken Hand in das Ordensband. «So. Ich geh selbst.»

Auf der anderen Seite des Gutshauses, in der Einfahrt, hielt das Gefährt. Die Frau saß auf dem Bock. Links und rechts neben dem Pferd standen Irma und Charlie, flankiert wiederum von zwei Posten mit Stahlhelm und Maschinenpistolen. Ein Unteroffizier meldete. «Herr General, die Frau . . .»

Der General sah den Unteroffizier an. «Die Frau ist eine Dame, merkens sich das!»

Er ging auf das Gefährt zu, streckte seine Hand aus:

«Es darf net wahr sein, Gwendolina!»

Er half der Frau vom Wagen. Nickte einem der Posten zu, sich um Pferd und Fuhrwerk zu kümmern. Deutete auf Irma und Charlie: «Wer sind die? Deine Kinder?»

«Zugelaufen, Boris. Daß ich dich gefunden habe!»

«Pst. Bin gar net hier. Verdammte Posten, wenn sie nicht einmal fertigkriegen . . . Komm mit. Kommt. Die Kinder auch. Stehts net da wie die Ölgötzen.» Er deutete auf den Sarg. «Was ist . . .?»

«Albrecht.»

«Mein Gott. Du ziehst umeinand mit dem Sarg? Wie lange?»

Während sie zum Gutshaus gingen, berichtete Gwendolina.

«Mein Gott. Wenn wir Benzin hätten. Ich würde ihn ausfliegen. Ihn und euch. Uns alle. Schau hinten in den Wald. Da stehen's. Dreißig Jagdmaschinen. Kein Tropfen Benzin. Willst über die Elbe? Mit dem Sarg? Die Kinder auch? Vielleicht hast recht. Überlegs mir auch schon, für den Verein hier. Wär halt komfortabler bei den Amis. Der Sarg. Magst ihn net hier begraben, deinen Albrecht?»

Gwendolina schüttelte den Kopf. «Ich nehme ihn mit.»

«So, nimmst ihn mit, deinen Albrecht», murmelte der General. «Und die Kinder, was ist mit den Kindern?»

«Sie kommen auch mit. Sie sind lange mit mir zusammen. So soll es bleiben.»

«Gut, na gut. Krieg is nix für Kinder. Hast recht. Nimmst sie mit. Hast ein Pferd. Schlau ist das, Gwendolina. Braucht keinen Sprit. Wir kriegen nix mehr. Keinen einzigen Tropfen. Schau, die Wagen. Kannst dir einen aussuchen. Hinten anhängen.»

«Ich bin zufrieden mit meinem Fuhrwerk.»

«Kinder», sagte der General, «geht hinüber ins Zelt. Sitzen lauter Leut' drin, die unsere Vergeltungswaffe haben. Leider nur im Kopf. Sie sollen euch was zu essen geben, gelt?»

«Jawohl, Herr General», sagte Charlie. Nahm so etwas wie militärische Haltung an. Irma strahlte den General einfach an mit ihren blauen Augen, ein paar Sekunden länger als schicklich. Der General mußte wieder seinen Zeigefinger zu Hilfe nehmen, um sich Luft zu verschaffen. «So. Na. Ehm. Gehts schon.»

Gwendolina legte den Arm um die Schulter des Generals. «Magst junge Mädchen, wie, Boris? Hast dich nicht geändert seit damals.»

«Dummes Zeug. Grün hinter den Ohren. Weißt, Putti haben wir dich genannt.»

«Ein dummer Name.»

«Blieb aber hängen. Albrecht hat dich dann auch . . . ehm. Verzeih.»

Sie drückte den Arm des Generals. «Schon gut.»

Irma und Charlie gingen zum Zelt der Wissenschaftler. «Woher sie den General kennt?» überlegte Irmi.

«Sie kennt tausend Leute.»

«Wie aber findet sie diese Leute? Mitten in den Wäldern? Ein General, Ritterkreuz mit Eichenlaub, blankgewichste

Stiebeln, Wachen, Ordonnanzen. Mitten in den Wäldern. Residiert in dem Gutshof hier wie ein Fürst. Alles super-schnieke.»

«Sie verfügt über einen geheimen Nachrichtendienst. Wo sie hinkommt, erfährt sie Neues. Sie sagen ihr, wo der ist und der und der. Ist wie bei den Pilzen. Unterirdische Fäden. Hier und da bekommen wir einen Pilz vor die Augen. Vom Rest wird nichts sichtbar.»

«Der Kurt mit den Zementgeigen. Wie gehört der zu ihr?»

«Ick weeß nich. Ich dachte, sie erzählt dir von ihm. Ne Liebesgeschichte vielleicht? Ich dachte, Frauen unterhalten sich über so was. Wenn sie es mir schon nicht sagt.»

«Für Gwendolina bin ich keine Frau. ‹Die Kinder›, sagt sie. Hörst du nicht? Wohin wir kommen – wir sind die Kinder.»

Auch die Bewohner des Zeltes genossen die Sonne. Sie sa-ßen draußen auf Klappstühlen und Holzbänken. Diskutier-ten. Kaum einer sah auf, als die beiden sie erreichten. Auf einer Bank machte ihnen der einzige Platz, der eine Uniform trug. Eine Art Uniform. Es war die Montur eines Sonderfüh-rers mit schmalen Schulterklappen (was den Sonderführern die Bezeichnung Schmalspursoldaten eingetragen hatte), sie hing an dem Mann wie das Gefieder eines Vogels, der ins Wasser gefallen ist. Unterstrichen wurde der Eindruck durch das glatte ovale Gesicht des Mannes und die anlie-genden, wie mit Wasser angeklitschten Haare.

«Ihr seid mit dem Sarg gekommen?» fragte er.

Ein paar Sekunden lang wendete sich die Aufmerksam-keit der Zivilisten Irma und Charlie zu. Charlie nahm An-stoß an der Formulierung «mit dem Sarg gekommen», sie empörte ihn, er wollte richtigstellen, doch bevor er, nach ei-ner Reihe von Zischlauten, die ersten verständlichen Silben aussprechen, die Männer sich als Zuhörer hätte ködern kön-nen, fuhren sie in ihren Gesprächen fort, als sei es ihnen unbequem, neue Menschen und deren Schicksale zur Kenntnis zu nehmen. Der Sonderführer neben ihnen aß einen Apfel. Er schälte ihn so, daß die Schale eine endlose Spirale bildete, was ihm Befriedigung zu verschaffen schien. Dann teilte er den Apfel in drei gleiche Teile. Bot je einen Teil Irma und Charlie an, indem er die Segmente zwischen Daumen und aufgeklapptem Taschenmesser präsentierte, was zur Folge hatte, daß die beiden mit Vorsicht, unter Drehung der Hand im Gelenk, zugreifen mußten, denn das Messer war augenscheinlich scharf. Der Sonderführer führte seinen Teil des Apfels zum Mund, das Messer immer noch in der Hand, hielt plötzlich inne und sagte laut: «Quatsch.»

«Was meinen Sie?» fragte einer aus der Runde. Der Sonderführer sagte: «Kammer hätte auf die Dauer niemals die V2-Abschußbasis Den Haag freihalten können. Nicht einmal, wenn der Vormarsch der Alliierten zum Stillstand gekommen wäre.»

«Aber er hatte alle Möglichkeiten. Er setzte Lastwagen mit Nachtsicht-Infrarot-Geräten ein, wenn die Bahnlinie unterbrochen war. So was hatten sie nicht einmal bei den Panzern. Insgesamt haben sie noch über viertausend V 2 in die Luft gehievt. Übrigens zwanzig Prozent mit dem Leitstrahl-System.»

«Es hätte nicht gereicht.» Der Sonderführer hatte endlich in seinen Apfelteil gebissen und das erste Stück hinuntergekaut. «Niemals hätte es gereicht. Die Nachschubwege waren zu lang. Überdies hätten die holländischen Widerstandsgruppen über kurz oder lang die Abschußbasis zerstört. Es ist dann ja auch geschehen, schneller, als Kammer ahnte. Die Engländer müssen aufgeatmet haben, als sie endlich nicht mehr zusehen mußten, wie unsere Brummer einschlugen.»

«Ein paar V 1 haben wir ihnen noch auf die Köpfe gestreut. Von Flugzeugen aus.»

«Reichweite 370 Kilometer. Lumpig.»

«Die sind nicht mal mehr an die Front gekommen, glaube ich», sagte ein anderer der Männer. «Schade. Wir hatten Flugkörper in der Erprobung, die 500 Kilometer geflogen wären. Alles auf V 1-Basis. War eine schöne Sache.»

«Und Kammer?»

«Vielleicht sitzt er auch schon im Allgäu. Wir haben, soviel ich weiß, keine Verbindung mit ihm. Mit den übrigen Peenemündern sowieso nicht. Abgerissen. Die werden in einem Bauernhof stecken und Käsestullen futtern. Überdies, wissen wir, was der General für ein Spiel treibt? Vielleicht läßt er keine Nachrichten an uns ran. Absichtlich.»

«Nun mal halblang. Wozu? Wir könnten nicht mal eine flügellahme Schwalbe in die Luft bringen.»

«Schöne Scheiße. Alles umsonst. Kinder, genießt den Krieg. Der Frieden wird fürchterlich.»

Wieder dieses alberne Motto.

Es wurde Abend. Die Ordonnanzen servierten im Zelt Graupensuppe. Im Salon des Gutshauses, unter Hirschgeweihen und Keilerköpfen, die holzgetäfelte Wände schmückten, genossen General Boris und die Frau des Kommandanten den Krieg à la Boris.

An weißgedeckter Tafel, im Schein von Kerzen, die in antiken Leuchtern steckten, reichte der Bursche des Generals auf silbernen Platten Kaninchen in Burgundersauce. Dazu eine Flasche Dom Perignon.

«Iß», forderte der General Gwendolina auf. «Nimm Teil an meinem Jagdglück. Das Kaninchen habe ich heute morgen geschossen. Und der Schampus –» Er grinste. «Wir hatten ein paar Flaschen für die Taufe neuer Maschinen. Na, ex und hopp. Prost. Für die Maschinen brauchen wir keinen Champagner mehr. Die da im Wald stehen, die bleiben namenlos. Zum Schluß bekommen sie eine geballte Ladung unter die Nase, ein Knall, sie legen sich auf die Seite. Tote Vögel. Hätte nicht gedacht, daß es soweit kommt.»

«Und deine Wissenschaftler? Deine Peenemünder?»

«Ein reiner Kindergarten. Über Feindlage kannst du nicht reden mit denen. Muß sehen, daß ich den Haufen den Amis heil in die Arme führe.» Er zerlegte flink die Portion Kaninchen auf seinem Teller. «Du glaubst nicht, daß die Amis hier über die Elbe gehen?»

«Niemals.»

«Was gibt dir die Sicherheit?»

«Preußen. Sie überlassen Preußen den Russen. Die Reichshauptstadt. Und Brandenburg. Das Kernland.»

«Entschuldige mal. Roosevelt und Churchill und – wenn du willst – De Gaulle, sie haben schließlich vom zwanzigsten Juli gehört. Woraus rekrutierte sich die einzige deutsche Widerstandsgruppe? Aus Preußen. Ich meine, im weitesten Sinn. So gesehen, bin ich auch ein Preuß.» Er lächelte.

«Ich glaube, sie hassen Preußen dermaßen, daß sie nicht einmal zum Frieden bereit gewesen wären, wenn das geglückt wäre. Das . . .»

Der Bursche betrat den Salon. Gwendolina verstummte.

«Kannst ruhig weiterreden.»

«Jetzt erzähle ich dir was Merkwürdiges. Charlies Vater, der Vater von dem Jungen, der mit mir ist, ein Drucker aus Berlin, pro-russisch eingestellt, oder sagen wir besser prosowjetisch, hat darauf gedrungen, daß sein Sohn nach Westen abhaut. Warum wohl?»

«Einzelfall. Der Mann kann auch nicht mehr wissen.»

«Vielleicht doch? Ich mache mir meine Gedanken. Egal. Ich meine ja auch, es ist richtig, daß ich . . . obwohl . . . mit Albrecht – der Sarg. Es ist nicht einfach, Boris.»

«Gelt. Magst nicht doch . . .»

Sie unterbrach ihn mit einer Handbewegung. «Was mich wundert, ist, daß die Fluchtbewegung erstarrt ist. Sie hauen ab, dort, wo die Front naherückt. Aber sie ziehen nur bis hierher. Überall in den Wäldern sitzen sie, Boris. Schlimm. Mit Pferd und Wagen, soweit ihnen die Pferde nicht requiriert werden, wegen Benzinmangel. Sie sitzen da, in der Ziegelei, wo Kurt . . . das muß ich dir erzählen, er fertigt Zementgeigen –»

«Zementgeigen?» General Boris legte verblüfft das Besteck neben den Teller.

«Laß dich nicht stören. Iß. Übrigens, ausgezeichnet, dein Kaninchen. Prost.»

Sie tranken. Gwendolina fuhr fort:

«Sie hocken da, gelähmt wie das Kaninchen» – sie deutete auf den Teller – «vor der Schlange. Oder vor dem Nimrod Boris. Du erlaubst? Sie kochen ab, nähen den Kindern Kleidchen aus Fetzen, die sie irgendwoher organisieren. Wieso sind sie überzeugt, daß die Amerikaner kommen? Weil BBC es sagt? Mein Lieber! Ich bin überzeugt, aus den vorhin angeführten Gründen, daß sie Preußen kaputt sehen wollen. Kaputt, kaputt, kaputt. Wer kann das besser erledigen als die Russen?»

«Geh!»

«Bei den Amis hat jeder zweite deutsche Vorfahren. Meinst du, die sind hart genug? Gegenüber den Briten hat selbst Hitler sentimentale Anwandlungen. Unsere Vettern jenseits des Kanals. Mag sein, eine Menge da drüben denken von Deutschland ebenso. Bleiben die Franzosen, Erbfeinde. Rache für was weiß ich. Aber die paar Franzosen schaffen es nicht. Was bleibt? Überlassen wirs den Sowjets. Die kennen keine sentimentalen Hinderungsgründe. Ex und hopp. Basta.»

Der General starrte auf den Keilerkopf an der Wand ihm gegenüber. «Das wär' aber blöd. Saublöd.»

Gwendolina murmelt. «Mindestens, Boris. Schlimm.»

Der Sonderführer stand mit Irma und Charlie vor dem Zelt. Kein Lichtschein. Totale Verdunklung. Niemals hätten feindliche Aufklärer herausgefunden, daß hier, im Gutshof und in den Wäldern ringsum, eine Jagdflieger-Staffel lag, mit nagelneuen Maschinen. Daß ein General der Luftwaffe eine Schar Wissenschaftler hütete, Lenkwaffen-Spezialisten, Hoffnung all der Unbelehrbaren, die immer noch an den Endsieg glaubten, mit dem Waffensystem herbeizuführen, das diese Männer erfunden hatten.

Ihre Raketen existierten nicht mehr. Genau so, wie die Armee Wenck nicht existierte, auf die Berlin hoffte.

Der Sonderführer fragte: «Sie reist wirklich mit diesem Sarg? Und der tote Kommandant ist in dem Sarg?»

«Gewiß.»

«Glaubt ihr das?»

«Wieso nicht?» Empört stellte Irma die Gegenfrage.

«Riecht er?»

«Bitte?»

«Ich meine, die Leiche. Man muß doch was riechen. Verwesungsgeruch. Bei der Hitze. Wir haben außergewöhnliche Hitze für April. Die Leiche muß in Verwesung übergegangen sein. Das muß sich bemerkbar machen durch Gerüche. Ihr geht hinter dem Wagen her, der Wind bläst euch in die Nase. Ihr müßt doch was merken.»

«Hören Sie . . .» Irma war wütend.

«Er riecht nicht», sagte Charlie. «Der Sarg ist hermetisch verschlossen, oder wie das heißt. Sie hat es uns erklärt. Der Tischler hat . . . hat irgendwas gemacht. Außerdem kühlen wir den Kommandanten.»

«Ihr kühlt ihn?»

«Wir hatten ihn in einem Eiskeller. Und mit nassen Tüchern haben wir . . .»

«Das glaubt ihr?»

«Hören Sie!»

«Kinder! Ihr laßt euch an der Nase herumführen. Wißt ihr wirklich, daß der Kommandant im Sarg ist? Die Leiche, meine ich? Vielleicht ist was anderes drin? Wichtige Akten, die in den Westen sollen? Kinder!»

Charlie stieß Irma an. Flüsterte: «Gehen wir.»

«Laß mich», sagte Irma. «Wieso denken Sie das?»

«Kinder! Es gibt so vieles im Krieg ... Und wenn nicht Akten, dann ist der Sarg vielleicht leer? Tarnung? Daß sie die Frau überall durchlassen? Euch mit?»

Irma sagte: «Mit Ihnen geht die Fantasie durch. Gute Nacht.»

Sie ließen ihren Apfelspender in der Dunkelheit stehen. Vom Waldrand, wo die Flugzeuge versteckt waren, klang Mundharmonikaspiel. Jemand sang: «. . . und sein blondes Madel, das wünscht er sich her, das zu Haus so heiß ihn geküßt. Und dann schaut er hinaus aufs weite Meer, wo fern seine Heimat ist.» Stimmen fielen ein.

Heimat. Wiederum Heimat. Charlie wünschte, er würde begreifen, was das war. Der Brieselang mit seinen im Wind rauschenden alten Bäumen, den sie nicht berührt hatten auf ihrer Flucht? Der Fläming mit seinen sandigen Hügeln, den Birken und Kiefern, im Heimatatlas eingezeichnet als dunkelbraunes Gebirge? Wollin und Ruppinchen und Ragösen und Dobbrikow? Zossen? Trebbin? Einer dieser Orte mit ihren seltsamen Namen? «Steige hoch, du roter Adler, hoch über Sumpf und Sand» hatten sie gesungen. Doch: Wie begreifen, daß dies Heimat sein sollte? Wenn ein Kind aufwächst in einem Vorort-Hinterhof? Wenn der erste Fisch, den dieses Kind zu sehen bekommt, ein Bückling ist, in der Auslage von Kerstens Räucherwaren-Geschäft?

«Was denkst du?» Irmi war stehengeblieben. Hatte ihre Arme auf Charlies Schultern gelegt. Preßte sich an ihn.

«Ich überlege, was Heimat ist», flüsterte Charlie ihr ins Ohr. Der Duft ihrer Haare umfing ihn. «Weißt du es?»

«Vielleicht», flüsterte Irmi zurück.

Vom Waldrand klang das Mundharmonikaspiel des Soldaten herüber.

Irmis Nähe konnte Charlies Gedanken nicht unterbrechen, ihm schien, er sei manchmal dazu verurteilt, neben sich zu stehen, zu beobachten, wie ein Teil von ihm, ein Teil seines Hirns, seiner Seele vielleicht, sich selbständig machte, andere Wege ging, unbeirrt. So erschien nun vor seinen Augen, in Fraktur gedruckt, das Wort Heimat, er las weiter, und es hieß Heimatatlas. Lernmittel, aus Grundschuljahren vertraut, treuer Begleiter, Schilderer jener Landschaft zwischen Neuruppin und Treuenbrietzen, die für ihn, für seine Klassenkameraden Heimat zu sein hatte, laut Lehrplan.

Jener Atlas, der seit Beginn ihrer Flucht auf dem Tisch in der Mittelstraße im Wohnzimmer lag, Unterlage für Mutmaßungen Willi und Gerda Schivelbeins über Irmas und seinen Weg nach Westen. Ob sie die Nachricht erreicht hatte, daß sie heil bis zum Beetz-See gekommen waren? Johann Heinrich hatte versprochen, alles nur mögliche zu unternehmen, damit sie zu Hause erfuhren: Bis dorthin war es gutgegangen.

Im Salon des Gutshauses waren Gwendolina und General Boris bei Kaffee und Cognac angelangt. «Erzähl mir von Albrecht», hatte Boris gesagt. «Falls es dir net zu weh tut.»

Gwendolina hatte den Kopf geschüttelt. Hatte begonnen, zu berichten, über das Depot, Albrechts Befehlsverweigerung, seinen Tod. Sie sprach und rückte dabei mit ihrer Hand das Cognacglas auf dem weißen Tischtuch hin und her, wie eine Schachfigur, wobei sie unbewußt, als sie mit ihrer Schilderung bei der Flucht angelangt war, jenen Zickzackweg nachmalte, der sie und den Kommandanten hierher gebracht hatte.

Boris sagte: «Ihr müßt in aller Frühe weiter. Wir erwarten Leute vom Sicherheitsdienst.» Er lachte: «Zu wertvoll, meine Wissenschaftler, um sie einem Offizier zu überlassen. Ich weiß nicht, was ich mit den SD-Kerlen machen soll. Muß sie überzeugen, daß sie mit uns über die Elbe türmen, falls die Amerikaner nicht vorrücken. Ich brauche Zeit. Auch hartgesottene SD-Männer werden weich unter dem Druck der Ereignisse. Doch ist es besser, ihr seid nicht mehr da. Des Knaben wegen. Den fangen sie sofort. Überdies ist Heldenklau immer noch unterwegs. General Unruhs Leute. Sie schnappen jeden. Daß dein Bursch so weit gekommen ist, grenzt an ein Wunder.»

«Sie halten uns nicht auf. Wenn sie den Sarg sehen . . .»

«Merkwürdig.» General Boris stand auf. «Ich wünschte, ich könnt mehr für dich tun, Gwendolina.» Er schritt auf und ab in der Gutsstube, vor der Wand mit den Geweihen und dem Eberkopf. «Albrecht und du, weißt du, ihr wart für mich . . .»

Er fuhr sich wieder mit dem Zeigefinger der linken Hand in den Kragen.

«Ja. Kein Augenblick für Geständnisse. Du weißt es sowieso, gelt?»

Gwendolina nickte. «Wo sind die Kinder?»

Im Dunkeln hatte Charlie die Kellerluke gefunden, durch die Boris' Männer den Sarg transportiert hatten, um ihn kühlzustellen. So eindringlich hatte er Irma gebeten, mit ihm hinunterzusteigen, daß sie sich trotz ihrer Furcht hinter ihm die Stufen hinabtastete. Charlie hatte die Tür geschlossen, ein Hindenburglicht entzündet, das er aus dem Zelt der Wissenschaftler hatte mitgehen lassen. Im flackernden Schein der winzigen Flamme sahen sie den Sarg stehen, auf kühlem Steinfußboden, in einem Gewölbe, von dessen Wänden der Putz blätterte. Gartengeräte, beschädigte Möbel waren im Hintergrund aufgestapelt. An einer Wand zogen sich Regale mit leeren Einmachgläsern.

Charlie schleppte aus dem Berg von Möbeln zwei Sessel herbei. Reinigte sie oberflächlich von Staub und Spinnweben. «Setz dich.»

«Hier?» Ihre Schatten tanzten auf der Kellerwand.

«Ich will es wissen», sagte Charlie. Drückte Irma in den einen Sessel. Setzte sich neben sie. «Ich will wissen. . . .»

Irma sah ihn an. Ungläubig. «Du kannst nicht . . . Du willst wissen . . .»

«Ob er stinkt.»

Das Geheimnis des Sarges. Gwendolinas Geheimnis. War was dran am Verdacht des Sonderführers?

Sie saßen da und starrten auf den Sarg.

Gwendolina und General Boris fanden sie am Morgen, in ihren Sesseln. Schlafend. Erstarrt vor Kälte. «Hier seid ihr?»

«Wir haben Wache gehalten», sagte Charlie verlegen.

Irma schämte sich. Sie wankte hinter den Soldaten her, die den Sarg hinauftrugen, hinaus ins Freie. Sie hob an diesem Tag den Kopf nicht mehr. Stolperte hinter dem Fuhrwerk, das auf Waldwegen nach Westen knarrte, die Schultern hochgezogen, merkte nicht, daß die Sonne ihr den Nacken verbrannte, daß Charlie sie ansah, unentwegt, sie fühlte sich unfähig, zu antworten, wenn Gwendolina sie ansprach, führte mechanisch Bewegungen aus, wie eine Somnambule. «Ist sie krank?» fragte die Frau Charlie, als Irmi weit genug von ihnen entfernt war, daß sie nicht verstehen konnte, was sie sprachen.

«Isch weischsch nisch», sagte Charlie.

25

Litauische Bajonette

Charlie war, in der Staubfahne hinter dem Fuhrwerk herstiefelnd, aus einem jener Träume aufgeschreckt, die ihn nun schon tagsüber, während des Marsches durch glühendheiße Sonne, heimsuchten. Er hatte eine Puppe brennen sehen in Feuerlohe, feldgrau gekleidet, war erschauert, als Uniformteile und Mütze und Gasmaskenbrille versengten Schalen gleich abfielen; wächsern enthüllte sich der Körper eines Mädchens, angedeutet nur die Geschlechtsmerkmale, kaum sproß Haar auf dem Schamhügel, kaum begannen Brüste sich zu runden, als Deutlichstes schob sich der Bauchnabel in Charlies Gesichtsfeld. Gelbblond klebte das Haupthaar an den Schläfen der zum Mädchen verwandelten Gestalt, kräuselte sich, dampfte, fing Feuer. Rauch und Asche, der Körper überzog sich mit braunschwarzem Gefieder. Das Wesen, Vogel mit Mädchenkopf, breitete seine Schwingen aus, erhob sich in die Lüfte, die beladen waren mit Ruß und dem Geruch versengten Fleisches, es flog höher und höher, reinen Regionen des Himmels entgegen, jenseits der Dienstgipfelhöhe von elftausend Metern, die moderne Bomber – und Flugasche – erreichten.

An einer Weggabelung stand der Mann, dem sie zum ersten Mal in den Rieselfeldern begegnet waren, den sie wiedergetroffen hatten am Waldrand mit falschen Feldjägern, der Mann mit den selbstgemachten Papieren, Besitzer eines Dienstsiegels, auf dem der Hoheitsadler in die falsche Richtung blickte.

Die Frau hielt das Fuhrwerk an. Walter legte grüßend die Hand an den Rand seines Käppis. «Walter zur Stelle.»

Er blinzelte hinüber zum Sarg, der, weniger glänzend, von

einer Schicht märkischen Staubs bedeckt, auf dem Wagen stand.

«Is det Ihrer?» fragte er.

Gwendolina nickte.

«Wo kommst du her?» nahm Irma ihre Frage vorweg.

«Wir dachten, du bist im Gewahrsam der Feldjäger?»

«Scheiße, hat sich wat!» sagte der Mann, der einst die Propangasflasche geschleppt hatte. «Sind aufjeflogen.»

Er berichtete, daß sie zuerst den Plan durchgeführt hatten, ihn als zweiten Gefangenen mitzunehmen. Während sie sich in der Darstellung des ersten Gefangenen abwechselten, weil dieser am Tage oft mit Handschellen gefesselt reisen mußte, und das naturgemäß lästig war, durfte Walter nie aus der Rolle des zweiten Gefangenen schlüpfen. Wegen seiner schäbigen Uniform. Als schnieker Feldjäger ging er wirklich nirgends mehr durch. Einige Tage war alles gutgegangen. Dann hatten sie auf einem abgebrannten Bauernhof biwakiert, immerhin gab es dort eine Pumpe, aus der frisches Wasser kam. Das einzige unbeschädigte Gebäude auf diesem Hof sei das Häuschen gewesen mit dem Herz in der Tür, das auf dem Misthaufen stand. Er habe sich, erzählte Walter, zu längerer Sitzung dorthin zurückgezogen, als es plötzlich Lärm gab auf dem Hof. Durch das Herz in der Tür habe er gesehen, daß SS-Leute auf die Feldjäger zugegangen seien, die sich sicher in ihrer Rolle fühlten, die Eindringlinge zur Rede stellten. Er habe schon das Örtchen verlassen wollen, als er sah, wie die Szene sich verwandelte: Die SS-Leute prüften die Papiere, die der vermeintlichen Feldjäger und die des vermeintlichen Delinquenten. Irgendwie mußten sie ein Haar in der Suppe gefunden haben. (Dies Walters Worte.) Sie entwaffneten seine Kumpel, stießen sie auf einen Lastwagen und braußten vom Hof.

«Ick habe mir äußerst langsam die Hose hochjezogen», sagte Walter. «Det Komische bei diesen Kriech is, det man

sich immer wieder trifft. So, wie wir jetzt. Wer hätte det jedacht?»

«Wirklich.»

«Toll.»

«Wie gings weiter?»

«Für mich gut. Für die Kumpels nich so jut.»

«Wie!»

Walter beschrieb mit dem Zeigefinger eine Kreisbewe-
gung um seinen Hals. «Paar Tage später sah ick se baumeln.»

«Baumeln?»

«Ick sage doch, man trifft sich immer wieder. Se hingen
an Telejrafenstangen. Zettel um, ick bin een Deserteur oder
Volksverräter oder so wat. Wat se hinschreiben. Is jerade
Mode. Se baumeln die Leute uff!»

«Willst du sagen, die Kommandos erhängen Deserteure?»

«Det is det Neuste.»

Die Frau biß die Zähne zusammen. «Schmeiß dein Zeug
auf den Wagen», sagte sie.

Walter ging neben ihr, an der Spitze des Zuges. Teilte ihr
mit, was er gehört hatte. Die Wälder zur Elbe hin steckten
voller Deserteure, die versuchten, bei Nacht über den Fluß
zu kommen. Gefundenes Fressen für den Sicherheitsdienst
und die SS und Heldenklau-Leute. Sie kämmten die Wälder
durch, trieben die Leute zu Haufen, steckten sie in schnell
gebildete Strafkompanien – und ab, nach Osten. An die
Front. Höflicherweise nannten sie es Alarm-Einheiten. Wer
zu so einer Einheit gepreßt wurde, konnte erst mal von
Glück sagen, es war ja nicht ausgeschlossen, daß er über-
lebte. Waren die Fänger schlechter Laune, hängten sie ihre
Opfer auf. Wie Walters Kumpel, die Feldjäger. Außerdem
gab es fliegende Schnellgerichte. Sie verurteilten Deserteure
am laufenden Band. Die Verurteilten wurden erschossen.

«Jetzt erschießen sie Männer aus dem eigenen Volk?»

«Sie sind wahnsinnig.» Walter nahm der Frau die Zügel aus der Hand. «Laß mir mal bißchen Kutschern, Frau Kommandant. Und weeßte, Meechen, wat noch is? Die Amis schicken se wieder zurück.»

«Wie?»

«Se schicken se zurück. Die über de Elbe kommen. Se lassen se jar nich an Land. Em-Pi, peng, peng, peng. Zurück.»

«Was heißt das?»

«Det heißt, det wir recht haben. Se kommen nich. Die Amis kommen nich. Se lassen den Iwan den Sack zumachen. Ick vastehe nich, wie die Leute in de Wälder sitzen bleiben in Ruhe und Frieden. Nu sind se ausjebüxt von Pommern und Ostpreußen und außn Warthejau und Mecklenburch und Schlesien und weeß ick wie weit her, und hier lassen se sich demnächst einvernehmen. Vom Iwan kassieren.»

«Sie hoffen auf die Amis.»

«Menschenskinder, det sieht nu aber 'n Blinder mitn Krückstock.»

«Vielleicht können sie nicht mehr. Man braucht Kraft.»

«Und die Bauern hier, he? Die ackern mit ihre Milchkühe. Det jeht doch in die Hose.»

«Schlimm. Aber was sollen sie machen?»

«Ick weeß ooch nich. Ick weeß et nich. So oder so is man in 'n Arsch jekniffen.»

«Wir schaffen es.»

«Dir gloob ick det, Meechen. Und det leuchtet mir in, mit den Kommandanten hinten druff haste ne gewisse Chance.» Er senkte seine Stimme. «Bloß weeß ick nich, ob wa den Bubi durchkriejen. Den Charlie. Die Mausi, det jeht vielleicht, außer se schnappen se zu't Schanzen bauen. Weeßte wat, die müssen jünger aussehn. Noch mehr nach Kinder. Ick hab ne Idee. Den Knaben schneiden wa die Hosen ab. Is warm jenuch. Oda? Und det Mädchen muß offene Zöppe tragen.»

«Ideen!»

«Det hilft. Bei de nächste Rast sag ick ihnen det. Hoppla, nu kommen die Tiefflieger wieder.»

Motorengeräusch. Sie verließen schnell den Waldweg. Trieben das Pferd in die Büsche. Warteten.

Sie flogen immer so niedrig, daß sie die Baumwipfel zu berühren schienen. Das schöne Wetter hatte anscheinend alle Piloten mit Kunstflug-Ausbildung angelockt, die in den feindlichen Luftwaffen dienten. Sie tummelten sich von morgens bis abends.

Schossen auf alles, was sich bewegte. Hinterließen ihre Spuren: Ausgebrannte Fahrzeuge, Eisenbahnzüge; zerfetzte Pferde. Frische Gräber.

Charlie und Irma staunten, wie schnell Tote begraben wurden. Zwanzig Minuten nach einem Angriff hatten die Überlebenden die Opfer bestattet, als wollten sie damit erreichen, ein gleiches Schicksal von sich abzuwenden. Sankas sammelten Verwundete ein, wenn sie über Treibstoff verfügten. Die meisten Sanitätskolonnen waren auf Holzvergaser und Pferdefuhrwerke umgestiegen. Dächer von Schulen und Gasthöfen bemalten sie mit roten Kreuzen, wandelten die Gebäude in Behelfslazarette um.

Sie waren über Straßen gezogen, links und rechts ein Wall von zerstörtem und weggeworfenem Kriegsmaterial. Wie Gerippe von vorsintflutlichen Tieren lagen die Wracks ausgebrannter Autos auf den Feldern, Panzer mit zerrissenen Ketten hingen schräg in Straßengräben.

Dazwischen immer wieder die Strippenzieher von Heer, Luftwaffe und Reichspost mit ihren Kabeltrommeln, als wollten sie Deutschland in letzter Stunde unter einem Spinnennetz von Nachrichten-Kabeln ersticken.

An einer SS-Siedlung waren sie vorbeigekommen, vor deren Häusern neu angelieferte Badewannen gestapelt lagen. Wo gab es Industriefirmen, die jetzt noch Badewannen herstellten? Kinder spielten in den Wannen, bewacht von vogelartigen Müttern, die ihre Brut in die Keller und Splittergräben scheuchte, sobald Flugzeuge sich näherten.

Immer noch funktionierten Warnsirenen. Ihr Heulen drang von den Ortschaften bis zu den Waldwegen, auf denen sich ihr Zug bewegte.

«Wir brauchten einen Mann wie Paniske», sagte Irma. «Er könnte uns führen in den Wäldern.»

«Paniske treffen wir bestimmt nicht wieder. Er bleibt bei den Höfen.»

Irma hätte die Frau des Kommandanten gern gefragt, was es mit den zwei Höfen, mit Paniske auf sich habe, woher sie Paniske kenne. Doch dann unterließ sie es. Eins der vielen Geheimnisse auf dieser Flucht. Sie ahnte, daß sie ungenügende Auskunft bekommen würde.

Charlie gegenüber igelte sie sich neuerdings ein, der Erziehungsfehler mit Überschrift «reines deutsches BDM-Mädchen» machte ihr zu schaffen. Unvermeidbare Intimitäten, denen sie ohnehin ausgesetzt war auf diesem Marsch, machten ihr mehr zu schaffen, als sie sich merken ließ. Sich waschen in seiner Gegenwart. Im Wald verschwinden. Bluse und Höschen wechseln, das Zeug auswaschen, seins mit, wobei das ihr noch am wenigsten schlimm erschien, das war sie von Joachim her gewohnt. Dazu von ihr selbst verschuldete Nah-Situationen unterm Federbett. Merkwürdigerweise erschien ihr die harmlose Umarmung im nächtlichen Fliegerhorst als der Augenblick, in dem sie sich am meisten vergeben hatte. Quatsch, sagte sie, sie formulierte das Wort tonlos, bekam sofort Sand in den Mund, von den Wagenrädern aufgewirbelten feinsten Sand, versuchte ihn auszuspucken. Quatsch. Verkorkste Jule. Sie gebrauchte in ihren Gedankengängen Wendungen, wie sie Gerda Schivelbein benutzte, wie auch ihre Mutter sie geliebt hatte.

Auch Walter, der Mann mit der Gasflasche, wie sie ihn bei sich nach ihrer ersten Begegnung nannte, hatte seinen Bericht gespickt mit Vokabeln der Asphalt-Menschen: Ausbüxen. Kassieren. Sack zumachen.

Vertraute Sprache.

Wie sollte sie sich in Zukunft verhalten? Irma mochte diesen gesichterschneidenden Kerl, der da neben ihr herstolperte, hielt das, was sie für ihn empfand, für Liebe. Wäre sie sonst mit ihm unter die Plümos geschlüpft? Sollte sie sich Charlie hingeben – so hieß es doch –, ganz und gar, bei nächster Gelegenheit?

Was, wenn sie schwanger wurde? Es paßte wohl doch nicht zu ihr. So früh geschah ihr dies. Das BDM-Mädchen in ihr zögerte. Auf jeden Fall meinte sie, es sei das BDM-Mädchen.

Die Landschaft änderte sich, Wiesen lösten die Wälder ab. Nur kleinere Gehölze boten ein Versteck. «Es ist besser, wenn wir nachts fahren, bis uns die Wälder wieder aufnehmen. Zu gefährlich auf offenem Gelände. Wir können nicht vor den Tieffliegern in Deckung gehen.»

In einiger Entfernung lag ein Hof mit Silos und Wasserturm, die Gebäude teilweise zerstört. Walter erbot sich, auszukundschaften, ob das Anwesen als Quartier für sie in Frage käme.

Sie warteten. Lange. «Er hat Schwierigkeiten», sagte die Frau.

Charlie wollte sich anbieten, Walter zu suchen, als sie ihn übers Feld zurückkommen sahen.

«Irre. Ne Versuchsanstalt für Infanterie-Hieb- und Stichwaffen.»

Am Hoftor hingen Schilder mit taktischen Zeichen; kein Posten stand davor. Aus den unteren Räumen des Wasserturms kam ihnen ein Mann entgegen, in Uniform, Schulterstücke eines Hauptmanns. Er blickte durch eine Brille mit dunkel umrandeten, sehr großen Gläsern. Seine Haare trug er zu lang, als daß man den Haarschnitt als militärisch hätte bezeichnen können. An den Beinen Breeches mit Reitlederbesatz, elegante dunkelbraune Stiefel.

«Maanche, ich habs nich wollen jlauben», sagte er in breitem baltischen Dialekt. Er zeigte auf den Sarg. «Ejal. Willkommen in der Versuchsanstalt der Heereszeugmeisterei.»

Sie spannten aus. Ein paar Soldaten, gutgenährt, gutgelaunt, gingen über den Hof, ohne Jacke, ohne Mütze, ohne Stahlhelm, ohne Waffen. Sie nahmen den Sarg auf, trugen ihn ins ehemalige Backhaus, das, strohgedeckt, mitten im Areal stand. Der Hauptmann lud die Flüchtlinge in den Wasserturm ein. Unten, am Fuß der Treppe, befand sich eine Stube mit winzigem Fenster. Der Raum diente dem Hauptmann als Quartier.

«Sie können oben wohnen», sagte der Gastgeber. «Zeige ich Ihnen später. Is fast jemietlich.» Ein Regal an der Wand war mit Schmalzfleischbüchsen vollgestapelt. Das erklärte den hervorragenden Ernährungszustand der Männer. Seinen eigenen natürlich auch, seit langem war dieser Hauptmann der erste Mensch mit einem Bauchansatz.

Ein zweites Regal, gegenüber den Borden mit Schmalzfleischbüchsen, enthielt Bajonette. Sie lagen auf den Brettern wie in einer Eisenwaren-Handlung, in Bündeln, mit Schnur zusammengebunden, einzeln, übereinander, Hunderte von Bajonetten. Der Hauptmann sah ihre Blicke. «Werde ich Ihnen später erklären. Meegen erst was essen.»

Er nahm eins der Bajonette, öffnete einige Büchsen Schmalzfleisch. «Wir ham dazu man bloßchens Kartoffeln», erklärte er. «Kommißbrot hats schon nich mehr jejeben seit was weiß ich. Strengjenommen jehören wir zu jar keener Einheit nich. Direkter Vorjesetzter is de Heereszeuchmeisterei, wo immer se mag stecken inzwischen. Is kajn Durchkommen nich mehr. Telefon, manchmal jehts, aber haste immer andre Leute dran, wie de mechtest. Na, se wern andre Sorjen ham als uns zu schicken de Kommißbrote, sag ich immer zu meine Leite. Hat sich erjeben, daß se alle sind von Litauen, oder fast alle. Ham se uns vorjeschlagen, daß wer uns sollen einjliedern in ein Infantriebattaljon. Habe ich grade noch verhindern kennen. Kaludrichkeit!»

Lauter: «Kaludrichkeit!»

Von draußen kam etwas angehoppelt, das sich bei näherem Hinblicken als ein Soldat herausstellte, der Mann trug schneeweißes Drillich, das ihm auf dem Körper saß wie einem Schneehasen das Fell. Der Mann baute Männchen.

«Kaludrichkeit, mach uns was Bratkartoffeln!»

«Jawohl, Herr Haupt.»

Kaludrichkeit trat ab. Der Hauptmann erklärte: «Tüchtijer Mensch. Heißt jar nich Kaludrichkeit. Ich nenn ihm man so. Weil er sieht sich aus wie Kaludrichkeit. Finden Se nicht?»

Walter, der bei der Ankunft noch einmal rekognosziert hatte, kam herein. Baute ebenfalls Männchen vor dem Hauptmann. «Stehn Se bequäm», sagte der. «Iebrijens, hab ich mich vorjestellt? Unverzeihlich, jnädije Frau, junge Leute, entschuldjen. Hauptmann Czickus, Franz Czickus. Ce-zet-i-ceka-u-s.»

Sie nannten ihre Namen. Walter sagte einfach «Walter». Der Hauptmann nahm keinen Anstoß daran. «Unmöchlich», entschuldigte er sich wieder. «Verwilderung der Sitten. Zu lange Kriech. Bei uns hätten wer nich behandelt de Damen in solche Weise. Muß sehr um Entschuldijung bitten. Erlaubense zweite und letzte Unheeflichkait, wenn Sie gestatten, Frau von Schwierow-Priebenow, ist wohl im Sarch ein Anjeheerijer?»

Die Frau des Kommandanten gab ihre Erklärung ab. Bat zugleich, man möge sich darum kümmern, daß der Sarg an einen kühlen Ort käme.

Der Hauptmann rief wiederum aus der Tür: «Kaludrich-keit!»

«Ick kümmer mir drum», sagte Walter. Er baute wieder Männchen, wobei er fast über den Herbeistürzenden, Kaludrichkeit genannt, fiel. Der Hauptmann beantwortete die Ehrenbezeigungen mit einer Handbewegung, die alles sein konnte, Gruß, Wegscheuchen, Dämpfung soldatischen Eifers.

«Bis er kommt mit de Bratkartoffeln, will ich Ihnen das erzählen mit de Bajonette. Wie se mich jenommen haben als Ausbilder in Bornstedt, is mir aufjefallen, daß kein Soldat mit den Bajonett umjehen konnte als sei er mit der Waffe verwachsen. Se ham jefuchtelt. Ich hab mir das ansehn missen, habe jedacht, unsere Menscher in Litauen, wenn se auf Jagd jehn, benutzen se Hirschfänger, mit dem könnse das Wild abstechen in voller Parforce, se werden das Messer nicht verlieren. Woran liegt es? Also, hab ich mir kommen lassen die diversesten Messer von meine Jagdfreunde, Hirschfänger, was die Leite benutzten, kamen viele Pakete. Sind jewesen jroßzigige Freunde, ihre Frauen auch, is Heijmat jewesen. Nu is alles futsch. Na. Stellte sich heraus, es liegt am Jriff.»

Hauptman Czickus griff ins Regal, zog mehrere Bajonette hervor. «Vergleichsweise», demonstrierte er, «ein französisches Bajonett. Ein englisches. Ein amerikanisches. Habe ich erst bekommen nach der Invasion. Alle denselben Fehler: Einen Jriff, den man nich kann halten in der Hand. Se schneiden sich in de Finger, wenn se Stück Brot absäbeln. Hier.»

Er zeigte es an einem imaginären Stück Brot.

Gwendolina lauschte diesem Sonderling anscheinend mit höchstem Interesse. Charlie fand des Hauptmanns Auslassungen über Bajonette wirklich fesselnd. Irma wußte nicht, wohin sie ihren Blick werfen sollte. Sie heftete ihn schließlich auf die offenen Schmalzfleischbüchsen. Verführerisch standen sie auf dem Tisch, die golden schimmernden Innenseiten ihrer Deckel, die mit einem millimeterbreiten Rest am Blech der Dose hingen, den Beschauern zugewendet wie kleine Sonnen. Weiße Schmalzringe umkränzten rötlichgraue Fleischkegel. Irma verspürte fast unbezähmbare Lust, dem Hauptmann eines seiner Bajonette zu entwinden, sich damit auf die Büchsen zu stürzen, die Klinge des Bajonetts einzugraben, zu drehen, Fleischmasse und Schmalz herauszubaggern, zum Mund zu führen, wieder hineinzustoßen, die Klinge abzulecken, diesen Geschmack zu spüren auf der Zunge: Schmalz. In der Mittelstraße, bei Gebrüder Groh, gegenüber von Kerstens Fischhandlung, hatte es töpfeweise Schmalz gegeben, Griebenschmalz sogar, noch köstlicher, auf Roggenbrot geschmiert, frisches Brot, das dampfte, wenn man es anschnitt. Viel besser als jenes Schmalz vom Markt, das ihre Mutter Affenschmalz genannt hatte, aus Amerika, es kam in großen, viereckigen Kanistern, ihr Blech schimmerte golden wie das Blech der Deckel von diesen Dosen auf dem Tisch. Affenschmalz nahmen die Hausfrauen ungern. Höchstens zum Kochen.

Dagegen das herrliche Schmalz bei Gebrüder Groh! Irmi heftete weiterhin ihre begehrlichen Blicke auf die Schmalzfleischdosen, meinte den Geschmack wiederum zu spüren. Ein Teil der Rede des Hauptmanns entging ihr. Sie bekam mit, daß er, mit Hilfe eines Schlossers, den er in der Ausbildungskompanie gefunden hatte, neue Bajonettgriffe konstruierte. Hunderte und Aberhunderte. Er reichte seine Muster ein bei der Heeres-Beschaffungsstelle, die ihn nach langem Hin und Her weiterwies ans Heereszeugamt, das ihn zurückverwies – an wen? Irma hatte nicht zugehört, von Schmalzfleisch-Gelüsten abgelenkt. Schließlich hatten mehr oder weniger zuständige Intendanturen Hauptmann Czikkus gefördert, er durfte Faustwaffen entwickeln im Rahmen eines Forschungsprogramms des Heeres, das neben den Forschungsprogrammen der Rüstungsindustrie lief. Er bekam Geld, eine fahrbare Werkstatt – was sich als vorausschauend erwies – und genügend Leute, die ihm beim Entwickeln des neuen Bajonetts halfen, die Waffe erprobten. Weil er auf litauische Jagdmesser vertraute, holte er sich lauter Litauer. Soweit er sie von Heldenklau-Zugriffen hatte retten können, bildeten diese Männer die Einheit «Wasserturm», wie sie sich jetzt nannte.

Kaludrichkeit apportierte eine Riesenpfanne Bratkartoffeln. Irma erlebte den Augenblick, um mit der Gabel in die Schmalzfleischdosen zu fahren.

«Wo ist Walter?» fragte sie. Charlie stand auf, ging hinaus. Stellte fest, daß Walter von Kaludrichkeit eine Sonderbehandlung erfuhr. Die beiden speisten unter dem halb eingestürzten Dach der Scheune.

Hauptmann Czickus berichtete über den Berg Bratkartoffeln hinweg, von denen er hochbeladene Gabeln zum Mund führte, wie er zum Vortrag beim Führer befohlen worden sei, ins Hauptquartier Wolfsschanze bei Rastenburg, Ostpreußen.

«Was se jemacht ham für ne Wirtschaft mit Ausweise», sagte der Hauptmann. «Dabei ist es jewesen vor dem zwanzigsten Juli. Vor dem Attentat. Da haben Ausweise nischt jenützt. Ich bin in einen Saal, war eine Leinwand für Filmvorführungen und ein großer Tisch. Alles tief im Bunker. Haben wer jewartet über eine Stunde, dann ist er jekommen. Umhang. Mütze tief in der Stirn. Hat blaß ausjesehn, unser Führer. No, ich habe vorgetragen. Hat er sich finf Minuten anjehört, «Fördern», hat er jesagt. Dann ist er vor mir stehengeblieben, hat mich angesehen mit seinem durchdringenden Blick, ich habs ausjehalten, hab mir jedacht, er is nich echt, ist eine Jestalt ausm Wachsfijurenkabinett. Wie ich mir das hab einjebildet, hat die Wachsfijur mir plötzlich wolln die Hand schütteln. Habe ich Miehe jehabt wieder zu denken: No, isses ein natierlicher Mensch. Hat er jesacht, danke, Hauptmann. War damals Oberleutnant. Hat er mir jefördert und befördert, alles zujleich, der Führer. No, hat nichts jenützt.»

Er legte die Gabel weg, spielte mit seinen etwas zu langen Haaren, indem er mit beiden Händen an den Schläfen Löckchen drehte.

«Langweile ich Sie?»

Die Frau des Kommandanten beeilte sich, zu versichern, daß dies nicht der Fall sei.

Der Hauptmann berichtete von seinen Forschungsarbeiten. Wie sie nach Monaten aus den Prototypen das Modell mit idealem Griff entwickelt hätten. Er stand auf. «Hier. Liegt in der Hand wie eine Mädchenbrust. Verzeihn. Wollen probieren?»

26

Höhe 104

Sie gingen nachts. Vor ihnen zog sich, hell in der Landschaft, die Straße. Walter führte jetzt das Pferd, oder Kaludrichkeit, der sich ihnen angeschlossen hatte nach den Ereignissen am Wasserturm – zwei Tage später war er zu ihnen gestoßen, sein einst weißes Drillich beschmutzt und zerrissen, ohne Mütze, ohne Papiere. Sie hatten eine Mütze für ihn gefunden in einem zerschossenen Panzerspähwagen, Walter hatte wiederum seine Fähigkeiten eingesetzt, um mit Hilfe des Dienstsiegels, auf dem der Hoheitsadler nach der falschen Seite schaute, Ersatzpapiere anzufertigen, er rückte, nachdem Dienststellen durch Feindeinwirkung ihre Schreibstuben verloren, dem sinkenden offiziellen Standard näher, schon gab es Einheiten, bei denen die Offiziere unterzeichneten: «In Ermangelung eines Dienstsiegels». Alles schien möglich, Durchkommen hing nicht mehr ab von neuem Glanz eines Marschbefehls, von seinem offiziellen Ansehen, das Kontrollen standhielt. Daran haperte es bei ihnen allen, die neben und hinter dem Fuhrwerk mit dem Sarg des Kommandanten durch die Nacht schritten. Ihr Kapital war, was Walter, bei freier Sprachgestaltung «Kesse» nannte: «Kesse mußte ham.» Kaludrichkeits Version, die er gern dagegenhielt: «Wie 'n Aal. Sich durchwinden.» Er sprach es aus, als habe das Wort durchwinden mindestens drei R.

Die Frau des Kommandanten ging jetzt meistens zwischen Irma und Charlie, hinter dem Wagen. Sie beanspruchte viel Platz, beim Laufen stemmte sie die Arme in die Hüften, so, als wolle sie mit dieser Geste andeuten, daß sie Abstand brauche zu anderen Menschen, eine Privatsphäre, obwohl oder gerade weil diese Flucht sie immer wieder zur Enge zwang, zum Teilen minimalen Raums mit anderen Menschen, wenn es viel war mit dem Sarg, diesem geheimnisvollen Schrein.

«Manche bezweifeln also, daß der Kommandant in dem Sarg liegt?» Während die Frau ausschritt mit langen, fast männlichen Schritten, in ihren abgewetzten Reitstiefeln, die sie als Gutsfrau angeschafft hatte, stellte sie diese Frage. Eine der seltenen Situationen, daß sich während der Nachtmärsche ein Gespräch ergab, sie zogen es vor, schweigend hinter dem Wagen zu gehen, dem Knarren seiner Räder zu lauschen, manchmal schnaubte das Pferdchen, unwillig, weil es ohne Schlaf blieb. Die Frau bezog sich mit ihrer Frage auf Charlies und Irmas Auskünfte, sie hatten der Frau mitgeteilt, daß der Verdacht geäußert worden sei, sie befördere in dem Sarg Geheimpapiere, aus der Reichskanzlei vielleicht, oder benutze einen leeren Sarg als Tarnung, um Posten und Wachen zu täuschen, sich mitten durch sie hindurchzubegeben, auf einer Flucht, auf der sie sich jener Dienstverpflichtung entzog, die Reichsleiter Martin Bormann am 13. Februar verordnet hatte, und die eindeutig feststellte: alle Frauen und Mädchen sind zu Hilfsdiensten für den Volkssturm aufgerufen. Jeder, buchstäblich jeder – war in der Lage, den Befehl des Reichsleiters durchzusetzen, die Frau und Irma zu vereinnahmen, sie für Schanzarbeiten heranzuziehen.

Tarnung also, der Sarg? Eine neue Mata Hari, die brisantes Material nach Westen schmuggelte? Für wen? Zu welchem Zweck? «Sie glauben es», sagte Irmi. Und Charlie ergänzte: «Wir meinen, Sie sollten es wissen. Schließlich – er sagte schliesch-schliesch – drohen vielleicht neue Gefahren aus solchen Ecken.»

Die Frau des Kommandanten schwieg. Nach einer Weile sagte sie: «Interessant. Auch gefährlich. Möglicherweise jedoch hilft es uns. An der Elbe.» Sie deutete nach vorne, wo Walter neben dem Pferdchen ging. «Morgen werde ich Walter vorschlagen, ein neues Papier zu erschaffen. Ein Wunderpapier. Schade, daß er keinen Stempel der Reichskanzlei hat. Das wäre noch hübscher. Doch ich glaube, es wird auch so gehen. Ja, ich nehme fest an, wir werden mit Walters Neuschöpfung ein paar Dämelacks nach Maß aufstöbern. Das wäre . . .»

«Sie meinen, Sie wollen behaupten, daß – daß in dem Sarg nicht der Kommandant, sondern Papiere sind?»

«Vielleicht. Wir brauchen noch ein paar Tage, bis die Russenangst hierher durchschlägt. Sobald die Menschen merken, daß der Amerikaner nicht vorrückt, daß die Gefahr besteht, die Russen kommen hierher, entsteht eine neue Fluchtwelle. Wir müssen, bevor diese Welle sich in Bewegung setzt, den Trick anwenden. In einem ganz bestimmten Augenblick. In jenem nämlich ... wie soll ich es erklären? Es muß klar sein, daß die Russen kommen, die Massenflucht nach Westen muß jeden Augenblick einsetzen, aber die Amis müssen noch neugierig sein, am anderen Ufer. Müssen uns hinüberlassen. Uns. Andere. Wenn die Massenflucht einsetzt, weisen sie die Menschen ab. Jagen sie zurück in den Fluß.»

«Das tun sie jetzt bereits.»

«Glaube mir, es betrifft nur Deserteure. Ich fürchte, die Amerikaner haben ein Abkommen mit den Russen. Möglicherweise wurden auch solche Punkte bei der Jalta-Konferenz besprochen. Oder es handelt sich um Gerüchte, die von den Deutschen verbreitet werden, damit Deserteure Angst bekommen. Ist auch möglich, oder? Bestimmt. Das ist wahrscheinlicher. Doch werden die Amis von der Idee erfahren. Oder sie haben bereits davon erfahren. Die Idee greifen sie auf. Zurück mit Deserteuren! Eine bequeme Lösung. So verstopfen sie ihre eigenen, übervollen Gefangenenlager nicht mit weiteren Hunderttausenden deutscher Soldaten.»

«Was soll Walter für Papiere anfertigen?»

«Abwarten. Ich muß darüber nachdenken. Ein wenig nachdenken.»

Sie wandte sich an den hinter ihr gehenden ehemaligen Burschen des Bajonett-Konstrukteurs: «Herr Kaludrichkeit, würden Sie die Güte haben, eine Weile das Pferd zu führen? Ich muß mit Walter was besprechen.»

Kaludrichkeit und Walter tauschten die Plätze. Walter und die Frau blieben hinter den anderen zurück. Flüsterten miteinander. Irma griff Charlies Hand. «Kannst du noch?» – «Gewiß. Du?» – «Wenn es nicht mehr lange dauert. Die Nachtmärsche machen mich kaputt.»

«Wir sind bald an der Elbe. Der Mist ist, daß wir jeden Tag nur ein paar Kilometer vorwärtskommen. Schau dir die

Karte an. Die Umwege. Wir gehen zwanzig Kilometer für drei Kilometer Luftlinie. Nur, um Stellen zu umgehen, wo vielleicht Sperren sind. Dabei kennen wir diese Stellen nicht. Wir können genausogut bei einem dieser Umwege in eine Falle tapsen.»

«Bisher ist es gutgegangen.»

«Bisher. Wie sollen wir über den Fluß? Und lassen sie uns ans Ufer? Drüben?»

«Charlie, mach dir keine Gedanken. Niemand kann etwas voraussagen. Wenn du dich jetzt nervös machst, wird es nur schwieriger. Wir müssen sehen, wie und ob wir durchkommen. Tausende versuchen es. Wenn Gwendolina recht hat, werden es bald Hunderttausende sein. Außer –»

«Außer die Menschen in den Wäldern bleiben gelähmt. So, wie wir es erlebt haben.»

«Warum?»

«Vielleicht denken sie, es wird weniger schlimm hier. Die Russen haben sich gerächt, begreiflich, als sie nach Deutschland hineinkamen. Jetzt ist alles halb so wild. Also bleiben sie an Ort und Stelle, die Flüchtlinge, müde nach Tausenden Kilometern Treck. Sie haben keine Pferde mehr, die Wehrmacht beschlagnahmt sie, Benzin ist knapp. Die Bauern brauchen Pferde, in der Landwirtschaft, essen wollen die Leute schließlich auch im nächsten Jahr. Es kann», sie hielt sich mit der freien Hand am Wagen fest, «es kann aber auch sein, daß sie zwar in diesem Sinne sprechen untereinander, daß aber logische Gedanken ihr Hirn gar nicht erreichen.»

«Wie?»

«Genau, wie wir weitergehen, von einem dumpfen Gefühl getrieben. Logischerweise müßten wir die Zweifel weiter verfolgen, die dir vorhin durch den Kopf gingen. Betrachten wir unsere Situation logisch, müßten wir anhalten. Umkehren. Es kann nicht gelingen, das andere Elbe-Ufer zu erreichen. Daneben gibt es aber einen Instinkt. Der Instinkt sagt uns: Es ist möglich.»

«Mir zu hoch.» Charlie gab eine Reihe schnaubender Geräusche von sich, ähnlich denen des Pferdchens. Irma lachte, sie lachte hell, und dieser Ton stand auf einmal in der Nacht, losgelöst von dem Geräuschhintergrund der Vorwärtsbewegung, wie etwas, das nur im Frieden stattfindet, in Sicherheit. Auch Kaludrichkeit mußte das Fremdartige, das Verwegene dieses Lachens empfunden haben. Er hielt das Fuhrwerk an. Irma, ihre eine Hand an der hinteren Schoßkelle, rannte gegen das Gefährt. Die Frau und Walter rückten auf. «Weiter», sagte die Frau. Irmi war das Blut ins Gesicht gestiegen. Doch niemand sah das in der Dunkelheit.

Die Umwege hielten sie auf. Zeit zum Nachdenken. Darüber, warum die Frau nicht klipp und klar gesagt hatte: Jeder Verdacht, anderes sei in dem Sarg als die sterbliche Hülle Albrechts von Schwierow-Priebenow, sei unsinnig, blasphemisch, abwegig. Warum hatte sie es nicht gesagt? Warum war sie sofort eingegangen auf die Idee, den Verdacht, so er bestand, für ihren Plan zu verwenden? Paßte das zum Bild der Liebenden, die ihren toten Mann durch dick und dünn, durch Nächte und Bordwaffenfeuer, durch Wälder und Kontrollen in den Westen schaffte? Was konnte es denn ihm, dem Kommandanten, ausmachen, in welcher Erde er begraben lag? Und damit ihr, dieser Frau? War es denn so wichtig, daß sie ihn in den Westen transportierte? Ein Anfall von Irrsinn, mindestens von vorübergehender geistiger Eintrübung, als Folge des Schocks, vielfacher Schocks, die Gwendolina erlitten hatte? War – um es beim Namen zu nennen – eine Wahnsinnige unterwegs mit einer Leiche, einem Sarg, zwischen zwei Welten, den Welten Ost und West, deren Verschiedenheit die Menschen erst zu ahnen begannen?

Oder reiste ein durchtriebenes Luder mit Konterbande zu den Amerikanern?

Charlie dachte auf seine unbeholfene, tölpelhafte Weise nach über die Möglichkeiten; spukten sie nur in seinem Kopf, bestanden sie wirklich? Er konnte sich nicht mitteilen, schon der Nähe Gwendolinas wegen nicht. Genauso ging es Irmi, obwohl sich ihr Denkprozeß einfacher, vielleicht weiblicher entwickelte: Sie zweifelte nicht daran, daß in dem Sarg, der vor ihren Augen auf dem Gefährt schwankte, der Kommandant lag. Konnte sich durchaus vorstellen, wie es die Frau zu diesem Entschluß getrieben hatte, ihn mitzunehmen in den Westen: Um das Letzte und Wichtigste zu bewahren aus ihrem früheren Leben, das es nun nicht mehr gab. Nicht etwa in Trümmern lag. Auf Trümmer konnte man blicken, sie anfassen, berühren. Begreifen. Sie bedeckten ein Stück Erde, das zu den Trümmern gehörte.

Doch dies wars nicht. Es war auch nicht so, und hier berührten sich ihre Gedanken mit denen Charlies, daß die Frau etwas hinter sich gelassen hatte, das ihren eigenen Umständen, Irmas Lebensbereichen glich. Im Hinterhof aufgewachsen, dort im Vorort, war es ihr gleich, ob sie diesen Hinterhof vertauschte mit einem anderen Hinterhof, einem Wald, einem Dorf, einem Wasserturm. Es war nicht ihr Eigenes, war nicht in ihrem Innern gewachsen zu dem, was sie als «ihr Leben» hätte bezeichnen können. Noch nicht. Zwar vermißte sie manchmal die schützenden Mauern, fühlte, daß die schüttere Linde im Hof ihr mehr bedeutete als alle Bäume, die auf ihrer Reise Weg und Straße begleitet hatten: Uralte Kiefern, deren Zweige den Himmel zu berühren schienen, Linden mit mächtigen Stämmen, grün von Moos, Eichen, die der Blitz schwarz gesengt, aber nicht gefällt hatte. Obstbäume, vom Wind in eine Richtung gebeugt. Bäume, die sich zu Recht Bäume nannten, die wuchsen trotz der Menschen, gegen die Menschen, wie sie ihnen weiße

Schürzen ummalten an den Kurven der Chausseen, sie mit Schildern benagelten: 2. mot. I. D. und das taktische Zeichen, manchmal nur das Zeichen, um Agenten ihre Arbeit zu erschweren. Schilder mit geschnitztem Dächlein und krauser Schrift: Försterei Jänicken 10 Min. Baumstämme, in denen Geschosse steckten von Tieffliegern und Panzern. Bäume, geknickt wie Halme vom Luftdruck der Bomben, und dennoch mächtige, gefällte Riesen. Dagegen die lumpige Linde im Hof der Mittelstraße. Trotzdem: Sie war vertraut.

Doch nicht so vertraut, daß Irma es nicht hätte aufgeben können, wie es geschehen war durch ihren Entschluß, zu fliehen. Ihr Blick fiel auf Kaludrichkeit, ein hell schimmernder Punkt neben dem Pferdchen, obwohl sein Drillich so heruntergekommen war. Ihr fiel seine Schilderung der Ereignisse am Wasserturm ein, wenige Stunden, nachdem sie den Hauptmann mitsamt Bajonetten und Schmalzfleischbüchsen und wohlgenährten Soldaten verlassen hatten – so Unglaubliches mußte geschehen sein, daß ihr Hirn sich weigerte, Details aufzunehmen, grausame Einzelheiten, die, in Kaludrichkeits treuherziger Sprache geschildert, wirkten, als habe sich eine Glaswand zwischen sie und die dargestellten Ereignisse geschoben –, sie sah, was Kaludrichkeit beschrieb, aber sie nahm es nicht wahr mit ihren anderen Sinnen, roch nicht, fühlte nicht, hörte nicht Schüsse, nicht Schreie. Sah wohl, wie Kaludrichkeit es berichtete, daß der Wasserturm in sich zusammenstürzte, «wie ein Kartenhaus», hatte Kaludrichkeit gesagt. Sie begriff es dennoch nicht. Wieso hatte die SS den Turm angegriffen? Wieso, Kaludrichkeit? Wieso?

Sie wußten, daß einige immer noch ihre Aufgaben wahrnahmen über das Maß des Tages hinaus. Was war Verbrechen in diesen Tagen? «Fünf vor zwölf», wie Vater Schivelbein es ausdrückte, der nun, mit Gerda, seinen Heimatatlas im Keller durchblätterte, beim Schein einer Karbid-Fahrrad-lampe, während die Keller-Absteifung sich scheinbar bog unter dem Druck der Explosionen.

Fünf Minuten vor zwölf. Standen jene außerhalb der Legalität, die ihren Eid auf den Führer nicht erfüllten – oder jene, die es dennoch taten angesichts der Apokalypse, die Gesetz geworden war?

Stumpfsinnige, Unbelehrbare und Verängstigte erfüllten den Eid. Jener Agentenjäger, auf eine Alarmgruppe von zwölf schwerbewaffneten SS-Männern gestützt, der seine Weisungen von einer «ausgelagerten» Befehlsstelle des Sicherheits-Hauptamtes bekam, wäre in seinem blutrünstigen Eifer nicht durch eine ganze Panzerdivision zu bremsen gewesen. In seinen Bereitstellungsräumen, wie er hochtrabend Waldlichtungen und zertrümmerte Gehöfte nannte, die ihnen als Quartier dienten, saß er stundenlang vor dem Funkgerät, die Kopfhörer um, wartete auf Weisungen, indem er auf den grünlich gestrichenen Apparat starrte, auf die Stellen, an denen die Farbe abgeplatzt war und Metall blinkte. Er starrte auf die beiden Drähte, die in einen Tornister – einen «Affen», liefen, dessen ausgebuchtete Klappe auf die richtige Spur führte: Der Tornister enthielt eine Batterie.

Sie ließen das Gerät den ganzen Tag quaken, oft auch in der Nacht, denn manchmal setzte ihre vorgesetzte Dienststelle nachts Funksprüche ab, wenn der Verkehr über Ätherwellen weniger gestört war, niemand zeigte Sorge, daß die Batterie sich verbrauchte. Es lagen genügend Fahrzeuge in den Straßengräben, man baute die nächste Batterie aus, hängte sie an die Kabel.

Aus diesem System ergab sich die Marschordnung der Einsatzgruppe: Hinter dem Führer ging der Funker, das Gerät auf dem Rücken. Drei bis vier Meter Kabel führten zum nächsten Mann, der den Affen mit der Batterie trug. Solche Mindest-Kabellänge hatte sich aus der Praxis ergeben. Erforderten Tieffliegerangriffe, daß sie in Deckung gingen, waren kürzere Kabel hinderlich, Funker und Batterieträger verwickelten sich.

Wo sie auftauchte, verursachte die Gruppe Erstaunen wegen dieser durch Drähte verbundenen Menschen an ihrer Spitze – meistens trug der SS-Führer die Kopfhörer aufgesetzt und hing seinerseits an Kabeln mit der Zweiergruppe zusammen –, sie erregte ferner Aufmerksamkeit, weil die übrigen SS-Männer behängt waren mit panzerbrechenden Waffen, Maschinenpistolen, einem leichten Maschinengewehr. Ihr Auftreten erregte keinen Verdacht, obwohl es seltsam genug schien, daß die schwerbewaffnete Schar weitab von der Front operierte. Abneigung flößte dieser Führer an der Spitze ein. Er erinnerte, mit seinen entzündeten Augen, seinem breiten schweren Kinn, an einen Metzgerhund, Blutrünstiges ging von ihm aus, wie er mit verkrampften Schultern, vornübergebeugt, seine Gruppe anführte, wie er Leute anbrüllte beim Versuch, Benzin aufzutreiben für seinen Befehls-Panzer, den sie schließlich mit leerem Tank zurückgelassen hatten, wie er befahl, Platz zu machen, seine Männer zu versorgen, sich auszuweisen.

Die Frau des Kommandanten, die Kinder, die beiden Soldaten wußten nicht, daß sie mehrmals dem Schergen letzter Stunde um Haaresbreite entgingen, er zog im Land umher, kreuzte ihre Wege, ihm war bekannt, daß eine Gruppe mit einem Sarg unterwegs war nach Westen. Weisungen seiner Dienststelle, den Fall zu untersuchen, gingen nicht ein, und der Häscher scheute sich, Meldung zu machen, solange er Näheres nicht wußte, auf eigenen Augenschein verzichten mußte. Doch er richtete die Marschroute seiner Einheit so aus, daß eine Chance bestand, die Gruppe mit dem Sarg abzufangen. Einem Agentenjäger wie diesem Mann, der Bulldogge, dem Metzgerhund, mußte niemand erzählen, daß die Frau des Kommandanten verdächtig war.

Daß sie am Wasserturm dem gräßlichen Unheil knapp entgangen war, wußten sie aus Kaludrichkeits Bericht. Doch seine Schilderung drang nicht durch jene Hornhaut, die sie längst gebildet hatten, um Unerträgliches erträglich zu finden. Es sei erstaunlich, sagte die Frau des Kommandanten, wie wenig Tote man sehe, mit eigenen Augen wahrnehme, bei all dem Mörderischen, das in allernächster Nähe dauernd geschah. Es schien ihr – aber das sagte sie nicht, aus Furcht, schlafende Dämonen zu wecken –, als führe ihr Zickzackweg sie stets über jene Pfade, die der Tod freiließ: Sie führten den Tod mit sich in Form des Kommandanten. Sie kamen voran zu einem Ziel, das eine höhere Fügung – «die Vorsehung» nannte Hitler es – ausgewählt hatte.

Dem Bluthund blieben so subtile Überlegungen wie eh und je fremd, mit der Vorsehung des Führers konnte er wenig anfangen.

Er folgte den Weisungen, die aus dem Gerät an seine Ohren drangen, verschlüsselt, aber er wußte mit dem Code derart virtuos umzugehen, daß er jeweils nach wenigen Minuten über den Klartext verfügte, der Funker mußte kaum je die Code-Kladde zu Rate ziehen.

Eine Stelle des Sicherheits-Hauptamts, versteckt in märkischem Dorf, hielt den Bluthund in Atem, hetzte ihn kreuz und quer durch ein Gebiet von großer Ausdehnung, um Volksfeinde zu eliminieren.

Niemals wird sich aufklären lassen, ob seine Aktion gegen die Höhe 104 mit dem Wasserturm einem Übermittlungsfehler zuzuschreiben war oder ob der litauische Hauptmann mit seinen Bajonetten, berechtigt oder unberechtigt, in den Verdacht geraten war, als Agent einer feindlichen Macht zu dienen. Der Mann kam aus dem Osten. Seine Tätigkeit, die Weiterentwicklung des Bajonetts, konnte als klassische Tarnung erscheinen. Seine Soldaten: Sämtlich aus dem Osten!

In jener Nacht, da die Frau des Kommandanten mit den Kindern und Walter weiter nach Westen marschierte, umzingelte die SS-Einheit den Wasserturm. Der Bluthund schoß, trotz Fliegergefahr, eine Leuchtkugel, gab einen Feuerstoß aus der MP gegen die Tür des Turms ab.

Im Turm befand sich der Hauptmann allein. Seine Soldaten, weiter ab in Erdunterständen, entwickelten sich sofort den Hang hinauf, begannen ihrerseits zu feuern. Der Schauplatz lag schnell wieder im Dunkeln, es schien nun, als schösse jeder auf jeden. Kurze Feuerstöße aus den MP der SS-Männer, Karabiner-Einzelfeuer der Litauer. Dazu das Knallen der Null-Acht des Hauptmanns aus einem der oberen Fenster.

Alles schien sich von diesen Minuten an derart schnell entwickelt zu haben, daß jede Schilderung, auch die eines flinkeren Geistes als Kaludrichkeit, hinter der Wirklichkeit zurückbleiben mußte. «Es kam», sagte er auf seine breite Art, «allerhand zusammen.» Einer der SS-Leute setzte seine Panzerfaust gegen die Tür des Wasserturms ein, sie zersplitterte, Risse klafften im Mauerwerk, Holzteile begannen zu brennen. Eine Karabinerkugel streifte den Kopf des SS-Führers. Blut strömte über seine Augen, nahm ihm die Sicht. Er befahl, weitere Panzerfäuste auf den Turm abzufeuern. Hinter ihm entwickelten sich seine Männer gegen den Wasserturm hin, Zielscheiben für des Hauptmanns Litauer, die per Einzelfeuer einige Angreifer erledigten. Das Gefecht schien entschieden, als Kaludrichkeit, vielleicht er als einziger, ein dumpfes Dröhnen in der Luft wahrnahm, das sich rasch näherte. Ein Schatten, flüchtig wahrnehmbar nur trotz des Feuerscheins, der vom brennenden Leuchtturm ausging, schien sich von oben auf die Kämpfenden zu stürzen, dem Riesenvogel Rock aus dem Märchen gleich. Kaludrichkeit hatte noch denken können: Ein versprengter Bomber, dann krachte es, Erdfontänen wirbelten auf, Kaludrichkeit sah,

wie der Wasserturm sich auf die Seite neigte, der tonnenschwere Eisentank in der oberen Rundung sich senkte, während das schlanke Treppenhaus zerbrach wie ein zu schwaches Stuhlbein – dann erreichte die Druckwelle ihn, löschte
sein Bewußtsein aus.

Kaludrichkeit kam viele Stunden später zu sich, er lag am
Fuß der Höhe 104. Er betastete sich, stellte fest, daß er anscheinend unverletzt war. Zwar schienen sämtliche Schmerzen der Welt sich auf seinen Körper zu vereinigen, als er
versuchte, aufzustehen; doch es gelang. Der Morgen däm-
merte herauf, er meinte, er befinde sich in einer gänzlich anderen Gegend, denn auf jenem Hügel, der sich vor seinen
Augen erhob, gab es keinen Wasserturm. Also konnte das
nicht die Höhe 104 sein, auf der seine Einheit lag. Dann sah
er Rauch aufsteigen, und er erinnerte sich des letzten Bildes,
das er gesehen hatte, bevor der Druck ihn wegschleuderte,
auslöschte: Wie sich, fast in Zeitlupe, der riesige Behälter
des Turms auf die brechenden, knickenden Fundamente gelegt hatte. Er schleppte sich zur Höhe hinauf. Geborsten lag
der Eisentank über Eisengestänge und Mauerreste gestülpt.
Holzteile glommen und rauchten. Die Hügelkuppe, übersät
mit Bombentrichtern, glich jenen Abbildungen, die Kaludrichkeit als Knabe in Büchern über den ersten Weltkrieg
gesehen hatte. Von menschlichem Leben keine Spur. Der
Hauptmann mußte mitsamt seinen Bajonetten unter den
Trümmern begraben sein. Kaludrichkeit fand nichts. Überhaupt nichts. Keine Kameraden, keine Reste von ihnen.
Keine Spuren der SS-Männer, der Angreifer. Der geheimnisvollen Angreifer. Daß es sich um SS handelte, wußte Kaludrichkeit immer noch nicht. Der Vorfall blieb ihm uner-
klärlich.

Er konnte auch nicht wissen, daß der nur leicht verwundete Bluthund, seine beiden Funker, die sich im Hintergrund gehalten hatten, um das kostbare Gerät nicht zu ge-

fährden, sowie ein weiterer SS-Mann dem Chaos entronnen waren. Der Bluthund hatte versucht, seiner vorgesetzten Dienststelle den Zwischenfall zu melden. Sei es, daß die Stelle nicht mehr bestand oder es vorzog, sich nicht mehr bemerkbar zu machen, sei es, daß sein Gerät Schaden erlitten hatte: Die Verbindung kam nicht zustande.

Trotzdem befahl der Führer, das Gerät mitzuführen. Vielleicht war es später möglich, die Abteilung des Sicherheits-Hauptamtes zu erreichen, Meldung zu erstatten, Befehle entgegenzunehmen. Bis dahin, verkündete der Bluthund, und ein roter Fleck leuchtete auf dem Weiß seines frischen Kopfverbandes, würde «der Rest der Einheit» nach seinem Ermessen handeln.

Im Hintergrund seines beschädigten Kopfes breitete sich der Gedanke an die Frau aus, die mit dem Sarg gen Westen zog.

27

Die Elbe

Der Fluß ist anders als die Havel mit ihren Seen, seine Wasser scheinen trüb, sind in Bewegung unten in dem Bett, er hat es sich ausgewaschen in Jahrmillionen, die Menschen haben es ihm dann verengt, um seinen Lauf zu regulieren. Die Seen, zwischen Kiefern und Sand, glänzen. Sie schimmern silberweiß am Morgen, dunkelblaugrün, wenn Gewitterwolken über sie hinziehen, golden am Abend und wieder silbern, aber anders, geschwärzt wie altes Tafelbesteck, ehe die Nacht ihr Bild auslöscht vor dem Beschauer. Wie Augen in einem Gesicht liegen die Seen in der Landschaft, sie verändern sich wie sie.

Der Fluß da unten strömt zum Meer, unerbittlich, scheint es Charlie, seine Wasser halten nicht still.

Die Elbe. Er sieht sie zum ersten Mal, sie kommt ihm vor wie ein Darm, der, oben aufgeklappt, am Beschauer allen Unrat dieser Welt vorbeifließen läßt. Charlie weiß, er ist ungerecht, dies ist nicht die geeignete Betrachtungsweise, er hat gehört, daß sie Fische in diesem Fluß gefangen haben, köstliche Fische.

Den Industriebetrieben an seinen Ufern ist es nicht gelungen, den Fluß zu verschmutzen, noch nicht.

Charlie stellt sich vor, wie der Darm ins Meer mündet, in die Nordsee, bei Hamburg, er hat es nicht gesehen, meint, daß die Nordsee sich unterscheide von der Ostsee, die er kennt, einmal haben seine Eltern Ferien mit ihm gemacht am Meer, Ahlbeck, Heringsdorf, Swinemünde. Er kennt den Glanz der Ostsee, die mit den Seen der Mark verwandt erscheint, ihre Stimmungen überträgt.

Die Oder mündet nicht mächtig wie die Elbe, bildet geringe Mündungsarme, Peene, Swine, Diwenow, kaum glaubbar, daß sie das Ende eines großen Flusses darstellen. Anders die Elbe, er weiß es aus dem Atlas. Aber eben nicht genau. Genau weiß er, was er gesehen hat; er muß sehen, seine Vorstellungskraft allein reicht nicht aus; jedenfalls vertraut er ihr nicht. Wieder möchte er sich Irma mitteilen, während sie miteinander auf den Fluß blicken, hinter Mauertrümmern verborgen. Wieder merkt er, daß er es nicht kann, er wagt nicht, in Worte zu fassen, was ihn bewegt, aus Angst vor der Kette von Zischlauten, die ihm von den Lippen gleiten werden. Es gibt Dinge, die kann man sagen, die klingen witzig, heiter, geben ihm den Anstrich, ein Clown zu sein, Spaßmacher, Fatzke, Gesichterschneider. Ohrenwackler. Damit hat er sich durchgeschlagen, hat überlebt zwischen grausamen Gleichaltrigen. Er weiß, überlebt klingt übertrieben, so empfand er es. Gelang es ihm nicht, als Witzbold durchzugehen, so blieb übrig: Tödliche Schmach.

Er hätte sich Irma gern erklärt. Ihr seine Gedanken hinge-blättert, in den wenigen Augenblicken, die er aufwachte aus der dumpfen Taubheit seines Lebensalters. Er war über-zeugt, daß die Dumpfheit ihn auf besonders heftige Art be-fiel, mehr als die anderen.

Er schaute auf den Fluß, der schlammig dahinfloß in sei-nem Bett und trotz dieser grellen Aprilsonne kein Glitzern zeigte. Schaute aufs andere Ufer, das sie erreichen wollten: Die Frau mit ihrem Sarg, mit der Leiche ihres Mannes, und sie beide. Vielleicht auch Walter und Kaludrichkeit – viel-leicht. Ein Zögern war ihnen anzumerken, sie schreckten zu-rück vor diesem letzten Wagnis.

Charlie verstand sie. Die düsteren Wasser überqueren? Drüben, in den Büschen auf der Anhöhe, Auge in Auge mit ihnen, wußten sie die Amerikaner. Gelegentlich schossen sie über den Fluß, in die Trümmer des Dorfes einen Kilome-ter stromaufwärts. Sie schossen mit Beutegeschützen, klei-nes Kaliber. Walter wußte Bescheid: «Reichsanklopfgerät», stellte er fest. «Deutsche Pak-Geschütze.»

Wieso setzten sie nicht ihre großen Kaliber ein? Wenn sie einen Brückenkopf bilden, im Keil auf die Reichshauptstadt hätten vorstoßen wollen, so würden sie mit schweren Kali-bern geschossen haben. Charlie sah, daß sein Vater endgül-tig recht behielt: Sie überließen es dem Iwan, mit Preußen und Brandenburg und Berlin aufzuräumen.

Pak-Feuer. Manchmal eine Maschinengarbe. Nachts Leuchtkugeln. Rot über Grün. Signale. Weiße Leuchtku-geln, die an Fallschirmen herabschwebten, Fluß und Ufer minutenlang in grelles Licht tauchten. Danach wieder Dun-kelheit. Obwohl die Nächte sternklar blieben, kam ihnen die Nacht schwarz vor, sobald die Leuchtkugeln erloschen. Erst allmählich unterschied das Auge wieder Sterne am Himmel.

Er zeigte Irma die Sternbilder, die er kannte: Großer und kleiner Bär, Kassiopeia. Den Polarstern.

Morgens, kaum nahmen sie Einzelheiten im ersten Tageslicht wahr, Tieffflieger. Sie flogen den Uferstreifen ab wie Sportflugzeuge, so gut wie nie erreichte sie das Abwehrfeuer. Die Menschen auf dieser Seite des Flusses verkrochen sich.

Eines Morgens klang vom Dorf her, in die Stille zwischen einem Flugzeug und dem nächsten, ein gleichmäßiges Geräusch. Jemend dengelte eine Sense. Er verrichtete diese Arbeit wie im Frieden.

Sie lebten im Keller eines zerstörten Hauses, das einige hundert Meter vom Fluß ablag. An der Uferböschung, vor der Mauer, die Charlie und Irma als Schutz diente, hatte eine Infanterie-Einheit Schützenlöcher ausgehoben. Die Soldaten hüteten sich, das bißchen Munition, über das sie verfügten, zu verpulvern. Tagsüber hockten sie in ihren Löchern, Tarnnetze und Zweige über sich. Ablösungen fanden nachts statt. In den Nächten roch es nach Holzfeuern, die, gegen Feindsicht geschützt, allenthalben angezündet wurden, um abzukochen.

Der Sarg stand im Keller, an der hintersten Wand. Sie hatten Zweige und trockenes Laub gesammelt, ihre Decken darauf ausgebreitet. Niemand machte ihnen den Platz streitig. Über ihren Köpfen, in den Trümmern des Hauses, nisteten Funker. Sie besaßen einen Radio-Apparat, den sie mit Batterien aus zerstörten Autos betrieben, wie die Funker des Bluthundes ihr Gerät. Gwendolina, Charlie und Irma gingen manchmal hinauf, um den Wehrmachtsbericht zu hören. Die Funker waren vorsichtig. Feindsender hörten sie nicht ab. Ihr Funkgerät verstaubte in der Ecke. Selten ertönte ihr Rufzeichen. Sie verfügten über ein paar Kartons Fallschirmjäger-Schokolade. Die Schokolade tauschten sie gegen Zigaretten und Eßwaren. Die Menschen im Keller unter ihnen profitierten davon. Gleichmütig nahmen die Funker es hin, daß Gwendolina den Sarg aufgestellt hatte. Sie brachten ihr Zigaretten mit Goldmundstück. Irma und Charlie schenkten sie runde Schachteln mit Schokolade. Walter und Kaludrichkeit organisierten, was ihnen sonst fehlte.

Einmal hörten sie im Radio eine Goebbels-Rede, es war der Tag vor Führers Geburtstag. Gellend kam die Stimme des Reichspropagandaministers aus dem Apparat:

«Der Krieg neigt sich seinem Ende zu. Der Wahnsinn, den die Feindmächte über die Menschheit gebracht haben, hat seinen Höhepunkt bereits überschritten. Er hinterläßt in der ganzen Welt nur ein Gefühl der Scham und des Ekels. Die perverse Koalition zwischen Plutokratie und Bolschewismus ist am Zerbrechen. Das Haupt der feindlichen Verschwörung – Roosevelt – ist vom Schicksal zerschmettert worden. Es war dasselbe Schicksal, das den Führer am 20. Juli 1944 mitten unter Toten, Schwerverwundeten und Trümmern aufrecht und unverletzt stehen ließ, damit er sein Werk vollendet, unter Schmerzen und Prüfungen zwar, aber doch wie es im Sinne der Vorsehung liegt. Noch einmal stürmen die Heere der feindlichen Mächte gegen unsere Verteidigungsfronten an. Hinter ihnen geifert als Einpeitscher das internationale Judentum, das keinen Frieden will, bis es sein satanisches Ziel der Zerstörung der Welt erreicht hat. Aber es wird vergeblich sein.»

Marschmusik. Der Funker schaltete den Apparat aus. «Am Arsch», sagte er in die Stille hinein.

Irma sprach Gwendolina gegenüber nicht aus, wovon sie und Charlie überzeugt waren: Daß es ihnen nie gelingen würde, den Fluß zu überqueren. Schon gar nicht mit dem Sarg. Die Frau des Kommandanten ahnte ihre Zweifel.

Trotzdem blieb sie unbeirrbar. Ihre Idee war es gewesen, sich in der Nähe des zerschossenen Dorfes zu verschanzen. Gefahren auf dieser Seite des Flusses, meinte sie, würden sich auf den Ort konzentrieren oder auf ganz und gar freies Gelände. In unmittelbarer Nähe des Ortes würde niemand sie stellen, Papiere verlangen – was ihr sowieso unwahrscheinlich erschien, längst betrachtete sie den toten Kommandanten in seinem prunkvollen Schrein als ihren Schutzgeist. Schließlich hatte sie sogar darauf verzichtet, sich von Walter neue Fantasie-Bescheinigungen anfertigen zu lassen. Hätten es die Außentemperaturen erlaubt, sie würde den Sarg draußen vor den Kellereingang gestellt haben, allgegenwärtigen Bluthunden zu Abschreckung.

Sie wartete jetzt auf den Wetterumschwung. Fast drei Wochen brannte bereits diese sommerliche Sonne. Zwischen den Trümmern, durch Mauerreste vor Tieffliegern verborgen, sah man Soldaten mit nackten Oberkörpern sitzen, Erkennungsmarken an schmutzigen grauen Schnüren baumelten ihnen auf der Brust. Ein Anblick, der Irma an ihren Bruder erinnerte.

Ihre Gesichter waren gebräunt trotz des Troglodyten lebens. Schlaffheit überkam sie. Irma konnte sich vorstellen, daß sie hier, im Keller des zerstörten Hauses, das Ende des Krieges abwarteten, wie immer es aussehen mochte.

Anders die Frau des Kommandanten. Gwendolina von Schwierow-Priebenow wußte: Ihre Zeit wurde knapp. Magdeburg war gefallen. Sie brauchten Regen, Regen. Überdies war die Frage des Übersetzens nicht geklärt. Ihre Hoffnung, beim Dorf einen Kahn zu finden, hatte sich nicht erfüllt. Zerschossen lagen die Fischerkähne auf dem Grund des Flusses. Sturmboote einer Pionier-Einheit hatte die SS beschlagnahmt. Walter und Kaludrichkeit, unsicher, ob sie sich dem letzten Teil des Abenteuers anschließen oder auf eigene Faust operieren sollten, dehnten ihre nächtlichen

Gänge weit ins Hinterland und stromabwärts aus, entschlossen, ein Transportmittel zu finden, mit dessen Hilfe der Sarg über den Fluß zu schaffen sei.

Einen Tag nach Führers Geburtstag schlug das Wetter um. Wolken türmten sich. Weiße Haufenwolken zuerst, wie vor einem Augustgewitter. In der Nacht begann es zu regnen. Sie wachten vom gleichmäßigen Geräusch des Regens auf. Gwendolina stand auf. Trat vor den Keller. Schwarze Nacht, wie sie es sich erhofft hatte.

Drüben bei den Amerikanern blieb alles ruhig. Sie schossen nicht einmal Leuchtkugeln.

Ein Boot. Wenn sie doch ein Boot fänden!

Kriegsrat am Morgen. Bei den von den SS-Männern bewachten Sturmbooten lag ein Schlauchboot. Es müßte möglich sein, das Schlauchboot in der folgenden Nacht zu holen, ohne daß die Posten etwas merkten. Sie waren unaufmerksam, des ungewohnten Regens wegen.

«Wir müssen es riskieren.»

«Zu gefährlich.»

«Wir lenken sie ab.»

Gwendolina sagte: «Ich möchte nicht, daß ihr meinetwegen ...»

Walter winkte ab. «Is schon jeritzt», sagte er.

«Ist Luft im Schlauchboot?»

«Nein. Kaludrichkeit organisiert eine Luftpumpe.»

Er war den Vormittag unterwegs, eine schmutzigweiße Gestalt im Regen, schlug seine Kreise, untersuchte Autowracks, bis er die Luftpumpe fand. Sie wußten nicht, was für Ventile sich am Schlauchboot befanden, ob das Mundstück der Pumpe passen würde.

Walter weihte die Funker ein. Die Männer nickten gleichmütig. «Hals- und Beinbruch», wünschten sie. Fragten, ob sie das Panjepferd übernehmen könnten.

Im Radio hörten sie, daß die deutsche Abwehrfront in Italien zusammengebrochen war.

Unbeweglich standen die Posten der SS bei den Booten. Ihre Aufmerksamkeit war auf den Fluß gerichtet. Das Schlauchboot, eine luftleere Gummihülle, lag abseits. Walter und Kaludrichkeit krochen zwischen Trümmern und Brennesseln, die in diesem April wucherten wie sonst im Sommer, auf die Posten zu. Walter schlug einen Bogen, glitt bis ans Ufer des Flusses. Der Regen fiel, kaum unterschied er Einzelheiten in der Dunkelheit. Eine Handgranate steckte in seinem Koppel. Er drehte sich auf den Rücken. Nahm die Handgranate in die rechte Hand. Schraubte die Verschlußkappe vom Stiel. Griff den Ring des Zünders. Zog ab. Einundzwanzig, zweiundzwanzig, dreiundzwanzig ... Er schleuderte die Handgranate über seinen Kopf. Hörte, wie sie auf dem Wasser aufklatschte. Im gleichen Augenblick die Detonation. Er spürte mehr, als er sah, daß die Posten zum Wasser rannten. Feuerstoß aus einem MG. Drüben wachten die Amis auf. Leuchtkugeln, die jedoch ihre Helligkeit nicht gegen den Regen durchsetzten, es sah aus, als scheine der Mond durch Wolken. Das Reichsanklopfgerät feuerte ein paar Granaten herüber. Walter kroch zurück. Inzwischen hatte Kaludrichkeit das Schlauchboot hinter die Reste eines Schuppens gezogen. Sie faßten an die Gurte, schleiften es zwischen den Brennesseln hindurch nach hinten. Es gab einen Weg an den Koppeln entlang. Sie riskierten es, zerrten, trugen ihre Beute. Walter hielt die entsicherte Null-Acht in der Hand. Niemand begegnete ihnen. Sie stießen die Boothülle die Kellertreppe hinab.

«Morgen nacht», bestimmte die Frau des Kommandanten. «Wenn das Wetter anhält.»

Draußen gurgelte der Fluß, seine Wasser schwollen an. Der neue Tag, grau und trüb, lähmte die Menschen. Die Infanteristen in ihren Schützenlöchern schöpften Wasser, mit Spaten, Konservenbüchsen, Kochgeschirren.

Der Sarg im Keller schreckte nicht mehr. Einer nach dem anderen kam herabgekrochen, um sich zu trocknen.

Das Schlauchboot sah hinter dem Sarg hervor, wo Walter und Kaludrichkeit es versteckt hatten. Niemand beachtete es.

Von den SS-Leuten kam keiner bis hierher. Es erschien wahrscheinlich, daß sie das Abhandenkommen des Bootes nicht bemerkt hatten.

Auf drei Steinen, mit kleinstem Feuer, kochte die Frau des Kommandanten Kaffee. Muckefuck, mit einer Kaffeebohne drin. Die Kaffeebohne stammte von General Boris.

Walter sagte: «Kaludrichkeit und ich jehn extra. Besser, wir sind zwei Jruppen.»

Gwendolina zeigte kein Erstaunen. «Vielleicht ist es besser so», meinte sie. «Zu viele auf einmal fallen auf. Wie kommt ihr hinüber?»

«Wir schwimmen. Zwei Kilometer unterhalb ist der Fluß breiter. Jeringe Strömung. Wir machen nach 'n Kaffee los. Charlie, kannste det Boot uffpumpen heute nacht? Det Ventil stimmt, hab ick mir heute morjen anjesehn.»

«Kein Problem.»

«Müßta aber det Ding vorher außn Keller tragen. Nachher jeht et nich durch die Tür.»

«Alles Paletti.»

«Dobsche. Det Boot hat zwee Luftkammern. Eene links, eene rechts. Sind folglich nach Adam Riese zwee Ventile. Wirste det behalten?»

«Ich werd's mir merken».

«Klar. Kinderchen hoffentlich klappt det. Außer uns macht hier niemand Anstalten, über die Elbe zu jehn.»

Gwendolina sagte: «Ich glaube, wir merken es nur nicht. Alles geht heimlich vonstatten. Die deutschen Posten werden sich hüten, auf Leute zu schießen, auf Kameraden, die nach drüben machen. Natürlich geht keiner vor der Nase einer SS-Einheit rüber.»

«Sind die nicht zu nah?» wollte Irmi wissen. Walter beruhigte sie.

Irmi glaubte zu träumen. Der Blechbecher in ihren Händen mit heißem Kaffee versengte fast ihre Hände, und trotzdem meinte sie, alles im Schlaf zu erleben. Der Augenblick, hinüberzugehen, konnte einfach nicht gekommen sein, jetzt, plötzlich, sie hatte, spürte sie wieder, nicht mehr daran geglaubt, es war, als habe sich der gesamte Zukunftsrest ihres Lebens zu den Fluchttagen verdichtet – hatte sie je mit einem Danach gerechnet?

Was ging in Charlie vor?

In diesem Augenblick durchfuhr sie schreckhaft die Erkenntnis, daß es keine gemeinsame Zukunft gab für Charlie und sie, einfach, weil sie keine Zukunft sah für sich selbst.

Sie starrte Charlie an, über den Rand ihres Kaffeetopfs hinweg, fühlte, wie ihre Augen groß wurden, etwas ihre Lider lähmte, bis brennende Tränen sich sammelten, das Bild der vor dem Feuer Hockenden verschwimmen ließ.

Da gerade niemand anders im Keller war, besprachen sie weiter, was zu tun war. Undeutlich klangen die Stimmen an Irmas Ohr. Ihre Finger umklammerten den Kaffeetopf, der sie verbrannte, sie war unfähig, die Finger zu lösen. Es war, dieser Gedanke breitete sich in ihrem Kopf aus, gleichgültig, ob sie die Flucht vollendete, ob sie über die Elbe ging, ob sie drüben ankam.

Drüben. Was war drüben? Sie hatte bisher dem Sog nachgegeben, der, das erkannte sie längst, von der Frau des Kommandanten ausging mit ihrem unerschütterlichen Willen, den Sarg ans westliche Ufer zu bringen. Auch von Charlie ging dieser Sog aus, schwächer, tolpatschiger, seiner Natur entsprechend, mit der er auch ihre Liebe annahm, ein junger Hund, der auf dicken Pfoten einhertaumelte.

Ein Abenteuer für ihn, erledigt, wenn es vollendet war.

Sie war überzeugt, daß auch Charlie nicht weiter dachte als bis zum anderen Elbe-Ufer. Doch aus anderen Motiven, ihm lag an der Vollendung des Abenteuers, darauf konzentrierte er sich.

Ähnlich ging es ihm mit den Russen. Auch er konnte sich die Folgen nicht vorstellen, wenn er ihnen in die Hände fiel. Erfahrung fehlte ihnen beiden, die Schilderungen der Grausamkeiten der Sieger erreichten sie nicht.

Sie nahm wahr, daß Walter und Kaludrichkeit sich verabschiedeten. Mit ihren winzigen Bündeln standen sie vor ihr, grau der eine, schmutzigweiß der andere. Da sie schwimmen wollten, war es sinnlos, sich mit Gepäck zu belasten. Irma löste eine Hand vom Kaffeetopf. «Auf Wiedersehn.»

«Auf Wiedersehn.»

Wie das klang.

Sie füllten das graue Viereck des Kellerausgangs. Dann waren sie verschwunden. Draußen fiel der Regen.

Walter und Kaludrichkeit schlugen, unter Ausnutzung des Geländes, einen Bogen, der sie von der Elbe wegführte.

Bei Einbruch der Dunkelheit liefen sie dem Bluthund in die Arme, der wie auf dem Schachbrett die Züge Gwendolinas nachvollzogen hatte.

Dieser Zwischenfall führte dazu, daß Gwendolina und die Kinder eine Stunde Vorsprung bekamen, die der Bluthund mit Verhören vergeudete.

Den Funkern wurde es zu feucht in ihrem Gemäuer. Mit ihren Geräten und ihren Schokoladenkartons zogen sie in den Keller. Einer kroch hinaus und weihte die Posten in den Schützenlöchern ein. Die Soldaten wußten von der Frau mit dem Sarg. Versprachen, wegzuschauen.

Es dauerte länger als eine Stunde, bis sie das Boot aufgepumpt hatten. Charlie und die Funker wechselten sich ab. Trotzdem blieb es eine schlaffe Wurst. Doch es würde sie und den Sarg tragen. Sie beschlossen, den Sarg schon hier auf das Schlauchboot zu heben, beides zusammen zum Wasser zu schleppen. Andernfalls bestand die Gefahr, daß jemand das Schlauchboot wegorganisierte, während sie den Sarg transportierten.

Die Funker faßten mit an. Es war so dunkel, daß sie nur wenige Meter weit sehen konnten. Ein leiser Anruf kam aus einem Postenloch. Infanteristen krochen heraus. Sie hatten keine Gesichter in der Nacht. «Viel Glück», sagte jemand.

Das Schlauchboot stieß ab. Der luftgefüllte Bootskörper trug. Sie saßen auf dem Rand, auf den Sarg gestützt, der sich kalt und glitschig anfühlte. Nirgends ein Laut.

Sie paddelten mit den Händen.

Das Schlauchboot trieb zur Flußmitte. Die Strömung erfaßte es und nahm es flußabwärts mit sich.

Sie paddelten eifriger, geduckt, bemühten sich, diagonal zur Strömung auf das andere Ufer zu halten. Rings um sie schwarze Nacht.

Sie wußten nicht, wie lange sie dahintrieben, ob sie dem anderen Ufer näher kamen. Plötzlich Rufe, Metall schlug an Metall. Eine rote Leuchtkugel stieg auf, ihr Licht setzte sich kaum durch gegen den Regen, in einer Art Aureole verglühte sie.

Sie sahen, daß sie nur noch zwanzig Meter vom anderen Ufer entfernt waren. Im gleichen Augenblick, als die Leuchtkugel verlosch: Ein Feuerstoß. Sie spürten, wie etwas gegen das Boot schlug. Aus der einen Kammer entwich die Luft. Der Sarg stellte sich schräg, glitt vom Boot, das auf einer Seite absackte. «Festhalten», sagte Gwendolina. Doch es war zu spät. Der Sarg stellte sich hochkant, tauchte platschend ins Wasser. Das Platschen klang überlaut in der Stille der Nacht.

Charlie hatte einen Griff umklammert, merkte, wie er ihm aus der Hand gerissen wurde. Wieder ein Platschen. Eine zweite Leuchtkugel stieg hoch, näher als die erste. Sie verlosch nach wenigen Sekunden. Charlie hatte gesehen, daß Irma und er allein auf dem Rest des Bootes trieben. Stromabwärts hatte er, eine Ecke aus den Wellen gereckt, den Sarg schwimmen sehen mit den Überresten Albrechts von Schwierow-Priebenow, dahinter, im Crawl-Stil, wie er es aus Leni Riefenstahls Olympia-Film kannte, die Frau des Kommandanten. Ihre weißen Arme schnitten die Wellen, ihr Kopf, die Haare an die Schläfen geklebt, tauchte kurz auf, als sie Luft holte.

Sarg und Gwendolina verschwanden elbeabwärts.

Als die Leuchtkugel erlosch, riß Charlie Irma von der luftgefüllten Wurst, ließ sich ins Wasser gleiten. Sie hielten sich an der Schnur des Schlauchbootes, schwammen auf das Ufer zu.

Grund unter den Füßen. Er tastete das Schlauchboot ab. Keine Rucksäcke, kein Gwendolina-Koffer. Er umfaßte Irma. Gab dem Boot einen Stoß. Es trieb in die Nacht.

Zweige von Büschen hingen übers Wasser. Sie zogen sich daran hinauf. Krochen, durchnäßt und zitternd, weiter. Eine Böschung, die steil anstieg. Zentimeter um Zentimeter bewegten sie sich vorwärts. «Ich kann nicht mehr», flüsterte Irma. Ihre Zähne schlugen aufeinander. Von oben brach etwas durch die Büsche, wie ein flüchtendes Tier. Es kam auf sie zu. Verhielt neben ihnen. Der Schein eines Feuerzeugs flammte auf, abgeschirmt von einer Hand, damit das Licht nicht wahrzunehmen sei von drüben.

Es war eine schwarze Hand. Zu der schwarzen Hand gehörte ein schwarzes Gesicht unter einer US-Feldmütze. Ein amerikanischer Soldat kniete neben ihnen. Das Weiß seiner Augen glänzte. Sie lagen erstarrt, ihre Blicke auf dieses Gesicht gerichtet. Mit der anderen Hand fummelte der Soldat an seiner Brusttasche.

«You want a chewing-gum?» fragte er.

Edith Biewend

Odyssee mit Josef
Roman. 296 Seiten. Geb.
ISBN 3-431-03371-7

Ein Mann und ein Kind, auf einer Irrfahrt durch Deutschland. Es ist das Jahr 1941. Josefs Eltern ist noch vor dem Krieg die Emigration in die Vereinigten Staaten gelungen. Josef hingegen, ihr jüngster Sohn, vom amtsärztlichen Zeugnis als geistig und körperlich zurückgeblieben hingestellt, erhielt von den amerikanischen Behörden kein Einreisevisum. Deren Einwanderungspolitik soll Arbeitskräfte ins Land holen, keine betreuungsbedürftigen Angehörigen. Nach zwei Jahren im Kinderheim kommt Josef in das Haus seines Großvaters. Das sechsjährige Kind, von der Rechtsprechung als Halbjude eingestuft, gerät durch Denunziation in Lebensgefahr. Für ihn und seinen Großvater beginnt eine gefahrvolle Odyssee, die Suche nach einer Zuflucht für Josef.

Vertrieben aus der Erinnerung
Roman. 280 Seiten. Geb.
ISBN 3-431-03244-3.

Wie in vielen anderen Romanen der Autorin beweist sich hier wieder ihre erzählerische Begabung, ihr Vermögen, der menschlichen Seele, besonders in deren Grenzbereichen, nachzuspüren.

Die Leute vom Soostenbruch
240 Seiten. Geb.
ISBN 3-431-03072-6.

In einem fiktiven Ort am linken Niederrhein spiegelt sich ein Stück deutscher Geschichte von den zwanziger bis in die sechziger Jahre dieses Jahrhunderts, als „Geschichte von unten" – aus dem Blickwinkel der sogenannten kleinen Leute.

„Es ist die Mischung aus handfestem Common sense, freundlicher Ironie und dem kleinen Schuß Melancholie, die alle Bücher von Edith Biewend auszeichnet."
Die Welt

Ehrenwirth Verlag München